Oskar Meding

Um Zepter und Kronen

Ein Roman

Oskar Meding

Um Zepter und Kronen
Ein Roman

ISBN/EAN: 9783743365889

Hergestellt in Europa, USA, Kanada, Australien, Japan

Cover: Foto ©Andreas Hilbeck / pixelio.de

Manufactured and distributed by brebook publishing software (www.brebook.com)

Oskar Meding

Um Zepter und Kronen

Europäische
Minen und Gegenminen.

Folge von „Um Szepter und Kronen".

Zeitroman

von

Gregor Samarow.

Erster Band.

—⸺⸺—

Stuttgart.
Druck und Verlag von Eduard Hallberger.
1873.

Erstes Kapitel.

— — —

Es war Mitte März 1867.

Ein leichtes Halbdunkel herrschte in dem Wohnzimmer des kaiserlichen Prinzen von Frankreich im alten
Palaste der Tuilerieen. Die schweren grünen Vorhänge
waren bis fast zur Mitte der Fenster zusammengezogen
und die durch graue Wolken verhüllte Morgensonne
sendete nur wenig Licht in das Innere des Zimmers,
welches ein helles, prasselndes Kaminfeuer mit behag-
licher Wärme erfüllte.

Auf dem großen Tisch in der Mitte lagen aufge-
schlagene Bücher und Landkarten, auf einem Seitentisch
standen kleine, statuettenartige Figuren von Papiermaché,
die verschiedenen Truppentheile der französischen Armee
darstellend, man sah daneben einen Zeichentisch und eine
kleine Staffelei mit Geräthschaften zum Malen, einen
kleinen elektrischen Apparat und rings umher eine Menge
jener tausend Kleinigkeiten, welche theils zum Spiel,

theils zum Unterricht des zarten Knaben dienten, den
man den kaiserlichen Prinzen von Frankreich nannte,
und auf welchen die Augen von ganz Europa theils
mit theilnehmender Sorge, theils mit gespanntem In=
teresse, theils mit erbittertem Hasse ruhten.

Eine Chaiselongue stand in der Nähe des Kamins
neben einem Tisch, bedeckt mit Bilderwerken, und auf
derselben lag der junge elfjährige Prinz in einen weiten,
weichen Schlafrock von schwarzer Seide gehüllt. Das
blasse, magere Gesicht, von jener durchsichtigen weißen
Klarheit, welche langes körperliches Leiden hervorbringt,
ruhte leicht zurückgelehnt auf einem weißen, spitzenum=
säumten Kissen, die großen dunklen Augen blickten mit
fieberhaftem Glanz aus dem perlmutterschimmernden Weiß
hervor, und um den jugendlich frischen Mund mit der
stolz aufgeworfenen Lippe zuckte es in erregtem Ner=
venspiel.

Die eine seiner feinen, schlanken und weißen Hände
ruhte auf einem, auf seinen Knieen aufgeschlagenen far=
benreichen Bilderwerk, die Kostüme Frankreichs zu den
verschiedenen historischen Epochen darstellend — das auf=
geschlagene · Blatt zeigte Ludwig XVI. im Krönungs=
ornat und verschiedene Herren und Damen in glänzen=
den Hoftrachten jener Zeit.

Die andere Hand des Prinzen hielt der vor der

Chaiselongue stehende Leibarzt des Kaisers, Dr. Conneau, in der seinen — aufmerksam auf den Sekunden-
zeiger seiner Uhr blickend und den Pulsschlag zählend.

Die ernsten und intelligenten Züge des alten
Freundes und Arztes Napoleon's III. waren nicht ganz
frei von nachdenklicher Besorgniß, und länger, als sonst
nöthig, hielt er schon die Hand des kranken Knaben in der
seinen, immer und immer wieder den Pulsschlag verfolgend und von Zeit zu Zeit in fast unmerklicher Bewegung den Kopf schüttelnd.

Auf der andern Seite stand der Gouverneur des
Prinzen, General Frossard, eine ernste militärische Erscheinung, fest und soldatisch in seiner Haltung, Freund-
lichkeit gemischt mit energischer Willenskraft bildete den
Ausdruck seiner Züge. Der forschende Blick seines
Auges ruhte auf dem Arzte, der jetzt langsam die Hand
des Prinzen herabsinken ließ und lange prüfend in
dessen Gesicht blickte.

„Sobald das Wetter schöner wird," sagte endlich
Dr. Conneau, „muß der Prinz nach Saint Cloud, der
fortwährende Aufenthalt in reiner und sonniger Luft ist
jetzt erste Bedingung der weiteren Genesung."

Die Augen des jungen Prinzen erweiterten sich,
ein glückliches Lächeln umspielte seine Lippen.

„Ich danke Ihnen herzlich für diese Verordnung,"

rief er mit seiner, trotz des jugendlichen Alters sonoren
und wohllautenden, durch die Leiden der Krankheit et=
was gedämpften Stimme, — „o es treibt mich mit aller
Gewalt hinaus aus diesen Mauern, hinaus in die weite
freie Luft zu den Blumen und Bäumen, die ich hier
nur aus den Fenstern sehen kann! — Glauben Sie
mir," fuhr er nach einer kurzen Pause, während welcher
sein Blick träumerisch auf dem kolorirten Kupferblatt
vor ihm ruhte, — „glauben Sie mir, — hier in diesen
Mauern werde ich niemals gesund, sie bringen mir
Unglück, sie drücken und beängstigen mich, — o — ich
bitte, lassen Sie mich gleich, — gleich heute hinaus gehen!"

„Das Wetter ist noch zu rauh, mein Prinz," sagte
Dr. Conneau freundlich, indem er mit der Hand leicht
und sanft über das glänzende, dunkelblonde Haar des
kaiserlichen Kindes strich. — „Sie müssen noch einige
Zeit warten, die Uebersiedelung könnte Ihnen schaden!"

Ein Zug von Unmuth und Verdruß legte sich um
die Lippen des Prinzen, seine reine Stirn faltete sich
über den Augenbrauen und seine Augen verhüllten sich
in leichtem Thränenschimmer.

„Die Uebersiedelung kann mir nicht so viel schaden,"
rief er heftig, indem er die Fingerspitzen gegen einander
preßte, „als der Aufenthalt hier in diesen Tuilerieen,
die mich erdrücken. Ich will fort!"

„Prinz," sagte der General Froſſard mit kurzem und ſtrengem Ton, „um das Wort: ich will — brau= chen zu lernen, muß man zunächſt zu gehorchen ver= ſtehen, zu gehorchen den Eltern und Lehrern — und vor Allem der Nothwendigkeit. Regen Sie ſich nicht auf und warten Sie ruhig den Augenblick ab, wo der Doktor Ihre Ueberſiedelung anordnen wird."

Der Prinz ſenkte die Augen, ein langer Seufzer drang aus ſeinen Lippen und wie unwillkürlich deutete er mit der Hand auf das Koſtümbild, das auf ſeinen Knieen lag.

„Ich ſage Ihnen aber," ſprach er nach einigen Au= genblicken, indem der gereizte und eigenwillige Ausdruck von ſeinem Geſicht verſchwand und eine tiefe Traurig= keit ſich über ſeine Züge legte, — „ich ſage Ihnen aber, daß ich hier nicht geſund werden kann! — Denken Sie, lieber Doktor," fuhr er fort, — „ich lag hier vorher und beſah dieſe Bilder der alten Trachten und erinnerte mich dabei alles deſſen, was ich gelernt habe aus der Geſchichte Frankreichs — und bei jedem neuen Bilde ſah ich neues Blut und Unglück, welches dieſer Louvre und dieſe Tuilerieen, die jetzt mit ihm vereint ſind, über ihre Bewohner gebracht haben, immer neue Ströme von Blut, immer neues Entſetzen, — ich wurde recht traurig und hier bei dieſem Bilde des armen Königs Ludwig ſchlief ich ein."

Die Augen des Prinzen richteten sich weit und glänzend mit fieberhaftem Schimmer nach oben.

„Da träumte ich weiter," fuhr er fort, indem seine Stimme fast zum Flüsterton herabsank, — „und ich sah den armen kleinen Dauphin, wie er bleich und traurig die Hand gegen mich erhob — und dann sah ich den schönen König von Rom, er stieg langsam hinab in eine einsame Gruft und grüßte mich mit der Hand und blickte mich an so tief und wehmüthig, daß es mir hier" — er legte die Hand auf sein Herz — „weh that — und dann sah ich aus allen Mauern dieses Schlosses die hellen Flammen hervorbrechen, und draußen der Hof wurde ein Meer von Blut und in dieß Meer sanken die Trümmer des brennenden Schlosses hinein. — Und ich wollte fliehen, voll Angst und Entsetzen, — aber die Wellen des Blutmeeres rollten mir nach und wollten mich verschlingen, — da wachte ich auf — aber ich sehe noch das entsetzliche Bild vor mir! O lieber Doktor, lassen Sie mich fort von hier, aus diesen fürchterlichen Tuilerieen, ich kann hier nicht schlafen, — aus Furcht, wieder so schrecklich zu träumen!"

Und der Prinz faltete bittend die Hände und richtete seinen Blick mit flehendem Ausdruck auf den Arzt.

Dr. Conneau blickte ernst und sorgenvoll in die aufgeregten Züge des Knaben.

„Mein Prinz," sagte der General Frossard mit ruhigem, festem Ton, „Sie müssen sich nicht aufregen und keinen Träumereien hingeben, — die Geschichte jedes Landes hat vieles Traurige und viele blutige und entsetzliche Momente, — denken Sie lieber an alles Große und Herrliche, das die Vergangenheit und die Gegenwart dieses schönen Frankreichs in so reichem Maße bietet!"

„Es wäre besser," sagte Dr. Conneau zum General gewendet, „wenn der Prinz jetzt für einige Zeit jede Beschäftigung mit geschichtlichen Gegenständen aufgäbe, — Ruhe der Nerven ist für ihn nothwendig."

Der General nahm langsam das Buch von den Knieen des kaiserlichen Prinzen.

„Lassen wir jetzt diese Bilder," sprach er mit freundlichem Ernst, — „wir wollen uns einen Augenblick mit der Geometrie beschäftigen und einige kleine Aufgaben lösen."

Und er nahm aus einer Mappe eine Tafel mit geometrischen Figuren aus der Lehre von den Dreiecken und legte sie vor den Prinzen.

Dieser blickte erheitert zu seinem Gouverneur empor und rief:

„O ja! das ist schön, — es macht mir so viel Freude, wenn ich eine Aufgabe lösen kann, — ich will mir recht viele Mühe geben!"

„Und ich verspreche Ihnen, lieber Prinz," sagte
Dr. Conneau lächelnd, „daß Sie, sobald als es irgend
nur möglich ist, nach Saint Cloud gehen sollen, — ich
werde sogleich mit dem Kaiser sprechen und ihn bitten,
die nöthigen Befehle zu geben!"

„Ihr Sohn aber geht mit mir," rief der Prinz,
— „nicht wahr? — Ich wäre nicht glücklich dort, wenn
ich meinen lieben Kameraden nicht bei mir hätte."

„Wenn der Kaiser es erlaubt, soll er Sie gewiß
begleiten," antwortete Dr. Conneau, — „und wenn
Sie Beide dort recht artig und fleißig sein wollen," —
fügte er freundlich lächelnd hinzu.

„Das verspreche ich!" rief der Prinz — „und,"
fügte er mit einem halb ehrerbietigen, halb schelmischen
Blick auf seinen Gouverneur hinzu, — „dafür sorgt
der General!"

„Auf Wiedersehen!" sagte der Doktor, indem er
mit einem Blick liebevoller Zärtlichkeit dem Sohne seines
kaiserlichen Freundes die Hand reichte und nochmals
leicht sein Haupt streichelte.

Dann verabschiedete er sich mit herzlichem Hände=
druck von dem General und verließ das Zimmer des Prinzen.

Mit trübem Blick und in tiefes Nachdenken ver=
sunken durchschritt er langsam die Gallerie, welche zu
dem Kabinet Napoleon's führte.

Im Vorzimmer des Kaisers fand er den dienst=
thuenden Adjutanten, General Favé, einen kleinen, be=
weglichen Mann mit leicht ergrauendem kurzen Haar
und lebhaften Augen — und den Marquis de Mou=
stier, welcher nach dem Rücktritt von Drouyn de Lhuys
in Folge der deutschen Katastrophe das Ministerium
der auswärtigen Angelegenheiten übernommen hatte.

Der Marquis war soeben angekommen, hatte ein
Portefeuille auf den Tisch gestellt und unterhielt sich
mit dem General. Beide Herren trugen den schwarzen
Ueberrock — nach der für den Morgenempfang am
französischen Hofe herrschenden Sitte.

Herr von Moustier, einer jener altfranzösischen
Edelleute, welche sich mit dem Kaiser ralliirt hatten,
war damals ein Mann hoch in den Fünfzigen. Seine
mittelgroße, früher so schlanke Gestalt hatte durch ein
leichtes Embonpoint etwas von ihrer Eleganz einge=
büßt, das vornehme blasse Gesicht, umrahmt von kurzem
schwarzen Haar, mit einem kleinen schwarzen Schnurr=
bart auf der Oberlippe, trug die Spuren tiefer Kränk=
lichkeit, zeigte aber dabei doch ein jugendlich leichtes
Mienenspiel.

Der Doktor Conneau begrüßte den Marquis mit
respektvoller Artigkeit und reichte dem General Favé
freundlich die Hand.

„Herr Minister," sagte er mit leichter Verbeugung, „ich bitte Sie, mir den Vorrang lassen zu wollen, ich werde Sie nicht lange zurückhalten, — ich möchte aber Seine Majestät nicht lange auf Nachrichten über das Befinden des kaiserlichen Prinzen warten lassen."

Der Marquis von Moustier drückte durch eine verbindliche Neigung des Hauptes sein Einverständniß aus und fragte:

„Und wie geht es dem Prinzen? — Sein Befinden," fuhr er fort, — „ist nicht nur eine medizinische, sondern auch eine sehr politische Frage, — und ich muß mich daher doppelt dafür interessiren."

„Der Prinz ist auf dem besten Wege zur vollständigsten Genesung, die Schmerzen in der Hüfte vermindern sich, und in Kurzem wird er, wie ich hoffe, vollständig gesund sein," — erwiederte der Arzt mit zuversichtlicher Stimme, indeß eine nicht ganz verschwindende Wolke auf seiner Stirne nicht durchaus mit dem Inhalt und Ton seiner Worte harmonirte.

„Das freut mich unendlich," sagte der Minister, — „Sie wissen, daß manche europäischen Kabinette und auch manche Parteien im Lande die Krankheit des Erben der Krone mit einer nicht sehr wohlwollenden Aufmerksamkeit verfolgen."

„Es ist eine Folge des Scharlachfiebers," sagte

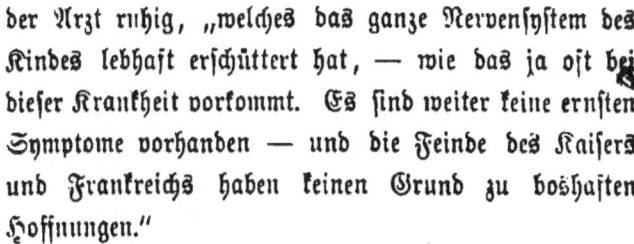

ber Arzt ruhig, „welches das ganze Nervensystem des
Kindes lebhaft erschüttert hat, — wie das ja oft bei
dieser Krankheit vorkommt. Es sind weiter keine ernsten
Symptome vorhanden — und die Feinde des Kaisers
und Frankreichs haben keinen Grund zu boshaften
Hoffnungen."

Die Thüre des kaiserlichen Kabinets öffnete sich,
— Napoleon III. erschien selbst in derselben und warf
einen Blick in das Vorzimmer.

Mit leichter Neigung des Kopfes und freundlichem
Lächeln erwiederte er die tiefen Verbeugungen des Mi=
nisters und des Leibarztes.

Der Kaiser war seit der Katastrophe des ver=
gangenen Jahres sichtlich älter und leidender geworden.
Der Winter hatte seine Gesundheit auf die Probe
gestellt und ihn mit rheumatischen Leiden heimgesucht,
deren schmerzhafte Affektionen sein überaus empfind=
liches und leicht erregbares Nervensystem angegriffen
hatten. Die Spuren dieser nicht gefährlichen, aber
schmerzhaften und peinlichen Leiden zeigten sich auf
seinem Gesicht und in seiner Haltung, — und wie er
dastand, leicht gebückt, den Kopf etwas zur Seite ge=
neigt, da hatte das sanfte und verbindliche Lächeln,
mit welchem er die Herren begrüßte, etwas Melan=
cholisches, Schwermüthiges, das bei einem Manne auf

dieser Höhe der Herrschaft und Macht traurig berühren mußte.

Dr. Conneau näherte sich dem Kaiser und sprach: „Ich komme vom kaiserlichen Prinzen, — der Herr Marquis von Mouftier will ein wenig Geduld haben," fügte er mit einer Verbeugung gegen den Minister der auswärtigen Angelegenheiten hinzu.

Der Kaiser nickte dem Marquis lächelnd zu und sagte:

„Auf sogleich, mein lieber Minister!" —

Dann wendete er sich in sein Kabinet zurück.

Dr. Conneau folgte ihm.

Als die Thüre sich hinter ihnen geschlossen, verließ der lächelnde Ausdruck vollständig das Gesicht des Kaisers. Er setzte sich in einen tiefen Lehnstuhl, welcher neben seinem Schreibtisch stand, und stützte beide Arme auf die Seitenlehnen.

Der von Schleiern umhüllte Blick seines Auges trat wie ein Stern aus den Wolken einer Sommernacht leuchtend hervor und richtete sich auf den langjährigen Freund, welcher ruhig vor ihm stehen blieb.

Aber dieser Blick war traurig, angstvoll bekümmert. Dieses wunderbar belebte Auge, welches da plötzlich in dem sonst so undurchbringlichen, ewig gleichen Antlitz des Imperators erschien, und aus den Zügen des Kai=

ſers die fühlende, in reichem Leben bewegte Seele des
Menſchen hervorblicken ließ, dieß Auge ſtrahlte einen
Strom weichen, elektriſchen Lichtes aus, die großen,
weiten Pupillen ſchienen in wechſelndem Farbenſpiel zu
ſchimmern und zu zittern und richteten ſich mit dem
Ausdruck banger Frage auf das ruhige Geſicht des
Arztes, der mit inniger Theilnahme zu dem vor ihm
ſitzenden Kaiſer herabſah.

„Wie geht es meinem Sohne, Conneau?" fragte
Napoleon.

„Sire," erwiederte der Leibarzt mit ernſter Stimme,
— „ich habe die beſte und begründete Hoffnung auf die
baldige und vollſtändige Geneſung, — aber ich kann es
Eurer Majeſtät nicht verhehlen, — der Prinz iſt noch
ſehr ernſtlich krank!"

Das Auge des Kaiſers trat noch leuchtender und
brennender hervor und ſchien in der Seele des Arztes
leſen zu wollen.

„Iſt Gefahr für ſein Leben da?" fragte er mit
faſt tonloſer Stimme.

„Ich würde kindiſch und lächerlich handeln und
wäre nicht der Freund Eurer Majeſtät," ſagte Dr. Con=
neau, „wenn ich Ihnen in dieſem Augenblick auch nur
ein Atom meiner Gedanken vorenthielte. — Nach der
ſchweren Krankheit, die der Prinz durchgemacht hat,"

fuhr er mit ernster und fester Stimme fort, „ist eine
Art von Anämie, eine Verdünnung der Blutsubstanz
eingetreten, verbunden mit einer sensitiven Reizbarkeit
der Nerven, welche wie eine zu starke Flamme die ohne=
hin schwache und sich nicht genügend wieder ersetzende
Lebenskraft verzehrt. Alles kommt darauf an, ob die
geheimnißvolle Arbeit der Natur aus dem unerschöpf=
lichen Quell ihres Reichthums die rasch sich verzehren=
den Kräfte wieder ergänzen und die regelmäßige Oeko=
nomie des Organismus wieder herstellen wird. Mein
Arzneischatz besitzt dafür kein Mittel; — auch wäre es
hochgefährlich, mit scharfen und differenten Präparaten
in die stille Entwickelung dieser zarten Natur einzu=
greifen. Entwickelt diese Natur die Kraft, um die
Krisis, welche wesentlich eine Stagnation ist, zu über=
winden, so kann der Prinz in kurzer Zeit vielleicht zu
voller Jugendkraft erblühen und eine feste und kräftige
Gesundheit erlangen, — aber," fuhr er fort und sein
klares, offenes Auge senkte sich vor dem brennenden
Strahl des kaiserlichen Blickes, — „wenn die Natur
die Hülfe versagt, so kann eben so schnell die an beiden
Enden entzündete Kerze sich verzehren."

„Und was muß geschehen, um der Natur ihre
Arbeit zu erleichtern?" fragte der Kaiser, indem er die
Hände faltete und sich w . . zu dem Arzte hin vorbeugte.

lz auf:
1 Aus=
bleiben
agte er
freund=
ige, —

— er

Tagen
bt und
meiner

er hin

ajeſtät
."

ιoleon

, die

: deß

künf=

dem

ſchritt

dem

jalb

—

„Abſolute Ruhe, Fernhaltung jeder Aufregung und
friſche Luft," erwiederte der Arzt, — „der Prinz muß
nach Saint Cloud, ſobald das Wetter wärmer und be=
ſtändiger wird, — und ich wollte Eure Majeſtät bitten,
die nöthigen Befehle dazu zu geben."

„Fahren Sie ſogleich hinaus, lieber Conneau," rief
Napoleon, „und ordnen Sie Alles an, wie es am Beſten
iſt, thun Sie Alles, was nöthig iſt, und" — er ſtreckte
die Hände wie flehend dem Freunde entgegen, — „er=
halten Sie mir meinen Sohn, — erhalten Sie den kai=
ſerlichen Prinzen!"

Voll tiefen Mitgefühls und mit dem Ausdruck
inniger, liebevoller Theilnahme blickte Dr. Conneau auf
den Kaiſer. Er trat einen Schritt näher zu ihm hin
und ſprach mit weicher, leicht zitternder Stimme:

„Was meine Kunſt vermag, Sire, wird geſchehen,
— und," fügte er hinzu, — „wo meine Kunſt nicht
ausreicht, wird mein Gebet den großen Arzt dort oben
um ſeine Hülfe anflehen!"

Der Kaiſer ſenkte den Blick und ſah einige Augen=
blicke ſtarr vor ſich hin.

„Dringt das Gebet des Menſchen zu jenem geheim=
nißvollen Weſen empor, das die Schickſale der Menſchen
und Völker lenkt?" fragte er in faſt flüſterndem
Ton. — „O mein lieber Freund," rief er dann, indem

er sich lebhaft emporrichtete und den Kopf langsam
gegen die Lehne seines Fauteuils zurücksinken ließ, „wie
schwer ruht die Hand des Schicksals auf mir! —
Dieses Kind," sagte er mit weicher Stimme, — „ich
liebe es — es ist so rein, so gut — wie ich einst war
-- vor langen, langen Jahren" — fügte er träumerisch
hinzu, — „es ist der Sonnenstrahl meines Lebens —
aber es ist mehr -- es ist die Zukunft meiner Dy=
nastie, dieser Dynastie, die mein Oheim mit so viel
Blut und Schlachtendonner gegründet, — die ich mit
so viel Geduld, so viel mühsamer Arbeit, so viel uner=
müdlicher Zähigkeit wieder errichtet habe! Wenn das
Verhängniß mir dieses Kind nimmt, wird das Herz
des Vaters brechen, — das stolze Gebäude des Kaisers
zusammensinken! — O," fuhr er fort, — wie zu sich
selber sprechend, — „jeder Vater kann am Bette seines
kranken Kindes sitzen, seine Athemzüge bewachen — ich
aber muß all' diese Sorge, all' diesen Kummer in mich
verschließen, mit lächelndem Angesicht muß ich meinen
Sohn besuchen, — verleugnen muß ich die Sorge, die
mein Herz bedrückt, denn Niemand, Niemand Conneau,
darf es ahnen, daß der Wurm am Herzen meines Kaiser=
thums frißt, — o Conneau, Conneau," rief er mit un=
endlich schmerzlichem Ausdruck, seinen Blick auf den Arzt
richtend, — „es ist recht schwer, Kaiser zu sein!"

/ſiche nächſt Seite!

„Alles Große iſt ſchwer, Sire," ſagte Dr. Con=
neau, — „jedenfalls war es ſchwerer, Kaiſer zu werden,
als es zu ſein."

„Wer weiß?" ſagte Napoleon träumeriſch.

„Aber warum wollen Eure Majeſtät ſo trüben
Gedanken folgen?" ſprach Dr. Conneau, „Sie waren
ſo ſtolz und kühn in den Tagen des Unglücks, des
Kampfes, — haben Sie das Vertrauen auf Ihren Stern
verloren, der ſo glänzend zum Zenith heraufgeſtiegen iſt?"

Napoleon ſenkte einen langen Blick in die Augen
ſeines Freundes.

„Oft will es mir ſcheinen," ſprach er düſter, „als
ob dieſer Stern ſeine Mittagshöhe überſchritten habe
und ſich niederſenken wolle zum Abend — zur Nacht,
wenn dieß junge Leben erliſcht, das den neuen Morgen
nach meines Tages Ende heraufführen ſoll. — Die Geſchichte meines Hauſes lehrt mich," fuhr er mit dumpfem Tone fort, „daß das Schickſal Wege hat, welche
von Auſterlitz nach St. Helena führen!"

„Sire, welch' finſterer Geiſt umſchwebt Sie!" rief
Dr. Conneau, — „iſt denn nicht jener Märtyrerfelſen
von St. Helena der Grundſtein des ſo glänzend wieder
erſtandenen Kaiſerthrones geworden? — Sire, — wenn
die Welt hören könnte, welche Gedanken den mächtigen
Herrſcher des großen ⁊ ... ⁊ichs erfüllen —"

„Sie wird es nicht," rief der Kaiser sich stolz aufrichtend, indem seine Züge den gewohnten ruhigen Ausdruck wieder annahmen, — „diese Gedanken bleiben
hier in der Brust des Freundes! — Conneau," sagte er
sanft und ein unendlich anmuthiges, fast kindlich freundliches Lächeln erhellte seine vorher so düstern Züge, —
„ich habe doch einen Vorzug vor meinem Oheim, — er
lernte seine wahren Freunde erst in den späten Tagen
des Unglücks kennen — ich habe sie vorher erprobt und
weiß auf dem Thron, wer in der Verbannung an meiner
Seite war."

Und er reichte dem Leibarzt die Hand.

Dieser blickte mit feuchtem Auge zum Kaiser hin
und sprach:

„Ich bitte Gott, daß das Glück Eurer Majestät
eben so treu bleibe, wie das Herz Ihrer Freunde."

„Und nun gehen Sie, Conneau," sagte Napoleon
nach einer augenblicklichen Pause, — „eilen Sie, die
nöthigen Vorkehrungen zu treffen, um das Leben des
Prinzen zu retten, — ich will arbeiten, um seinen künftigen Thron zu befestigen. — Noch Eins," rief er dem
der Thüre zuschreitenden Arzte zu, indem er einen Schritt
zu ihm hintrat, — „Niemand darf wissen, daß dem
Prinzen irgend eine Gefahr droht, — schon deßhalb
muß er fort, um aller Beobachtung zu entgehen, —

Niemand, Conneau! — auch die Kaiserin nicht, — sie
würde ihren Kummer, ihre Sorge nicht verbergen können,
— auch mein Vetter Napoleon nicht," fügte er hinzu,
indem sein scharfer Blick sich tief in das Auge des Arztes
tauchte.

„Seien Sie unbesorgt, Sire," sagte dieser, — „ich
weiß die Geheimnisse des Kaisers zu bewahren!"

Und den nochmaligen herzlichen Händedruck des
Kaisers erwiedernd, schritt er der Thüre zu und verließ
das Kabinet.

Napoleon blieb allein.

Er ging einige Male langsam im Zimmer auf und
nieder.

„Will das Schicksal sich wirklich gegen mich wen=
den?" sprach er nachdenklich, — „sollte es wirklich so
viel schwerer sein, sich auf der Höhe zu erhalten, als
dieselbe zu erklimmen? — Und ist es die Hand des
Schicksals," fuhr er fort, „die sich gegen mich erhebt, —
habe ich nicht schwere Fehler gemacht? — Mexiko! —
durfte ich mich in diese Unternehmung einlassen, ohne
Englands sicher zu sein? — Die deutsche Katastrophe?
— habe ich sie nicht herankommen lassen, da es noch
Zeit war, sie zu beschwören? — Italien? war es richtig,
vom Frieden von Zürich abzugehen und den Einheits=
staat erstehen zu lassen, der sich gegen mich erhebt und

Rom verlangt, das ich ihm nicht geben kann, ohne die
Kirche zu meinem Todfeind zu machen, — ohne für
immer den Einfluß Frankreichs auf der Halbinsel auf=
zugeben! — Und sind jene Carbonari zufrieden? —
Bin ich sicher, daß nicht ein zweiter Orsini gegen mich
die Hand erhebt? — Ja," sprach er, sinnend vor sich
hinblickend, — „es waren große Fehler, die ich began=
gen habe und ihre bösen Folgen stehen gegen mich auf!
— Doch," rief er nach einem augenblicklichen Nachdenken,
indem ein Schimmer von Heiterkeit und Zuversicht über
sein Gesicht flog, — „es ist gut, daß diese peinliche
Lage eine Folge meiner Fehler ist, — menschliche Fehler
kann menschlicher Wille und menschliche Klugheit ver=
bessern und wieder gut machen, — aber des ewigen
Fatums Hand ist unabänderlich und unerbittlich. —
Wenn mein Sohn mir entrissen würde," sprach er dann
wieder düster, indem der Schimmer einer Thräne die
Wimpern seines Auges befeuchtete, — „das wäre aller=
dings die Hand des Schicksals, — aber für jetzt droht
diese Hand nur, — darum will ich so gut als möglich
meine Fehler zu verbessern suchen, um das Schicksal zu
versöhnen. — Dieser deutschen Frage gegenüber muß
Etwas geschehen, um der Welt und Frankreich insbe=
sondere zu zeigen, daß meine Macht unvermindert da=
steht und daß so mächtige Veränderungen in den Ver=

hältnissen Europas sich nicht vollziehen dürfen, ohne
daß auch Frankreich in entsprechender Weise sich verstärkt,
um das Gleichgewicht gegen die neue Macht zu erhalten."

Er setzte sich in seinen Fauteuil und zündete an
der daneben auf dem Tische stehenden brennenden Kerze
eine jener großen, aus den feinsten Blättern gewundenen
Regalia=Cigarren an, welche für ihn eigens in der Ha=
vannah hergestellt wurden.

Während sein Blick sinnend den leichten blauen
Ringelwolken folgte, welche das Zimmer mit ihrem
strengen aromatischen Duft erfüllten, sprach er leise vor
sich hin:

„Man räth mir zu großen Kombinationen und
Koalitionen, um dieß Werk von 1866 wieder zu zer=
stören. — Ist es das Interesse Frankreichs, das In=
teresse meiner Dynastie, ein so gefahrvolles Spiel zu
unternehmen und in die nach den großen Gesetzen des
nationalen Völkerlebens sich vollziehenden Ereignisse ein=
zugreifen? — Wem würde ich nützen, — wer würde
es mir danken? — Nein," sagte er lauter, — „lassen
wir jene Ereignisse ihren Entwicklungsgang gehen, —
die Stellung und das Prestige Frankreichs wird auch
neben dem geeinten Deutschland in der Welt bestehen
können, wenn ich nur auch in meine Wagschale die nöthigen
Gewichte zu legen verstehe. — Dieß Luxemburg ist das

erſte, — das franzöſiſche Belgien, — ein neutraliſirter
Rheinſtaat," flüſterte er, — „bei den weiteren Schrit=
ten zur Vereinigung Deutſchlands werde ich vorſichtiger
ſein und mir meine Kompenſationen vorher ſichern! —
Aber wird man in Berlin dieſe Erwerbung Luxemburgs
zugeſtehen? — Man wird nicht ſo thöricht ſein, um
dieſer Frage willen mit mir zu brechen!" rief er auf=
ſtehend, „man hat wahrlich dort genug erreicht, um mir
Etwas wenigſtens zu gewähren, — dazu jetzt, wo meine
Armee in ihrer verſtärkten Organiſation erheblich vor=
geſchritten iſt."

Er ergriff einen Brief, der auf dem Tiſch neben
ihm lag, und blickte einige Augenblicke aufmerkſam auf
die eleganten, feſten Schriftzüge, welche das ſtark glän=
zende Papier trug.

„Die Königin Sophie iſt der geiſtreichſte Politiker
unſerer Tage," ſagte er dann, — „wie ſie die feinſten
Nüancen eines Gedankens verſteht und erfaßt mit aller
Feinheit der Frau und aller Klarheit des Mannes! —
Sie glaubt nicht, daß die Frage ſo glatt ſich löſe, und
befürchtet einen Konflikt —"

Er ſann einen Augenblick nach und bewegte dann
leicht eine kleine, neben ihm ſtehende Glocke.

„Ich laſſe den Marquis de Mouſtier bitten," be=
fahl er dem eintretenden Kammerdiener.

Der Minister trat ein. Napoleon erhob sich und begrüßte ihn mit leichtem Kopfneigen. Dann deutete er auf einen ihm gegenüberstehenden Sessel und ließ sich wieder bequem in seinen Fauteuil sinken, während der Marquis sein Portefeuille öffnete und mehrere Papiere aus demselben hervorzog.

„Sie sehen heiter aus, mein lieber Minister," sagte der Kaiser lächelnd, indem er die Spitze seines langen Schnurrbartes leicht durch die Finger gleiten ließ, — „bringen Sie mir gute Nachrichten?"

„Sire," sagte der Marquis, indem er den Blick über ein Papier gleiten ließ, das er aus seinem Portefeuille genommen, — „die Negoziation im Haag geht vortrefflich — Baubin berichtet, daß die Regierung dort entschlossen sei, um jeden Preis die Trennung Limburgs und Luxemburgs von Deutschland zu erreichen und sich von der steten Drohung zu befreien, welche die bewaffnete Hand Preußens in der Festung Luxemburg für sie bildet. Alle Unterhandlungen in Berlin, um, nach der Auflösung des deutschen Bundes, jenes Band mit Deutschland zu lösen, — sind vergeblich gewesen und der König ist vollkommen bereit, das Großherzogthum an Frankreich abzutreten. Es müsse dann aber — was ich schon Ende des vorigen Monats in Aussicht gestellt habe — die ganze Negoziation mit Preußen hier übernommen

werden. — Der Gesandte fügt hinzu," fuhr der Mar=
quis fort, „daß die Bevölkerung im Großherzogthum
der Annexion an Frankreich durchaus geneigt sei und
mit Freuden den Augenblick begrüßen werde, wo es ihr
vergönnt sein möchte, einen Theil der großen franzö=
sischen Nation zu bilden."

Ein zufriedenes Lächeln umspielte die Lippen des
Kaisers. Indem er leicht die Spitze seines Schnurrbarts
drehte, fragte er:

„Hat man über den Preis des Verkaufs gesprochen?"

„Nicht eingehend," erwiederte der Minister, — „es
ist das besondern Verhandlungen vorbehalten."

„Die Frage ist auch gleichgültig," sagte der Kaiser,
— „man darf darauf kein besonderes Gewicht legen.
Jedenfalls wird man in Holland wissen, daß der wesent=
lichste und wichtigste Theil des Preises in der Zukunft
liegt. — Das vlämische Sprachgebiet —"

„Man ist vollkommen von der gegenwärtigen und
zukünftigen Bedeutung der Frage unterrichtet," sprach
der Marquis schnell, indem er in den Bericht blickte,
den er in der Hand hielt, „und der Gesandte ist erstaunt,
ein so eingehendes Verständniß gefunden zu haben."

Mit leichtem Lächeln neigte der Kaiser das Haupt.

„Die allgemeine Volksabstimmung hat man als
Bedingung gestellt," fuhr der Minister fort.

„Das versteht sich von selbst," sagte der Kaiser, indem er einen langen Zug aus seiner Cigarre that und eine große blaue Rauchwolke vor sich in die Luft blies. — „Doch nun, mein lieber Marquis," fuhr er fort, und ein forschender Blick fuhr blitzschnell zu seinem Minister herüber, — „wie glauben Sie, daß man die Sache in Berlin aufnehmen wird? — fürchten Sie, daß wir dort Schwierigkeiten haben werden?"

Der Marquis de Moustier zuckte leicht die Achseln und antwortete, indem er einen andern Bericht aus seiner Mappe hervorzog:

„Benedetti hat natürlich über den Gegenstand selbst nicht mit dem Grafen Bismarck gesprochen, indeß berichtet er, daß der preußische Ministerpräsident in jeder Weise den Wunsch betont, mit Frankreich auf dem besten und freundschaftlichsten Fuße zu stehen, und er zweifelt nicht, daß die preußische Regierung mit Freuden die Gelegenheit ergreifen werde, um den Wunsch der Erhaltung guter Beziehungen durch diese für sie in der That nicht bedeutungsvolle Konnivenz zu manifestiren."

„Ich hoffe, daß Benedetti sich nicht täuscht," sagte der Kaiser mit einem leichten Seufzer. — „Mein lieber Minister," fuhr er nach einigen Sekunden fort, indem er sich leicht zu dem Marquis hinüberneigte, — „Sie wissen, wie sehr man sich von Wien aus bemüht, uns

nach jener Seite hinüberzuziehen, — durch die Bildung
eines Südbundes unter Oesterreichs Führung dem Werke
Preußens ein unübersteigliches Bollwerk entgegenzu=
setzen —"

Der Marquis neigte leicht das Haupt.

„Aber ich muß Ihnen sagen," fuhr der Kaiser
fort, — „ich will diesen Weg nicht gehen, die wahre
Macht in Europa liegt in den Händen von Preußen
und Rußland — und dieser Allianz will ich mich an=
schließen, denn in ihr liegt das Leben und die Zukunft.
— Ich hatte schon früher einen ähnlichen Gedanken, ich
dachte an die Wiederaufrichtung jener mächtigen schieds=
richterlichen Gewalt in Europa, welche Metternich unter
dem Namen der heiligen Allianz geschaffen hatte, — sie
würde noch mächtiger, noch gewaltiger geworden sein,
wenn Frankreich in ihr die Stelle Oesterreichs einge=
nommen hätte. Friedrich Wilhelm IV. verstand mich,
— aber sein reicher Geist verdunkelte sich — und er
starb, — jener große Gedanke blieb unausgeführt, —
vielleicht läßt er sich heute wieder anbahnen. — Wenn
man mir die Konzession von Luxemburg macht und mir
bewilligt, was Frankreich noch bedarf, um seine Zu=
kunft sicher und groß zu gestalten, — dann, mein
lieber Marquis, sollen meine Ideen eine festere Gestalt
gewinnen."

Der Marquis verneigte sich.

„Ich kenne," sagte er, „diesen Gedanken Eurer Ma=
jestät und habe ja damals auch daran gearbeitet, seine
Ausführung vorzubereiten, — leider," fuhr er fort, in=
dem er den Blick senkte, „war es mir nicht vergönnt,
meine Thätigkeit in jener Richtung fortzusetzen —"

Der Kaiser reichte ihm die Hand hinüber, welche
der Minister ehrerbietig ergriff.

„Sie waren damals das Opfer Ihres Dienst=
eifers," sagte Napoleon verbindlich, — „eines Dienst=
eifers, für den ich Ihnen stets dankbar bin und bleiben
werde."

„Und wenn," rief der Marquis, „diese Konzession
verweigert werden sollte, — das heißt, wenn man zu=
nächst Schwierigkeiten machen sollte, so wird ein festes
und energisches Auftreten genügen, um die Zustimmung
zu erreichen; — England wird uns keine Schwierig=
keiten machen und in Berlin wird man vor wirklich
ernstem Auftreten zurückweichen. Die Aufregung des
Krieges und das Hochgefühl des Sieges sind dort ver=
raucht, die Schwierigkeiten der innern Verhältnisse des
Nordbundes machen sich mächtig fühlbar, und schwerlich
wird man um dieses Gegenstandes willen einen ernsten
Konflikt mit kriegerischer Eventualität sich zuspitzen
lassen. — Ich kenne," fuhr er mit leichtem Lächeln

fort, „Berlin, — und weiß, wie schwer man sich dort entschließt."

Der Kaiser blickte ihn einen Augenblick nachdenklich an.

„Sie haben das alte Berlin gekannt," sagte er dann, — „ich fürchte, man ist dort jetzt schneller von Entschluß, — und sieht auch sehr klar die letzten Konsequenzen eines ersten Schrittes. — Indeß," rief er und richtete den Kopf empor, — „es muß gehandelt werden, — instruiren Sie also Baudin, daß er so bald als möglich den Luxemburger Vertrag zum Abschluß bringt — und daß er vor Allem bis zur definitiven Abmachung die äußerste Diskretion bewahrt, — wir müssen mit einem fait accompli hervortreten."

Der Marquis verneigte sich und stand auf, indem er seine Papiere in die Mappe verschloß.

Der Kaiser erhob sich und trat einen Schritt zu seinem Minister.

„Halten Sie aber zugleich den Faden der Negoziation mit Oesterreich fest," sagte er, — „wir müssen den Weg offen halten, um, wenn auf der einen Seite unsern Planen Schwierigkeiten entgegentreten, das andere Gewicht in die Wagschale werfen zu können!"

„Seien Eure Majestät unbesorgt," erwiederte der Marquis, — „der Herzog von Gramont wird seine

Konverfationen mit Herrn von Beuft fortfetzen — fie
verstehen Beide fo vortrefflich zu sprechen," fügte er mit
kaum merkbarem Lächeln hinzu, — „und wir werden
feinerzeit daraus machen, was wir wollen, — die Bafis
für ein politisches Gebäude, — oder das lehrreiche Material für unfere Archive."

„Auf Wiederfehen, lieber Marquis," rief Napoleon,
indem er freundlich lächelnd mit der Hand grüßte, und
sich tief verneigend verließ der Minister das Kabinet.

„Ich muß eine spezielle Instruktion an Benedetti
auffetzen laffen," fagte der Kaifer, „damit er die ganze
Bedeutung der Frage versteht und dafür das Terrain
vorbereitet."

Und er wendete sich langfam nach der Seite des
Zimmers, wo eine dunkle Portière den Ausgang verdeckte, welcher zu feinem geheimen Sekretär Pietri hin-
abführte.

Das Gemach blieb leer.

Nach einigen Minuten öffneten sich die Flügel der
Eingangsthür und der Kammerdiener des Kaifers rief:

„Ihre Majestät die Kaiferin!"

Die Kaiferin Eugenie trat rafch in das Kabinet,
hinter ihr schloß sich geräuschlos die Thüre.

Die schlanke, geschmeidig elastifche Gestalt der Kaiferin ließ in ihrer jugendlich anmuthigen Haltung die

einunbvierzig Lebensjahre nicht vermuthen, welche über
ihr Haupt hingezogen waren.

Trugen die Züge ihres Gesichts, von dem wunder=
bar schönen, in dunklem Goldblond schimmernden Haare
umrahmt, auch nicht mehr den Ausbruck der früheren
Jugend, so hatte doch auch das Alter noch keines seiner
unerbittlichen Zeichen auf dieses nach der Antike geschnit=
tene Antlitz gezeichnet, dessen reine und edle Schönheits=
linien über dem Einfluß der Zeit zu stehen schienen.

Mit unnachahmlicher Grazie trug die Kaiserin den
schönen Kopf auf dem langen, schlanken Hals; ihre
großen Augen von schwer bestimmbarer Farbe, nicht
strahlend von scharfem Geisteslicht, aber in schimmern=
dem Schmelz eine lebhafte Empfänglichkeit reflektirend,
erleuchteten belebend die an den Marmor erinnernden Züge.

Die Kaiserin trug ein dunkles Seidenkleid, dessen
reiche, schwere Falten, der Mode der Zeit gemäß, in
weiter Ausbehnung über jene schwellenden tulles d'illusion
hinabflossen, welche man in den untern Kreisen der Ge=
sellschaft durch die häßlichen und geschmacklosen Crino=
lines nachahmte, — eine Brosche von einem großen
Smaragb, mit Perlen umrahmt, bildete ihren einzigen
Schmuck.

Sie blieb erstaunt stehen, als sie das Zimmer leer
sah, — der Blick ihres großen Auges suchte den Kaiser.

Indem dieser Blick die dunkle Portière streifte, welche zu dem Kabinet Pietri's führte, erschien ein Aus= druck des Verständnisses auf ihren Zügen, und zu dem Tisch in der Mitte hinschreitend, setzte sie sich langsam in den Fauteuil, welchen der Kaiser vor Kurzem ver= lassen hatte.

Ihr Blick lief über den Tisch hin, wie um etwas zu suchen, womit sie sich die Zeit vertreiben könne, während sie ihren Gemahl erwartete.

Da fiel ihr Auge auf den Brief, welchen der Kaiser dorthin aus der Hand gelegt hatte, und ihr Blick haf= tete auf den Schriftzügen mit einem leichten Ausbruck von unmuthigem Verdruß.

Sie streckte die schöne Hand aus und indem sie das Blatt mit den Spitzen ihrer zarten, rosigen Finger ergriff, begann sie zu lesen.

„Welche Freundschaftsversicherungen!" rief sie mit kaum merklich zitternder Stimme.

Plötzlich aber öffnete sich ihr Auge weiter und ihre Züge nahmen den Ausbruck höchster Spannung an. Mit fliegendem Blick las sie den Brief zu Ende, warf ihn dann auf den Tisch zurück und erhob sich, um mit raschen Schritten einige Male im Zimmer auf und nieder zu gehen.

„Das also ist im Werk!" — rief sie dann, indem

sie wieder stehen blieb und die weißen Finger fest auf
die Lehne des Fauteuils drückte, — „ich habe es ge=
fürchtet, daß der Geist des Kaisers sich nicht frei machen
kann von dem Gedanken, mit diesem Deutschland, dieser
Schöpfung des preußischen Ehrgeizes, Frieden zu machen
und den Gedanken an Revanche, an Rache aufzugeben.
— Mit dieser armseligen Kompensation, diesem nichts=
bedeutenden Großherzogthum Luxemburg soll Frankreich
sich abkaufen lassen, um ruhig zuzusehen, wie Deutsch=
land heranwächst, wie Italien sich immer mehr stärkt
zum Verderben und zum Untergang der Kirche?"

Sie that wieder einige Schritte durch das Zimmer.

„Wenn dieß Arrangement ausgeführt wird," rief
sie lebhaft, „so ist die Zukunft dahingegeben, — das
darf nicht sein, — wir müssen warten und uns stärken,
um dann mit der ganzen Macht Frankreichs auftreten
zu können und mehr zu erreichen, als dieß Luxemburg."

Sie machte eine wegwerfende Bewegung mit der
Hand.

„Aber wie verhindern," sagte sie leise, das Haupt
neigend, — „was schon abgemacht zu sein scheint!" —

Ein Geräusch wurde hörbar, Napoleon erschien
unter der Portière.

Die Kaiserin wendete anmuthig den Kopf und lä=
chelte ihrem Gemahl entgegen.

Rajch trat der Kaiser zu ihr hin, — ein freund=
licher Schimmer belebte sein Gesicht.

Sie reichte ihm die Hand, — mit einer fast jugend=
lichen Bewegung voll anmuthiger Eleganz drückte er die
Lippen darauf.

„Sie haben lange gewartet?" fragte er.

„Einen Augenblick," erwiederte die Kaiserin, —
„ich kam, um mit Ihnen zu Louis zu gehen, der arme
Kleine muß bald nach Saint Cloud, hat mir Conneau
gesagt."

„Ja," sagte der Kaiser, — „er bedarf der frischen
Luft und der Ruhe, um vollständig zu genesen. Beides
hat er hier nicht, — um so weniger, als die Besuche
der Ausstellung schon bald beginnen und uns sehr in
Anspruch nehmen werden, — die Souveräne werden fast
alle kommen —'

„Also der europäische Horizont zeigt keine Wolken?"
fragte die Kaiserin lächelnd.

„So wenig als die schöne Stirn meiner an jedem
Morgen neuverjüngten Gemahlin," erwiederte der Kaiser,
— dann bewegte er die Glocke.

„Die Frau Admiralin Bruat!" befahl er dem
Kammerdiener.

„Sie wartet bereits im Vorzimmer," sagte die
Kaiserin.

„Also gehen wir zu unserem Louis," sprach Napo=
leon und reichte seiner Gemahlin den Arm.

Die Flügelthüren öffneten sich, mit freundlichem
Lächeln begrüßte der Kaiser die ihm entgegentretende
Gouvernante der Kinder von Frankreich, die Wittwe
des Admirals Bruat.

Sie schritt voran; lächelnd mit einander plaudernd
begab sich das kaiserliche Paar nach den Gemächern des
Prinzen.

Zweites Kapitel.

Vor dem großen Palais am Boulevard des Ita=
liens, deſſen weite Parterreräume von dem Grand Café
eingenommen werden und in deſſen Beletage der welt=
bekannte Jockeyklub ſeine glänzenden Salons etablirt
hat, hielt um die Mittagsstunde eines ſonnigen März=
tages in raſcher Anfahrt ein kleines blaues Coupé von
jener äußersten einfachen Eleganz in dem Bau des
Wagens und in dem Geſchirr, welche man vorzugsweiſe
in Paris, und in Paris wieder in höchster Vollkommen=
heit bei den Mitgliedern jenes berühmten Klubs findet,
der den Sport auf die Höhe der anmuthigſten Voll=
endung gebracht hat. Eine einfache dunkle Chiffre,
überragt von einer Grafenkrone, befand ſich auf dem
Schlage, und dem leichten Zügeldruck des in tabelloſer
dunkelblauen Livrée unbeweglich auf dem Bock ſitzenden
Kutſchers gehorchend, hielt das edle, hochelegante Pferd
mit ruhiger Sicherheit vor dem großen Eingangsthore

den schnellen Trab ab und stand bewegungslos da, —
nur den schönen Kopf leicht erhebend und aus den weit
geöffneten Nüstern den heißen Athem in die frische
Märzluft ausstoßend.

Aus dem Coupé stieg ein großer, schlanker Mann,
mit der höchsten Eleganz in dunkle Farben gekleidet,
große tiefdunkle Augen blickten ruhig, aber mit traurig
sinnendem Ausbruck, aus dem edlen, scharfgeschnittenen
Gesicht, dessen gleichförmige matte Blässe nur durch einen
kleinen schwarzen Schnurrbart auf der Oberlippe unter=
brochen wurde. Seine kurzen schwarzen Haare bedeckte,
in die Stirne gedrückt, einer jener niedrigen graziösen
Hüte aus den Magazinen von Pinaud & Amour, seine
Hand, in elegantem dunkelgrauen Handschuh, drückte
leicht ein weißes Batisttuch gegen die Lippen, um sich
gegen die rauhe Märzluft zu schützen.

Er warf einen prüfenden Blick auf das Pferd und
befahl dem Kutscher, nach Hause zu fahren. Dann
nahm er aus einem Körbchen, welches eine kleine Bou=
quetière ihm präsentirte, einen kleinen Strauß duftender
Veilchen, legte dafür ein Frankenstück in den Korb und
stieg leichten, elastischen Schrittes die breite, mit dichten
weichen Teppichen belegte Treppe hinauf. Oben ange=
langt, wendete er sich zu dem mit mächtigen geschnitzten
Büffets und reichen silbernen Aufsätzen ausgestatteten

Frühstückszimmer; die auf dem Korridor wartenden La=
kaien des Klubs in ihren eleganten Livréen öffneten die
Thüre und ein junger Mann von etwa einundzwanzig
Jahren, mit hochblondem, offenen und frischen Gesicht
von norddeutschem Typus, welcher allein in dem großen
Gemach an einem kleinen, zierlich gedeckten Tische saß,
rief dem Eintretenden mit einem lächelnden Blick seiner
großen lichtblauen Augen entgegen:

„Guten Morgen, Graf Rivero — Gott sei Dank,
daß Sie kommen, um diese langweilige Einsamkeit zu
beleben, in welcher ich mich hier wie ein Einsiedler be=
finde. Ich weiß nicht, wo alle Welt heute noch steckt,
— ich bin früh geritten und habe einen ungeheuren
Appetit, — ich habe mir da ein sehr gutes kleines De=
jeuner komponirt, — wollen Sie meinem Geschmack
vertrauen und ein Couvert nehmen?"

„Mit Vergnügen, Herr von Grabenow," erwiederte
der Graf, indem er seinen Hut einem Lakaien reichte.

Der Haushofmeister des Klubs war herangetreten
und winkte bei der Antwort des Grafen den zum Dienst
bereit stehenden Dienern, welche mit jener Geschwindig=
keit und Unhörbarkeit, die der Bedienung in den guten
Häusern eigenthümlich ist, dem jungen Herrn von Gra=
benow gegenüber ein Couvert auf den Tisch legten.

„Nehmen Sie inzwischen ein Glas von diesem

Sherry," sagte der junge Mann, indem er dem Grafen, welcher sich ihm gegenübergesetzt hatte, aus dem vor ihm stehenden Karaffon von geschliffenem Krystall ein kleines Glas mit dem goldgelben Weine füllte, — „er ist gut, — und ich glaube, fast der einzige in Paris."

Der Graf nahm mit leichter Verneigung das Glas, trank einige Tropfen und sagte dann mit seiner leisen und doch volltönenden und melodischen Stimme:

„Man sieht Sie so wenig in letzter Zeit, mein lieber Herr von Grabenow — bei Ihrem Alter," fügte er mit einem halb schalkhaften, halb melancholischen Lächeln hinzu, — „ist es überflüssig, zu fragen, welche Geschäfte Sie in Anspruch nehmen."

Ein flüchtiges Roth überflog die Stirne des jungen Mannes und mit einiger Hast erwiederte er: „Ich war nicht ganz wohl, leicht erkältet und mein Arzt hatte mir verordnet, mich sehr zu schonen."

Der Graf nahm eine goldbraune Seezunge, welche man ihm servirte, und sprach, indem er den Saft einer Citrone darauf träufelte, mit scherzhaftem Ton:

„Deßhalb begegnete ich Ihnen auch wohl neulich im Bois de Boulogne in der Nähe der Kaskaden in einem verschlossenen Coupé mit einer — ohne Zweifel älteren Dame, welche Sie in Ihrer Krankheit pflegt — leider," fuhr er lächelnd fort — „war das Gesicht Ihrer Duenna in so dichte Schleier gehüllt, daß ich nichts davon sehen konnte."

Herr von Grabenow warf aus seinen großen, fast noch kindlich reinen blauen Augen einen schnellen, erschrockenen Blick auf den Grafen.

„Sie haben mich gesehen?" fragte er schnell.

„Ich ritt dicht an Ihrem Wagen vorüber," erwiederte der Graf, „aber Sie waren so sehr in die Unterhaltung mit Ihrer — Krankenwärterin vertieft, daß es mir unmöglich war, Sie zu grüßen."

Und er schenkte sich aus einer größeren Kryställkaraffe ein Glas jenes leichten, duftigen St. Emilion ein, dieser so selten rein zu findenden Perle aller edlen Rebengewächse von Bordeaux.

„Herr Graf," sagte der junge Mann nach einem augenblicklichen Nachdenken, indem er mit treuherzigem Ausdruck hinüberblickte, — „ich bitte Sie herzlich, Niemand sonst etwas von Ihren Beobachtungen mitzutheilen, — ich möchte nicht, daß diese Sache Gegenstand der Bemerkungen — und der Nachforschungen der Andern würde — Sie wissen, welche Ansichten und Grundsätze sie Alle haben, — und in diesem Falle passen dieselben nicht."

Der Graf blickte mit ernstem, theilnahmsvollen Ausdruck zu dem jungen Manne hinüber und ließ einen

Augenblick seinen tiefen, dunkeln Blick in dessen klaren blauen Augen ruhen.

„Meine Diskretion versteht sich von selbst," sagte er dann mit leichter Neigung des Hauptes, — „nur möchte ich Ihnen rathen," fuhr er mit freundlichem, wohlwollenden Lächeln fort, „künftig die Vorhänge Ihres Coupés zu schließen, denn nicht bei allen Ihren Bekannten könnten Sie der Diskretion so sicher sein, als bei mir."

Herr von Grabenow blickte ihn mit dankbarem Ausdruck an.

„Und dann," fuhr der Graf Rivero nach leichtem Zögern fort, — „verzeihen Sie dem viel älteren Manne eine Bemerkung, welche nur in meiner aufrichtigen Theilnahme für Sie ihren Grund hat, — es gibt der künstlichen Schlingen so viel in Paris — und diejenigen sind oft die gefährlichsten, welche sich mit den bescheidenen Blüten unschuldiger Gefühle umwinden."

Der junge Mann sah ihn groß mit ein wenig betroffenem Ausdruck an

„Lassen Sie meine Bemerkung eine ganz allgemeine sein," sagte der Graf, indem er die Hülle einer kleinen cotelette en papillote löste, welche der Lakai ihm darbot, — „und erinnern Sie sich derselben bei entsprechender Gelegenheit."

Herr von Grabenow sah ihn freundlich an, —
seine Erwiederung wurde abgeschnitten durch den Ein=
tritt eines alten Herrn von ungefähr siebenzig Jahren
im Reitanzug, welcher mit noch ziemlich fester und ela=
stischer Haltung eintrat.

Herr von Grabenow und der Graf Rivero erhoben
sich leicht zu seiner Begrüßung mit jener Courtoisie,
welche eine gut erzogene Jugend stets dem höheren Alter
entgegenbringt.

„Sieh' da, meine Herren," rief der Eingetretene,
indem er Hut und Reitpeitsche abgab und mit der Hand
grüßte, — „Sie sind beneidenswerth — so frühstückt
man nur in der glücklichen Zeit, da Magen und Herzen
jung sind, — später erfordert die gebrechliche Maschine
eine andere Diät."

Und er nahm von einem silbernen Teller, welchen
der Haushofmeister ihm präsentirte, ein Glas Madeira
und eine Schnitte jenes weichen, zarten Gebäckes, wel=
ches unter dem Namen Madeleines de Commercy unter
den vielen vortrefflichen Dingen, welche die Provinzen
Frankreichs ihrer Hauptstadt liefern, einen nicht geringen
Rang einnimmt.

„Der Herr Baron von Vatry will uns verhöhnen,"
sagte der Graf Rivero, „indem er von den Leiden des
Alters spricht, — ich habe Sie gestern einen Fuchs

reiten sehen, Herr Baron, dessen Temperament mir
Schwierigkeiten gemacht hätte, und den Sie mit bewun=
dernswerther Leichtigkeit und Sicherheit führten. — Sie
spotten der Herrschaft der Alles bezwingenden Zeit!"

Der alte Herr lächelte geschmeichelt und sagte: „Leider
ist diese Herrschaft unabänderlich und unterwirft uns endlich
doch, — wir mögen uns noch so lange dagegen sträuben."

Während er seine Madeleine in den Madeira
tauchte, öffnete sich schnell die Thüre und in rascher
Bewegung trat ein ganz junger, äußerst elegant, aber
ein wenig stark nach der Mode gekleideter Mann ein,
dessen blasses, etwas ermüdetes und abgespanntes Gesicht
unverkennbar den Typus vornehmer englischer Rasse trug.

„Woher so eilig, Herzog von Hamilton?" fragte
Herr von Patry, „zu dieser für Sie so frühen Stunde?"

„Ich bin gestern Abend lange im Café Anglais
gewesen," rief der junge Herzog, indem er sich vor Herrn
von Patry verbeugte und die andern Herren mit der
Hand grüßte, „wir haben ein herrliches Souper gehabt,
äußerst amüsant, —

> A minuit sonnant commence la fête,
> Maint coupé s'arrête,
> On en voit sortir
> Des jolis messieurs, des dames charmantes,
> Qui viennent pimpantes
> Pour se divertir, —"

trällerte er, mit möglichst falscher Stimme das Lied der
Metella aus Offenbach's „Vie parisienne" zitirend, —
„es war göttlich!" —

„Daher cette mine blafarde," rief Herr von
Grabenow lachend, — „das ist die Folge, — wie Metella weiter singt." —

„Jetzt aber," sagte der Herzog, „will ich mit Poëze
und einigen Andern Pistolen schießen, — wir haben
gewettet, wer das Coeur = Aß fünfmal hintereinander
trifft, — da muß ich mir eine feste Hand machen in
dieser frühen Morgenstunde durch ein vernünftiges Früh-
stück. — Cognac und Wasser," rief er dem maitre
d'hôtel zu — „und lassen Sie mir einige deaveld
cotelets machen, — ich habe dem Koch neulich das
Rezept gegeben — aber viel Curry, — immer noch mehr
Curry; diese französischen Köche verstehen den englischen
Gaumen nicht."

Der Lakai präsentirte eine geschliffene Flasche Cognac
und eine Karaffe Wasser, — der Herzog füllte sein
Glas zu gleichen Theilen mit beiden Flüssigkeiten und
leerte es auf einen Zug.

„Ah," rief er, „das ermuntert die Lebensgeister!"

„Apropos, Graf Rivero," rief der Herzog, nachdem er das Glas geleert, „wer ist denn dieser neu auf=
gegangene Stern aus Ihrem Vaterlande, der seit einiger

Zeit jeden Abend im tour du lac erscheint und alle
Augen blendet durch ihre Schönheit und die Eleganz
ihrer Equipagen? — Marchesa Pallanzoni hat man sie
mir genannt — wissen Sie etwas von dieser strahlen=
den Schönheitskönigin?"

„Ich kenne die Dame ein wenig," antwortete der
Graf in ruhigem gleichgültigen Ton, „da ich Relationen
mit ihrer Familie habe, welche ein altes Geschlecht Ita=
liens ist. — Ihren Gemahl kenne ich nicht, es soll ein
sehr alter, kränklicher Mann sein, von dessen Pflege sich
die junge schöne Frau wohl ein wenig hier in Paris
erholen will. Ich war einige Male in ihrem Salon
und habe sie sehr geistvoll und angenehm gefunden."

„Das nenne ich Chance!" rief der Herzog, —
„dann können Sie mich also bei diesem wunderbaren
Phänomen, das alle Herzen bezaubert, einführen?"

„Mit dem größten Vergnügen," erwiederte der
Graf mit leichter Neigung des Kopfes — „die
Marchesa empfängt, wenn sie zu Hause ist, jeden
Abend."

Inzwischen hatte man dem Herrn von Grabenow
und dem Grafen Rivero in jenen kleinen zierlichen Tassen
von Sèvresporzellan den Kaffee servirt, dessen aromati=
scher Duft sich im Zimmer verbreitete.

„Ich bin Sklave der übeln deutschen Gewohnheit

des Rauchens," sagte Herr von Grabenow, indem er sich erhob, — „und werde mich ein wenig in die beschauliche Stille des Rauchzimmers zurückziehen."

„Fahren Sie mit mir zum Schießen, meine Herren!" rief der Herzog von Hamilton, — „man sieht Sie ja nirgends mehr, Herr von Grabenow" — er sprach diesen deutschen Namen nach englischer Weise aus — „Sie werden zum Einsiedler!"

„Lassen Sie mich meine Cigarre konsultiren," sagte der junge Mann, „ob ich es wagen kann, mit so guten Schützen wie Sie zu konkurriren." — Und mit artiger Verbeugung gegen den alten Baron Vatry wendete er sich zur Thür.

„Sie rauchen ebenfalls, Herr Graf?" fragte er den Grafen Rivero, welcher aufgestanden war und sich anschickte, ihn zu begleiten.

„Ich will im Lesezimmer ein wenig die Journale durchblättern," erwiederte der Graf.

Beide hatten den Speisesalon verlassen.

„Ich will Ihnen aufrichtig gestehen," sagte der junge Herr von Grabenow, als sie draußen waren, — „ich habe meine Rauchpassion nur zum Vorwand genommen, um fortzugehen, — ich möchte nicht unter jene Gesellschaft gerathen, von der man so leicht nicht wieder losgelassen wird."

Ein Lakai überreichte dem Grafen auf einer silber=
nen Platte einen Brief.

„Der Kammerdiener des Herrn Grafen hat soeben
dieß Billet hieher gebracht."

Der Graf warf einen schnellen Blick auf das Cou=
vert, auf welchem man in blauem Druck las: Mai-
son de S. M. l'Impératrice, Service du premier
Chambellan.

„Haben Sie einige Minuten übrig, Herr von Gra=
benow?" fragte er.

„Gewiß, mit Vergnügen," erwiederte dieser.

„Ich habe meinen Wagen fortgeschickt, — wollen
Sie mich vor meiner Wohnung in der Chaussée d'Antin
absetzen? — es ist wenige Schritte von hier."

„Ich stehe ganz zu Ihrer Verfügung, Herr
Graf."

Beide Herren stiegen die breiten Treppen hinab, —
auf einen Wink des Portiers fuhr das elegante kleine
Coupé des Herrn von Grabenow vor und beide Herren
stiegen ein.

Nach wenigen Augenblicken verabschiedete sich Graf
Rivero von dem jungen Manne vor seinem Hause in
der Chaussée d'Antin.

Herr von Grabenow rief seinem Kutscher die Num=
mer eines Hauses in der Rue Notre Dame de Lorette

zu und in raschem Trabe eilte der leichte Wagen durch
das Treiben der Equipagen auf den Boulevards und
hielt nach kurzer Zeit vor einem großen Hause in der
genannten Straße. Der junge Mann verließ das
Coupé, befahl dem Kutscher zu warten und stieg die
nicht zu breite, aber reine und saubere Treppe
hinauf.

Die Vorflur der ersten Etage war durch eine große
Wand von undurchsichtigem weißen Glase verschlossen
und hatte zwei Eingänge, an deren jedem ein Glocken=
zug mit gläsernem Knopfe sich befand.

Unter dem einen dieser Glockenzüge sah man ein
Schild von Porzellan, auf welchem in einfacher schwarzer
Schrift geschrieben war: Mr. Romano. Der andere
Glockenzug hatte keinen Namen.

Der junge Mann zog lebhaft den letzteren.

Eine ältere Dienerin, — halb Kammerfrau, halb
Haushälterin — öffnete. Herr von Grabenow trat in
das kleine Vorzimmer.

„Fräulein Julia zu Hause?" fragte er — und
ohne die Antwort der sich freundlich verneigenden Die=
nerin abzuwarten, wendete er sich rasch zu einer links
vom Eingange befindlichen Flügelthür, öffnete dieselbe
und trat in einen hellen, mittelgroßen Salon mit allem
jenen reizenden und anmuthigen Comfort ausgestattet,

welchen der französische Geschmack in dem Innern der
Wohnungen herzustellen weiß.

In einem tiefen, mit lichtblauer Seide überzogenen
Fauteuil, welchen eine Gruppe großer Blattpflanzen,
untermischt mit Rosen und Heliotrop, umgab und fast
versteckte, lag anmuthig zurückgelehnt ein junges Mäd=
chen in einfacher grauer Haustoilette.

Ihre klassisch schön geschnittenen Züge, überhaucht
vom duftigen Schmelz der ersten Jugend, hatten jenen
wunderbar reizenden bräunlichen Teint der Italiencrin=
nen aus den südlichen Theilen der Halbinsel, das glän=
zende kohlschwarze Haar lag glatt gescheitelt und in
reichen Flechten geordnet um das Haupt, ohne eine Spur
jener extravaganten Coiffüren, welche um jene Zeit die
französischen Damen auf ihren Köpfen zur Schau zu
tragen begannen. Ihre großen, mandelförmig geschnit=
tenen Augen blickten träumerisch nach oben, die schönen
Hände ruhten gefaltet auf einem Buch in ihrem Schooß,
in dessen Lektüre ihre eigenen Gedanken sie unterbrochen
zu haben schienen. — Und wehmüthig und schmerzlich
mußten diese Gedanken sein, denn ein leises Zucken be=
wegte die frischen rothen Lippen, und in den langen,
weit übergebogenen Augenwimpern blinkte der zitternde
Schimmer einer Thräne.

Bei dem Eintritt des jungen Mannes glänzte ein

lichter Strahl in ihrem Blick, den sie rasch der Thüre
zuwendete, und ein liebliches Lächeln umspielte ihren
Mund, ohne indeß ganz die schmerzlichen Linien ver=
wischen zu können, welche denselben vorher umzogen
hatten.

Herr von Grabenow eilte auf sie zu.

„Ich kann nicht lange fern von meiner Julia
bleiben," rief er, sie mit entzücktem Auge betrachtend,
indem er einen Arm auf den Fauteuil über ihrem Kopf
stützte und mit den Lippen ihre Stirn berührte, — „ich
habe mich losgerissen von meinen Freunden, um hieher
zu eilen."

Und er zog einen Sessel heran, setzte sich vor sie
und blickte ihr innig und liebevoll in die Augen, indem
er ihre Hände an sein Herz drückte.

Sie folgte allen seinen Bewegungen mit einem
träumenden, schwärmerischen Blick und sagte leise: „Wie
wohl ist mir, wenn Du da bist, — wenn ich in Deine
klaren, reinen Augen blicke, so meine ich, jenen herr=
lichen blauen Himmel meines Vaterlandes zu sehen,
welcher mir nur als unmündiges Kind gelächelt hat, —
und den ich doch liebe und voll Sehnsucht im Herzen
trage."

„Und doch bist Du traurig?" rief er, ihre Hand
küssend, — „sieh', wie schön diese herüberhängende Rose

zu Deinem dunkeln Haare paßt, sie scheint darum zu
bitten, daß sie Dich schmücken dürfe."

Und er streckte die Hand nach einer bis zur Lehne
des Fauteuils herabhängenden Moosrose aus, welche
sich anmuthig an die dunklen Flechten ihres Haares lehnte.

„Laß die Blume," rief sie fast ängstlich, — „warum
ihr kurzes Blütenleben zerstören — für mich paßt kein
Blütenschmuck," fügte sie leise hinzu, indem sie die Hand
wie abwehrend erhob.

Aber schon hatte er sich erhoben und die schöne,
halb erblühte Rose ergriffen, um sie zu brechen. Plötzlich zuckte er mit leisem unwillkürlichen Schmerzenslaut
zusammen, — die Rose fiel in den Schooß des jungen
Mädchens.

„Non son rosa senza spine!" rief sie lächelnd,
aber mit trauriger Stimme, indem sie die Blume erhob
und sinnend betrachtete.

„Doch, meine Geliebte," sagte er, „hier ist eine Rose
ohne Dorn!" Er steckte die Blume leicht in die glänzend schwarze Flechte ihres Haars und sah sie mit glück-
strahlendem Blick an.

Sie seufzte tief.

„O," rief sie mit schmerzlichem Ton, — „wie scharf
und schneidend ist der Dorn — in diesem Herzen, das
für Dich blüht, — nur richtet er sich nicht nach Außen,

wie bei der blühenden Rose, sondern mit bitterem Schmerz bringt er mir tief in die eigene Brust!"

„Und wie heißt der schlimme Stachel, der Dich quält, — selbst in meiner Gegenwart?" — fragte er mit dem Tone leisen, liebevollen Vorwurfs.

Sie richtete sich empor — sah ihm mit ihrem tiefen, dunklen Blick lange in die offenen, lichten Augen und sprach langsam und ernst:

„Die Blüte meines Lebens, das ist die Gegenwart, — der Gedanke an die Vergangenheit und der Gedanke an die Zukunft — das, was andere glückliche Menschen Erinnerung und Hoffnung nennen, — das sind die scharfen, schneidenden Dornen! Wie bald wird die Blüte verwelkt sein und meinem Herzen werden nur die Dornen bleiben! — Du hast eine Vergangenheit," sprach sie, ihn innig anschauend, „Du hast die Erinnerung an eine glückliche Kindheit, — Du hast die Hoffnung — die Zukunft — was habe ich?" flüsterte sie mit unsäglich schmerzlichem Ton und eine Thräne verhüllte den Blick ihres in bläulichem Schwarz schimmernden Auges.

Der junge Mann schwieg, ein wenig betroffen, — er schien nicht sogleich eine Antwort zu finden auf die aus dem bewegten Herzen des jungen Mädchens hervorbringende Frage.

Sanft bog er ihr Haupt zu sich herüber und küßte den silbernen Tropfen von ihren Wimpern.

„Du hast mir noch so wenig von Deiner Vergangenheit, Deiner Kindheit erzählt!" sprach er leise.

„O daß ich sie vergessen könnte," rief sie, — „und nur der Gegenwart leben! — Vielleicht könnte ich es" — fuhr sie düster und traurig fort, — „wenn diese Gegenwart eine Zukunft hätte, — aber so —! — Was soll ich Dir von meiner Vergangenheit erzählen?" sagte sie nach einer Pause, während welcher sie den Blick traurig in den Schooß senkte. „Sie ist einfach, — ein Bild Grau in Grau! — Ich weiß," fuhr sie fort, „daß Italien mein Vaterland ist, — ich weiß es nicht nur, weil man es mir gesagt hat, weil in der sanften, gesangreichen Sprache Dante's und Petrarca's die ersten Laute von meinen Lippen klangen, — nein, ich weiß es," rief sie mit strahlendem Blick, „weil ich in meinem Herzen trage jenen reinen blauen Himmel, jenes schimmernde Meer mit dem flüsternden Rauschen seiner sanften Wellen, mit dem brausenden Donner seiner zürnenden Brandung — weil ich sie mit dem Auge der Seele vor mir sehe, jene dunklen, schattigen Haine, jene Marmorpaläste, jene schimmernden Statuen, — weil ich vor Sehnsucht vergehe, die Lippen auf den heiligen Bo-

ben meines Vaterlandes zu drücken, — zu sterben, um
in diefer Erbe zu ruhen."

Sie schwieg und blickte abermals träumerisch vor
sich hin. Er küßte schweigend ihre Hand.

„Und mit diefer Sehnsucht im Herzen," fuhr sie
fort, — „die Seele erfüllt von diesen Bildern, die
immer deutlicher, immer mächtiger in mir heraufstiegen,
je mehr ich älter wurde und mich entwickelte —
mußte ich hier in diesem lärmenden, staubigen, un=
ruhigen Paris leben, allein mit der Trauer meines
Herzens."

„Aber Deine Eltern, Deine Mutter?" fragte der
junge Mann.

Sie sah ihm tief in die Augen und senkte dann
schmerzlich den Blick.

„O," rief sie, „mein Freund — das ist das Aller=
schmerzlichste! — Mein Herz sehnte sich darnach, meine
Mutter lieben zu können, — es drängte ihr entgegen
mit allen seinen Schlägen — aber es fand weder Liebe
noch Verständniß, — meine Mutter hatte keine Zeit
für ihr Kind in dem unruhigen, unstäten Leben, das
wir führten, bald in Ueberfluß und regelloser Verschwen=
dung, bald in dürftiger Noth —"

Sie senkte erröthend das Haupt.

„Mein Vater," fuhr sie dann fort, „sorgte für

mich mit treuer Theilnahme, er hielt mir Lehrer und
ließ mich ausbilden, so gut er es vermochte, — immer
hatte er, auch in den bedrängtesten Zeiten, die Mittel
übrig, die nothwendigen Kosten meiner Erziehung zu
bestreiten und dieß war der einzige Punkt, in welchem
er, sonst so weich, so nachgiebig, meiner Mutter mit
unbeugsamem Ernst entgegentrat. Ich liebte ihn dafür,
mein Herz suchte sich an ihn zu schließen, — aber —
so treu und unabläſſig er für mich sorgte, — ebenso
unnahbar blieb er der Zärtlichkeit meines Herzens. Es
lag wie eine ängstliche Scheu in seinem Blick, wenn er
mich ansah, und oft wendete er sich zitternd und thrä=
nenden Auges ab, wenn ich an ihn herantrat und ihm
mit einem Worte der Liebe und Dankbarkeit die Hand
küßte. — So blieb ich einsam," sagte sie traurig —
„und lebte in mir selbst und mit mir allein ein stilles
Leben, dessen Angelpunkt die ewige unbezwingliche und
unerfüllte Sehnsucht nach dem fernen Lande meiner
Geburt blieb, die Sehnsucht nach der Lösung eines Räth=
sels, das mein einsames und einförmiges Leben umgab!"

„Arme Julia!" sagte er innig.

„Als ich herangewachsen war," fuhr sie mit nie=
dergeschlagenen Augen fort, „änderte sich das Benehmen
meiner Mutter gegen mich, — sie beobachtete mich, sie
achtete auf meine Toilette, — auf mein Benehmen, sie

ließ sich von mir vorsingen und lobte meine Stimme, —
sie ordnete meine Haare und sprach über die Farben,
welche mir am besten ständen, — aber es war keine
Theilnahme, die mir wohlthat, sie war kalt und ohne
Liebe und sie erschreckte und ängstigte mich. — Bald
nahm sie mich mit, wenn sie ausging, sie führte mich
in's Bois de Boulogne, wenn dort ganz Paris sich
versammelte, — in die Theater, so oft sie die Ausgabe
machen konnte, — sie rief mich in ihr Zimmer, wenn
dort fremde Herren waren, — sonst hatte sie mich hin=
ausgeschickt, wenn Besuche zu ihr kamen, — sie ließ
mich vorsingen, — man sagte mir, daß ich Talent und
gute Stimme habe, — daß ich schön sei, — aber in
einer Weise, die mich ängstigte, — verletzte, — entsetzte!
— So kam es," fuhr sie leiser fort, indem ein halb
scheuer, halb liebevoller Blick zu ihm hinüberstreifte, —
„daß Du mich an jenem Abende in der avant scène-
Loge des Variété=Theaters fandest, — Du weißt, wie
leicht es Dir gemacht wurde, Dich mir zu nähern —"

„Und bereust Du das?" fragte er liebevoll, indem
er sanft seinen Arm um ihre Schultern legte.

Sie bog sich zu ihm hin, — ließ den Kopf an
seine Brust sinken und weinte leise.

„Ich liebte Dich," flüsterte sie, — „aber glaubst
Du, daß meine Mutter unsere Liebe begünstigte, —

glaubst Du nicht, daß sie mich ebenso Dir entgegengeführt,
mich in Deine Arme gedrängt haben würde, wenn ich
Dich nicht geliebt hätte, wenn mein einsames Herz nicht
dem Deinen entgegengeschlagen hätte? — O!" rief sie
und Schluchzen erstickte ihre Stimme, — „für sie ge=
nügte es, daß Du der reiche Kavalier warst, — der
ihre Tochter kaufen konnte!"

Er schwieg und voll Wehmuth ruhte sein treuher=
ziges Auge auf der schlanken, in seinem Arm zusammen=
gebrochenen Gestalt.

„Wenn ich so an Deinem Herzen ruhe," sagte sie
dann, „so vergesse ich das Alles und mir ist zu Muthe,
so voll Glück, wie es der im Schatten erwachsenen
Blume sein muß, wenn sie, in frische Erde verpflanzt,
in sonnenwarmer Luft ihren Kelch erschließen kann, —
aber wenn ich dann wieder daran denke, was das Alles
eigentlich ist, — daß Alles, was mich umgibt, — dieser
Luxus, diese Eleganz, die mir so wohlthut, daß dieß
Alles nicht ein Geschenk der Liebe ist, sondern — o
dann möchte ich fliehen, fliehen in die Einöde, fliehen
in die Stille des Klosters, in den ewigen Frieden des
Todes. — Und was bleibt mir Anderes für die Zu=
kunft?" rief sie lauter, indem sie sich rasch aufrichtete
und ihm schmerzvoll in die Augen sah, — „welche Zu=
kunft hat der Traum des Augenblicks, als das Er=

wachen zur ewigen Nacht, einer Nacht um so fürchterlicher,
als mein Herz den Strahl des Lichtes gefühlt hat! —
Du wirst zurückkehren in Deine Heimat, — zu den
Deinen, Du wirst in reichem Leben den kurzen Traum
unserer Liebe vergessen und ich — soll ich den Weg
gehen, den so viele Andere gehen, und der hinabführt
zum ewigen Abgrund? — Und was kann mich schützen
vor diesem Wege des lächelnden Verderbens? —
Nicht die Hand der Mutter, die mich vorwärts drän=
gen wird, — nur der Schleier der Nonne oder das
Grab!"

Immer tiefer hatte sich sein Auge verschleiert bei
dem leidenschaftlichen Schmerz des jungen Mädchens.

„Arme Julia," sagte er nochmals leise und sanft,
— „welche traurigen Jugenderinnerungen! — Sieh',"
fuhr er fort, „meine Jugendzeit war auch einsam und
einförmig, aber doch so reich und glücklich!" — und
sein helles, klares Auge schien in mildem Schimmer in
die Ferne zu blicken. — „Dort oben," sagte er, „nah
dem Strande der Ostsee, liegt mein väterliches Gut, —
ein altes Schloß, mit dem Blick auf die weißen Dünen
und das rollende Meer, umgeben von ernsten, duftigen,
immergrünen Tannenwäldern. Dort verfloß meine Ju=
gend still und einsam, — denn ich bin der einzige Sohn
— unter den Augen eines strengen, ernsten Vaters und

einer liebevollen, sanften Mutter, — ein Hauslehrer
unterrichtete mich und in den freien Stunden war es
meine höchste Lust, die dunklen, rauschenden Tannen-
wälder zu durchstreifen oder auf den Dünen zu ruhen,
in das weite Meer zu blicken und der ewigen Melodie
zu lauschen, welche seine Wellen ertönen ließen, bald
in leichtem, kräuselnden Spiel, vergoldet vom lichten
Sonnenglanz, bald in gewaltigem, brausenden Ringen
mit den schwarzen Wolken und den tosenden Stürmen."

Das junge Mädchen war vor ihm auf die Kniee
niedergesunken, faltete die Hände auf seinem Schooß
und blickte mit den großen dunklen Augen zu ihm
auf, welche noch durch den leichten schimmernden Duft
der Thränen feucht verhüllt waren.

"Auch meine Jugend war voll von Träumen,"
fuhr er fort, "aber sie suchten nicht, wie die Deinen,
die Ferne, sie schweiften nicht zum leuchtenden Süden
hin, nicht zu den Myrten und Orangenhainen, —
nein, meine Träume bevölkerten die ernsten Wälder und
die stillen Dünen mit den gewaltigen Gestalten der
alten Nordlandsgötter, mit den Helden jener Sagen,
die nicht süß berauschen, wie die Mythen Deines Vaterlandes, sondern die klirrend in die Seele tönen im
Waffenklange gewaltiger Kämpfe! — Und dann folgte
ich den Spuren, welche jener großartig mächtige, ernste

Orden, der von Palästina, über Venedig nach den Bern=
steinküsten zog und dort ein blühendes, wunderbares
Reich schuf, überall in dem Lande seines alten Glanzes
zurückgelassen hat, und heiße Sehnsucht erfüllte mich
oft als Knabe, den Eisenharnisch zu tragen und den
weißen Mantel mit dem schwarzen Kreuze der deutschen
Herren, diesen Mantel, dessen einfacher Schmuck einst
so viel galt, als fürstlicher Purpur! — Sieh'," sagte
er nach einer Pause, — „solche Träume erfüllten meine
Jugend, und als ich dann hinaustrat in die Welt, —
von der ich freilich nur die Universität gesehen und den
Feldzug im vorigen Jahre, in welchem ich glücklich mit
einer leichten Verwundung davonkam, — da fand ich
zwar viel Schönes, — aber die Ideale meiner Träume
fand ich nicht, — nicht jene hohen Gestalten der nor=
dischen Sage, — nicht jenen Geist des heiligen Ritter=
thums. — Hier erst," fuhr er fort und strich sanft
mit der Hand über ihre glänzenden Haare, „hier, bei
Dir, steigen sie wieder empor, jene Träume meiner Ju=
gend, bei Dir, meiner Freya, der Göttin meiner Liebe!"

Sie hatte ihm schweigend zugehört, ihre Augen
tranken durstig den Anblick seiner von innerer Bewegung
durchleuchteten Züge, seiner in lichtem Glanze flammen=
den hellen Augen.

„Weißt Du," sagte er sinnend, — „wenn ich so

bei Dir sitze und in die süße, tiefe Glut Deiner Augen
schaue und dann hinausdenke nach dem Lande meiner
Jugend, — dann fällt mir ein Vers eines Dichters
meines Vaterlandes ein" — und wie unwillkürlich seinen
Gedanken folgend, sprach er halb für sich, halb zu ihr,
mit inniger Betonung:

> „Ein Fichtenbaum steht einsam
> Im Norden auf kahler Höh',
> Ihn schläfert, mit weißer Decke
> Umhüllen ihn Eis und Schnee.
> Er träumt von einer Palme,
> Die fern im Morgenland
> Einsam und schweigend trauert
> An brennender Felsenwand!"

„Sie klingt schön, Deine Sprache," sagte sie, —
„erkläre mir, was das heißt."

Er übersetzte ihr die Worte in's Französische, während sie mit tiefer Aufmerksamkeit zuhörte.

„Doch, ich habe meine Palme gefunden," sagte er
— und indem er schnell aufstand und sie zu sich em-
porhob, rief er lauter: „Und ich lasse sie nicht mehr, —
ich führe sie mit mir in meine schöne, stille, nordische
Heimat, und die Wärme meines Herzens soll ihr die
Strahlen der Sonne des Südens ersetzen!"

Hohe Begeisterung belebte seine Züge — tiefes
Gefühl erleuchtete seinen Blick.

Fast entsetzt riß sie sich von ihm los.

„Um Gotteswillen," rief sie zitternd, „sprich nicht solche Worte — rufe nicht Bilder in meiner Seele hervor, die niemals — niemals Wirklichkeit werden können!"

„Und warum nicht?" fragte er, — „würdest Du nicht mit mir gehen wollen?"

„Mit Dir gehen wollen?" sagte sie, und in schwärmerischem Aufschlag richtete sich ihr Blick empor, — „o mein Gott! — aber," fuhr sie fort, und ihr Auge senkte sich zu Boden, „denke an Deine Eltern, an Deine Mutter, — wie würde sie das Mädchen ohne Namen aufnehmen, das" — sagte sie leise, die zitternden Finger ineinander faltend, — „Dir nicht einmal mehr geben kann, was die Aermste und Niedrigste ihrem Gatten bringen soll im Schmuck des bräutlichen Kranzes! — Niemals, niemals," sprach sie dumpf und traurig, — „niemals würde ich es ertragen! — Gehe Du den Weg Deines Lebens, — und laß mich Dir eine freundliche Erinnerung sein, — werde ich doch," fügte sie mit sanftem, schwermüthigen Lächeln hinzu, „künftig auch eine Erinnerung haben, ein freundliches Licht in der Einsamkeit meiner Zukunft!"

Er blickte ernst vor sich hin.

„Ich werde den Kampf mit den Vorurtheilen der Welt nicht scheuen für Dich und meine Liebe! — Doch,"

fuhr er dann in leichterem Tone fort, „wir haben noch
Zeit, darüber nachzudenken, — ich bleibe ja noch den
Sommer hier, — Du wirst nicht immer so traurig
denken, Du wirst mir erlauben, für Dich und mein
Glück zu kämpfen, — und ich verspreche Dir," sagte er
mit lautem feierlichen Ton, „ich werde Dich nicht ver=
lassen und nicht ruhen, bis ich an Dir gut gemacht
habe alle Leiden, welche das Schicksal Dir zugefügt."

Sie schüttelte schweigend langsam den Kopf.

„Ich sehne mich, Deine schöne Stimme zu hören,"
bat er, „lassen wir jetzt die Zukunft und freuen wir
uns der Gegenwart. Laß mich ein wenig träumen beim
Klange Deiner Lieder, die mir die Bilder meiner Kind=
heit in der Seele wachrufen."

Und sanft ihre Hand ergreifend, führte er sie zu
einem kleinen Pianino, welches neben dem einen Fenster
des Salons stand. Auf einem kleinen Tisch daneben
lagen verschiedene Notenhefte.

Sie blätterte leicht in denselben.

„Ich werde Dir ein Lied singen," sagte sie dann,
„das mich wunderbar anspricht — ein Lied, das ein
deutscher Komponist einem Sänger meines Vaterlandes
in den Mund legt, ich habe es für mich aus der
Klavierpartitur ausgezogen und für meine Stimme ar=
rangirt, — es bildet ja gewissermaßen ein Band zwi=

schen Deinem und meinem Vaterlande, weil es ein Deut=
scher schuf zum Preise Italiens."

Sie legte ein beschriebenes Notenblatt auf das
Instrument, und während der junge Mann sich in einem
Fauteuil niederließ und mit liebevollem Blick ihren Be=
wegungen folgte, begann sie mit weicher, metallreicher
und wunderbar umfangreicher Stimme Strabella's schönes
Lied aus Flotow's Oper:

> „Italia, Du mein Vaterland,
> Wie schön bist Du zu schauen!"

Drittes Kapitel.

———

Ein leichter, feiner Duft von blühenden Rosen und Veilchen, gemischt mit einem an den spanischen Jasmin erinnernden flüchtigen Parfüm, durchzog den Salon der Kaiserin Eugenie in den Tuilerieen. Eine Legion jener unzählbaren Kleinigkeiten, welche sich in dem Salon jeder vornehmen Dame von Eleganz und Geschmack anhäufen, erfüllten den Raum — Albums, Zeichnungen, altes Porzellan von Sèvres und Meißen, antike Bronzen, kurz alle jene Dinge, welche, ohne eigentlichen Zweck und Nutzen, doch so unendlich zur Verschönerung des Lebens beitragen, den Blick bald hier bald dort anmuthig fesseln und den Geist mit stets wechselnden Bildern und stets neuen Gedanken erfüllen.

Ein kleines Feuer brannte in dem großen Marmorkamin und ein seitwärts davor stehender Schirm aus einer einzigen großen Spiegelscheibe in einem einfachen Rahmen von vergoldeter Bronze hielt die unmittelbaren

Wärmestrahlen der Flamme ab, ohne den Anblick des freundlichen Elements zu verdecken.

Die Kaiserin saß in elegantem Morgenkostüme von dunkler Farbe auf einer Causeuse in der Nähe des Feuers — vor ihr auf einem großen Tisch lagen verschiedene Zeichnungen von Damentoiletten in sauberer Ausführung mit leichter Farbenandeutung.

Neben dem Tisch saß auf einem niedrigen Lehnstuhl die Freundin und Vertraute der Kaiserin, die Prinzessin Anna Murat, seit achtzehn Monaten mit einem der vornehmsten Herren Frankreichs, dem Herzog von Mouchy, Fürsten von Poix, aus der erlauchten Familie der Noailles, verheirathet, eine Dame von sechsundzwanzig Jahren, hoch und voll, von angenehmem Ausdruck in ihren Zügen und in ihrer Erscheinung ein wenig an den englischen Typus erinnernd.

Der Blick der Herzogin ruhte auf den Blättern, welche die Kaiserin, sie langsam betrachtend, durch ihre schlanken, perlmutterweißen Finger gleiten ließ.

„Ich vermisse in dem Allem wirklichen Geschmack," rief Eugenie endlich und eine unmuthige Wolke zog über ihre Stirn, indem sie die Zeichnungen auf den Tisch warf, — „Wiederholungen, nichts als Wiederholungen, oder geschmacklose Uebertreibungen, welche die menschliche Gestalt entstellen, statt sie zu verschönern!"

„Eure Majestät werden selbst eine Idee für die Saison angeben müssen," sagte die Herzogin lächelnd, — „Sie können wirklich nicht verlangen, daß die armen Conturières schöpferische Gedanken haben. Sie sind wie die Schauspieler, welche nur die Gedanken der Dichter in Szene setzen."

Die Kaiserin dachte nach.

„Weißt Du, liebe Anna," sagte sie dann, „wir müssen mit den weiten Roben ein Ende machen, die Uebertreibungen haben diese Mode wirklich abscheulich gemacht! — Und dann," fuhr sie fort, „wir werden in diesem Sommer die Ausstellung haben, man wird viel gehen müssen, um diese Wunder der Kunst und Industrie der ganzen Welt zu betrachten. Der Raum des ganzen Ausstellungsgebäudes würde nicht ausreichen, wenn alle Damen mit den weiten Roben dort erscheinen wollten — es würde kein Platz für die Herren bleiben," fügte sie lächelnd hinzu.

„Aber Eure Majestät werden eine Revolution pro= klamiren, wenn Sie den weiten Roben das Todesurtheil sprechen und den Damen plötzlich enge Kleider aufer= legen," sagte die Herzogin, „das wird auch eine neue Chaussure nothwendig machen, — ich sehe eine allge= meine Bewegung kommen, — wie gesagt eine Revolution, — denn an Opposition wird es nicht fehlen — so

mächtig und unumschränkt auch der Szepter Eurer Ma=
jestät in dem Reich der Mode gebietet."

„Um so besser," antwortete die Kaiserin sinnend,
„diese kleinen Revolutionen leiten die Gedanken von
der großen Revolution ab, die," fügte sie seufzend
hinzu, „immer in dem Busen dieser französischen Nation
schlummert und leicht erwacht, wenn Nichts die Ideen
nach anderer Richtung lenkt. Und ich fürchte, diese Re=
volution dehnt schon in leisem Erwachen ihre Glieder!
— Doch," fuhr sie abbrechend fort, indem sie einen
goldenen Crayon ergriff und einige Linien auf den
weißen Raum eines der vor ihr liegenden Bilder zeich=
nete, — „wo nehmen wir eine passende Mode her?" —

Und sie überfuhr ihren Versuch mehrmals mit
schwarzen Strichen. „Es ist nicht leicht, ein geschmack=
volles und tragbares Kostüm zu finden! —

„Apropos," sagte sie nach einigen Augenblicken, —
„ich werde heute jenen römischen Grafen Rivero em=
pfangen, welcher sich hier aufhält und von welchem ich
Dir gesprochen. Er muß eine sehr interessante Person
sein, der Abbé Bonaparte hat ihn mir dringend em=
pfohlen, sowie die Prinzessin Constanze, — Du weißt,
die Aebtissin vom Sacré Coeur in Rom, — auch die Gräfin
Rasponi hat mir seinetwegen aus Ravenna geschrieben,
— Alle rühmen ihn als einen Mann von hohem Geist

und voll tiefer Devotion für den heiligen Stuhl, voll
unermüdlichem Eifer für die Sache der Kirche. Solche
Männer sind selten heutzutage. Hast Du ihn gesehen
oder von ihm gehört?"

„Ich habe ihn nicht gesehen," antwortete die Herzogin, „aber ich habe meinen Bruder Joachim von ihm
sprechen hören, der ihn als einen vortrefflichen Kavalier
rühmte, — und seine schönen Pferde lobte!"

„Ich habe den Namen nie vorher gehört," sagte
die Kaiserin. — „er ist vom Papste zum römischen
Grafen gemacht, — der Nuntius hat ihn dem Kaiser
und mir beim letzten Empfange vorgestellt, — mir aber
ist er von jenen Personen ganz besonders empfohlen und
sie Alle sagen mir, daß es mir gewiß von ganz besonderem Interesse sein werde, ihn näher kennen zu lernen,
und daß er der Sache der Kirche in vieler Beziehung
nützlich sein könne. Ich bin sehr neugierig, ihn zu sehen."

„Der Herr Baron de Pierres," meldete der Kammerdiener der Kaiserin. Sie neigte leicht den Kopf und
der Baron de Pierres, der erste Stallmeister Ihrer Majestät, ein eleganter schlanker Mann in schwarzem Mor-
genüberrock, trat ein.

„Ich wollte um Eurer Majestät Befehle für die
Ausfahrt bitten," sagte der Baron, sich mit tiefer Verbeugung der Kaiserin nähernd.

„Das Wetter ist schön," sagte Eugenie, indem sie Herrn de Pierres mit anmuthigem Lächeln begrüßte und dann einen Blick nach dem Fenster warf, durch welches helle Sonnenstrahlen hereinfielen, — „ich will in offener Kalesche ausfahren, — in's Bois de Boulogne, zwei Stunden vor dem Diner — werden Sie mich begleiten, lieber Baron?"

„Zu Eurer Majestät Befehl," sagte der Baron.

„Ich denke eine lange Tour zu machen," sagte die Kaiserin, — „und wenn es Sie ermüdet, neben dem Schlage zu reiten, so —"

„Ein Ritt bei diesem schönen Wetter ist mir ein großes Vergnügen," unterbrach sie Herr de Pierres rasch, — „und eine hohe Ehre," fuhr er sich verbeugend fort, — „wenn ich ihn in Begleitung meiner Souveränin machen darf."

„Und Du, liebe Anna, fährst mit mir?" fragte Eugenie, sich zur Herzogin von Mouchy wendend.

„Wenn Eure Majestät mir erlauben wollen, vor= her nach Hause zu eilen, um meine Toilette zu machen." —

„Aber," rief die Kaiserin, — „lieber Baron, was bringen Sie denn da so sorgfältig in Papier gewickelt," — und sie deutete auf ein Paket in seinem weißen Velinpapier mit rothen Seidenbändern umwunden, wel= ches der Baron in der Hand hielt, — „etwa das Modell

eines neuen Sattels oder gar eine Miniaturequipage
Ihrer Erfindung?"

„Nichts von alledem," erwiederte der Baron lä=
chelnd, — „was ich Eurer Majestät bringen will, ge=
hört nicht zu meinem Ressort, — aber ich weiß," fügte
er hinzu, „daß es Ihr Interesse erregen wird.".

Er löste die Seidenbänder und entfernte die Pa=
pierumhüllung. Dann stellte er auf den Tisch vor die
Kaiserin eine Art Kassette mit schwarzem Sammt über=
zogen.

Gespannt folgte die Kaiserin und die Herzogin
seinen Bewegungen.

Der Baron öffnete den Deckel der Kassette und
stellte vor die Kaiserin eine Tasse und einen Milchtopf
von weißem Porzellan.

„Es ist ein kleines Service," sagte er dann, „dessen
sich die Königin Marie Antoinette bei ihrem einfachen
Milchfrühstück in Trianon bediente, — hier sehen Eure
Majestät von einer Blumenguirlande gebildet die Chiffre
der Königin. — Der damalige Kastellan von Trianon
hat die Sachen an sich genommen und in seiner Familie
sind sie bis jetzt aufbewahrt, — es ist kein Zweifel an
ihrer Echtheit. — Ich hörte davon, und da ich weiß,
wie sehr Eure Majestät sich für Alles interessirt,
was an die Königin Marie Antoinette erinnert, so

wollte ich nicht verfehlen, dieß Andenken Ihnen zu bringen."

Die Kaiserin hatte die Tasse ergriffen und betrachtete sie mit tiefem Ernst. Ein Ausdruck von Trauer und Wehmuth lag auf ihrem Gesicht.

„Aus Rosenguirlanden ließ sie ihre Chiffre malen," sagte sie dann leise und sinnend, „und volle Rosen bekränzten damals ihr Leben! — Arme unglückliche Königin, — wer Dir damals gesagt hätte, wie bald diese Blumen welken würden und in welcher blütenleeren Einöde brennender, einsamer Schmerzen Dein warmes Herz seine letzten Schläge thun würde! — An den Rand dieser Tasse setzte sie die lächelnden frischen Lippen," fuhr die Kaiserin immer träumerischer fort, — „wie bald sollten sie sich in herbem Gram zusammenziehen, um den entsetzlichen Kelch so furchtbarer Leiden zu leeren!"

Und lange betrachtete sie die kleine einfache Tasse, eine Thräne zitterte an ihren Augenwimpern.

Die Herzogin von Mouchy ergriff die Hand der Kaiserin und drückte ihre Lippen darauf.

„Wie schön — und wie groß ist es von Eurer Majestät," rief sie, „daß Sie so gern und mit so warmem Gefühl auf der Höhe der Macht und des Glückes sich jener unglücklichen Fürstin erinnern,

welche vor Ihnen einst auf dem Throne Frankreichs
saß!"

„Auf dem Throne Frankreichs!" sagte die Kaiserin
leise, immer die Augen auf die Tasse gerichtet, — „er
ist schön, dieser Thron — aber verhängnißvoll, — ihr
brachte er den frühen, martervollen Tod, — aber sie
war groß in ihrem Fall, — sie war Königin auf dem
Schaffot, — sollte dieser Thron einst unter uns zusam=
menbrechen" — flüsterten ihre Lippen fast unhörbar und
ihre Gedanken schienen finsteren Bildern zu folgen; düster
senkten sich ihre Blicke zu Boden.

Schnell dann erhob sie das Haupt mit der ihr
eigenthümlichen anmuthigen Bewegung des schlanken
Halses.

„Ich danke Ihnen, Baron de Pierres," sagte sie
mit freundlichem Lächeln, „daß Sie mir diese Reliquie
der armen Märtyrerkönigin gebracht haben. Ich hoffe,
sie wird zu erwerben sein, damit ich ihr einen Platz
geben kann in dem Tempel der Erinnerung an die kö=
nigliche Dulderin, den ich mir im Stillen aufrichte."

„Das kleine Service, Madame, gehört einem alten
Manne, der aus seinem kleinen Geschäfte ein mäßiges
Vermögen erworben hat," antwortete der Baron, — „er
lebt mit seiner Frau ohne Kinder, — verkaufen will er
das Andenken, welches er von seinen Eltern ererbt hat,

nicht, — aber er macht sich eine Freude daraus, dasselbe seiner Kaiserin zu schenken, — wie er mir gesagt hat."

Die Augen der Kaiserin glänzten.

„Wie schön 'wäre es, Kaiserin von Frankreich zu sein," rief sie, „wenn diese Gesinnungen allgemein wären! — Wollen Sie, lieber Baron," fuhr sie dann fort, „sogleich dem Kaiser diese kleine Geschichte erzählen und ihn bitten, dem Manne die Ehrenlegion zu geben? — ich werde ihm selbst heute noch davon sprechen, — und dann — lassen Sie ein vollständiges Theeservice von Silber anfertigen mit meiner Chiffre, — ich muß doch das Geschenk der braven Leute erwiedern, — ich will es ihnen selbst geben, sobald es fertig ist, Sie sollen sie dann zu mir führen."

Der Baron verbeugte sich.

„Eurer Majestät Befehle sollen sogleich ausgeführt werden."

Die Kaiserin sann einen Augenblick nach.

Rasch ergriff sie den Crayon und eines der auf dem Tische liegenden Blätter.

„Ich danke Ihnen, Baron de Pierres," rief sie lebhaft, „nicht nur für dieß schöne Andenken, — ich danke Ihnen auch für eine Inspiration, welche die Erinnerung an die unglückliche Königin mir eingibt!"

Und mit gewandter Hand warf sie eine Zeichnung in flüchtigen Linien auf das Papier.

„Wir suchten eine Mode für die Saison, liebe Anna," sagte sie, — „die größte Schwierigkeit war es, bei einer engen und kurzen Robe die Büste angemessen zu bekleiden, — die großen Shawls, Mäntel und Um= hänge, die wir jetzt tragen, passen dazu nicht, sie gehören zu dem reichen Faltenwurf der weiten Roben. — Jetzt habe ich gefunden, was wir brauchen, — sieh da," rief sie, indem sie ihrer Freundin das Blatt hinhielt, — „ein Tuch, wie es die unglückliche Königin trug, — das wird die Frage lösen!"

„Charmant — anmuthig und einfach!" rief die Herzogin, — „das ist in der That eine Inspiration, für welche die Damen Europas dem Baron Dank wissen werden," fügte sie lächelnd hinzu.

„Komm' her," rief die Kaiserin aufstehend, — „wir wollen uns sogleich eine Idee davon machen!"

Und sie nahm einen Kaschemirshawl, welchen die Herzogin neben sich gelegt hatte, faltete ihn ein wenig zusammen und legte ihn um die Schultern ihrer Freun= din, — dann knüpfte sie die beiden Enden hinten auf der Taille zusammen, ganz in der Weise, wie man es auf den Bildern der erhabenen und edlen Gefangenen des Temple und der Conciergerie sieht.

„Wie finden Sie das, Baron?" fragte die Kaiserin, indem sie Frau von Mouchy von allen Seiten betrachtete.

„Reizend," rief der Baron de Pierres, — „es wäre in der That" — fuhr er sich verbeugend fort — „auch unmöglich, daß eine Toilette nicht reizend sein sollte, die Eure Majestät arrangiren und die die Frau Herzogin trägt!"

„Und dieß soll die Mode der Saison sein," rief die Kaiserin, — „alle Damen sollen dem Andenken der unglücklichen Königin diese Huldigung bringen — und die neue Mode, welche wir der Welt geben, soll heißen: Fichu Marie Antoinette!"

„Welche Chance," rief der Baron lächelnd, „daß es mir vergönnt ist, bei diesem großen Akt gegenwärtig zu sein, welcher der ganzen schönen Hälfte des Menschengeschlechts ein neues Gesetz gibt!"

Ein kurzer Schlag ertönte an der Thür.

Der Kammerdiener öffnete dieselbe und der erste Kammerherr der Kaiserin, Herzog Tascher de la Pagerie, trat ein.

„Der Graf Rivero," sprach er, „dem Eure Majestät die Ehre einer Audienz bewilligt haben, steht zu Ihren Befehlen."

„Ich will den Grafen nicht warten lassen," sagte

die Kaiserin aufstehend, „führen Sie ihn sogleich herein,
mein lieber Herzog! — nachher habe ich Ihnen noch
Verschiedenes zu sagen," fügte sie mit verbindlichem Lächeln hinzu.

Dann grüßte sie Herrn de Pierres leicht mit dem
Kopf.

„Auf Wiedersehen, lieber Baron, — auf Wieder=
sehen, meine Theure!" — und sie reichte der Herzogin
die Hand, welche diese an ihre Lippen drückte.

Baron de Pierres und Frau von Mouchy verließen
den Salon.

Der Herzog Tascher de la Pagerie führte den
Grafen ein, stellte ihn der Kaiserin vor und zog sich
dann wieder zurück.

Der Graf trug schwarzen Frack und weiße Cravatte,
den Stern des Piusordens auf der Brust.

Er verneigte sich tief, trat mit leichtem und freiem
Anstand bis auf drei Schritte vor die Kaiserin hin und
erwartete in vollkommenster Haltung ihre Anrede.

Der Blick der Kaiserin umfaßte mit prüfendem
Ausdruck diese ruhige, kalte und vornehme Erscheinung.
Indem sie mit einer Neigung des Hauptes den ehrer=
bietigen Gruß des Grafen erwiederte, sprach sie mit
freundlichem Lächeln:

„Ich freue mich, Ihre nähere Bekanntschaft zu

machen, Herr Graf, meine Verwandten in Italien haben
mir so unendlich viel Vortreffliches über Sie geschrieben,
daß ich in der That gespannt war, einen Mann mit so
vielen außergewöhnlichen Eigenschaften kennen zu lernen."

„Ich fürchte, Madame," sagte der Graf ruhig, —
„daß diese hohen Personen, auf deren Wohlwollen ich
stolz bin, mir keinen guten Dienst geleistet haben, wenn
sie in ihrer freundlichen Liebenswürdigkeit ein zu vor=
theilhaftes Bild von mir entworfen haben, — Eure
Majestät werden dann vielleicht um so mehr bemerken,
wie weit die Wirklichkeit hinter diesem Bilde zurück=
bleibt. — Eine Eigenschaft aber kann ich mit Recht
für mich in Anspruch nehmen," fuhr er fort, „das ist
der ernste und kräftige Willen, mit aller Energie der
Sache der heiligen Kirche zu dienen, welcher auch Eure
Majestät Ihren mächtigen Schutz unausgesetzt zuwendet."

„— Und welche trotz dieses Schutzes immer mehr
bedrängt wird," sagte die Kaiserin seufzend. „Sagen
Sie mir, Herr Graf," fuhr sie fort, indem sie sich nie=
derließ und dem Grafen mit der Hand den Fauteuil
bezeichnete, welchen die Herzogin von Mouchy vorher
eingenommen hatte, — „sagen Sie mir ein wenig, —
wie stehen die Dinge in Italien, — was hoffen Sie,
oder was fürchten Sie für die Sicherheit des heiligen
Stuhls und des Patrimoniums Petris?"

„Ich hoffe Alles — und ich fürchte Alles, Ma=
dame," antwortete der Graf, „je nachdem Frankreichs
Hand schützend über Rom ruht oder sich davon abzieht.
Wenn Frankreich, — wenn der Kaiser," sagte er, in=
dem sein Auge sich mit einem vollen und tiefen Blick
auf sie richtete, „sich stets erinnert, daß der Herrscher
dieses schönen und mächtigen Landes das edle Vorrecht
hat, sich den ältesten Sohn der Kirche zu nennen —"

„Und halten Sie es für möglich," unterbrach ihn
die Kaiserin lebhaft, „daß man hier dieses Vorrecht
vergessen könnte und die Pflichten, welche dasselbe uns
auflegt?"

„Madame," sagte der Graf ruhig und ernst, —
„die Zukunft ist mir verborgen und es ziemt mir nicht,
prophetische Schlüsse aus der Vergangenheit zu ziehen,
welche mir zeigt, daß französische Waffen bei Solferino
die alten Dämme des Rechts niederwarfen und es mög=
lich machten, daß die schwer zu beherrschenden Wellen
dieses Königreichs Italien jetzt drohend an den Fuß
des Felsens Petri schlagen."

Die Kaiserin senkte den Kopf und glättete leicht
mit der feinen Hand eine Falte ihrer Robe.

„Wenn ich aber," fuhr der Graf fort, — „trotz
Solferino — vielleicht wegen Solferino und seiner
Folgen — überzeugt bin, daß Frankreich sich seiner

Pflichten gegen den heiligen Stuhl jetzt lebhafter erin=
nert als je, — so beruht dessen Sicherheit doch noch
auf der weiteren Frage, ob es die Macht haben werde,
jene Pflichten zu erfüllen."

In stolzer Bewegung warf die Kaiserin den Kopf
empor. Ein flammender Blitz aus ihren großen Augen
traf den Grafen.

„Ob Frankreich die Macht habe, Rom zu schützen?"
fragte sie mit einem Tone voll Verwunderung und Un=
muth.

Der Graf verneigte sich leicht, ohne den Blick zu
senken.

„Ich kenne die Macht Frankreichs, Madame," sagte
er, — „sie ist sehr groß, — aber es kommt darauf an,
ob man sie zur rechten Zeit und nach der rechten Seite
hin gebraucht, oder ob man sie in falscher Weise nach
falschen Richtungen erfolglos verschwendet."

Zum zweiten Male senkte sich der Blick der Kaiserin
zu Boden.

„Sie sind ein strenger Kritiker, Herr Graf," sagte
sie nach einigen Augenblicken mit etwas gedämpfter
Stimme, in welcher eine leichte Nüance von Verdruß
wiederklang.

„Es wäre Eurer Majestät — und meiner unwür=
dig," erwiederte Graf Rivero, — „wollte ich Ihre Frage

mit Gemeinplätzen beantworten, — jedenfalls ist meine
Kritik, welche Eure Majestät scharf nennen, gewiß bei
weitem nicht so streng als diejenige, welche die Geschichte
mit unerbittlicher Logik und Konsequenz ausübt."

Das Auge der Kaiserin erhob sich langsam und
ruhte einen Augenblick wie erstaunt auf dem ruhigen,
edlen Gesicht dieses Mannes, der damit begann, ihr
Wahrheiten zu sagen, an welche ihre Umgebung sie
wenig gewöhnt hatte.

Dann sagte sie mit fester Stimme:

„Sie haben Recht, Herr Graf! — Wir sprechen
über ernste Dinge, und es wäre thöricht, die Gedanken
zu verschweigen oder zu verhüllen. — Sie glauben also,"
fuhr sie fort, „daß Verhältnisse eintreten könnten, welche
Frankreich verhindern würden, seine Macht zum Schutze
der Kirche und des heiligen Stuhles anzuwenden?"

„So groß die Macht Frankreichs ist, Madame,"
erwiederte der Graf, „so kann sie doch den heutigen
geschlossenen Mächten, den großen und gewaltigen Be=
wegungen gegenüber, welche in unserer Zeit durch die
Völker gehen, nur dann ihres Erfolges sicher sein, wenn
sie sich nicht zersplittert, — wenn sie nicht an Unmög=
liches gesetzt wird. Ein geringer Theil dieser Macht
genügt, um Rom zu schützen, wenn man weiß, daß sie
gleichsam nur ein Symbol ist, hinter welchem das ganze

Frankreich steht, — jede große und gefährliche Unter=
nehmung, in welche Frankreich sich nach anderer Seite
einlassen würde, müßte jenem Symbol seine Bedeutung
nehmen, jede solche Unternehmung würde das Signal
für die Revolution, das heißt das Königreich Italien,
sein, sich in unwiderstehlicher Brandung über Rom zu
ergießen."

Die Kaiserin hörte mit lebhafter Spannung.

„Die mexikanische Expedition," fuhr der Graf ruhig
fort, „hat Frankreich verhindert, in dem deutschen Kriege
ein seiner Würde und seiner Macht entsprechendes Wort
zu sagen, — ein Krieg gegen Deutschland würde den
französischen Schutz für Rom illusorisch machen."

„Sie sind also auch der Meinung," rief die Kai=
serin lebhaft, „daß wir für jetzt um jeden Preis an
den Verhältnissen in Deutschland nicht rühren dürfen?"

„Nicht nur für jetzt, sondern für immer," sagte
der Graf ernst und bestimmt, indem sein klarer Blick
fest auf den bewegten Zügen der Kaiserin ruhte, welche
ihn mit einer gewissen Befremdung ansah.

„Ich hoffte," fuhr er fort, „daß im vorigen Jahre
Oesterreich siegen und das neue Italien wieder gebrochen
werden würde, — daß an der Spitze Deutschlands
eine katholische, der Kirche ergebene Macht stehen würde,
welche dann im Bunde mit Frankreich die Herrschaft

des Rechts und der Religion wieder herstellen könnte
in der Welt, die dem Geist des Abfalls sich zuwendet.
— Meine Hoffnung ist nicht erfüllt, — Oesterreich ist
besiegt, mehr noch, es hat seine Vergangenheit aufge=
geben, — es wird sich nicht wieder erheben, Deutschland
gehört für immer Preußen!"

Die Kaiserin bewegte die Lippen, in ihren Augen
zitterte es seltsam, — es schien, als ob sie sprechen
wollte, — aber sie schwieg und mit forschendem Blick
sah sie durch die halb gesenkten Augenlider auf den
Grafen hin, die Fortsetzung seiner Rede erwartend.

„Die Sache Deutschlands ist entschieden," fuhr
der Graf fort, — „und auch das kann sich zum Besten
der Kirche wenden, Preußen bedarf Italiens nicht mehr,
— und Italien allein wird nicht in seiner jetzigen Form
bestehen, — wenn Frankreich in gesammelter Kraft ruhig
dasteht und dem heiligen Stuhl seine Freiheit und Un=
abhängigkeit erhält."

„So sind Sie auch der Meinung," sagte die Kai=
serin, immer den Blick mit den schönen langen Wim=
pern ihrer Augen verschleiernd, — „welche hier sich um
den Kaiser geltend macht, daß die beste Politik Frank=
reichs ein fester und dauernder Frieden mit Preußen sei?"

„Ein Kampf zwischen Frankreich und Deutschland,"
sagte der Graf mit Betonung, „würde das Ende der

Sicherheit und Unabhängigkeit des römischen Stuhles und damit die höchste Gefahr für die Einheit der Kirche sein."

„Sie werden zufrieden sein," sprach die Kaiserin mit einem Klange unmuthiger Enttäuschung in ihrer Stimme, „denn ich glaube, die Basis für einen solchen Frieden wird in diesem Augenblick gelegt, — doch," fügte sie, leicht mit ihrem Batisttuche spielend, hinzu, — „glaube ich nicht so zuversichtlich an seine Dauer."

Die Züge des Grafen belebten sich wie durch heftige innere Erregung, sein Auge richtete sich forschend und durchbringend auf die Kaiserin.

„Bedarf es denn," fragte er, „einer besonderen Basis für einen Frieden, der durch nichts bedroht ist, und der einfach zu erhalten ist dadurch, daß Niemand ihn stört — und von Deutschland ist doch eine solche Störung nicht zu erwarten?" —

Das Auge der Kaiserin öffnete sich weit und blitzte auf in zornigem Stolz. Sie warf den Kopf in die Höhe und rief mit der Lebhaftigkeit ihres schnell erregbaren Temperaments:

„Glauben Sie denn, Herr Graf, daß Frankreich ruhig es mit ansehen könne und dürfe, daß dieses militärische Preußen die Kraft von ganz Deutschland in seiner Hand zusammenfasse und die Spitze seines Degens über den Rhein herüber nach unserem Herzen ausstrecke? Sie werden nicht voraussetzen, daß das Frankreich, welches der Erbe der Siege des ersten Napoleon ist, still und resignirt zusehen solle, wie die Ordnung von Europa über den Haufen geworfen wird und wie eine protestantische Macht das deutsche Kaiserthum wieder aufrichtet. Freilich," rief sie immer lebhafter, „hätten wir nicht geschehen lassen sollen, was geschehen ist, — da es aber einmal geschehen ist, müßten wir unsere Kraft sammeln, um mit zerschmetterndem Schlag dieses Werk des vorigen Jahres zu zertrümmern, — nicht," sagte sie leise mit bitterem Ausdruck, indem sie die Zähne zusammenbiß und ihr Auge vor Erregung flammte, — „nicht uns abfinden lassen mit armseligen Kompensationen!"

Der Graf hatte mit immer gespannterer Aufmerksamkeit zugehört, sein Blick ruhte mit durchbringender Schärfe auf der Kaiserin und ein rascher Ausruf schien aus seinem Munde hervorbringen zu wollen.

Schnell aber nahm sein Gesicht wieder die gewohnte Ruhe an und mit leichtem Lächeln fragte er:

„Welche Kompensation könnte Frankreich verlangen, — welche Kompensation würde Deutschland gewähren?"

„Man wird glücklich sein in Deutschland," rief die Kaiserin schnell mit verächtlichem Aufwerfen der Lippe,

— „den dauernden Frieden mit Frankreich, die defini=
tive Genehmigung der Eroberungen des vorigen Jahres
zu erkaufen für den lächerlichen Preis dieses kleinen
Herzogthums Luxemburg!"

„Luxemburg?" rief der Graf, indem er schnell auf=
stand und mit bestürztem Ausdruck die Kaiserin ansah,
— „Luxemburg — um Gottes willen, Madame, denkt
man ernstlich daran?"

„Herr Graf," sagte die Kaiserin, indem die Er=
regung ihrer Züge dem Ausdruck einer gewissen Ver=
legenheit wich, — „ich habe da in meiner Lebhaftigkeit
etwas gesagt, das ich vielleicht nicht hätte sagen sollen,
— ich bitte Sie, meinen Worten keine weitere Konse=
quenz zu geben."

Der Graf schlug einen Augenblick die Augen sin=
nend zu Boden.

„Madame," sagte er dann, — „Eure Majestät
hatten vorhin die Gnade, mir zu sagen, daß Ihre hohen
Verwandten mich so freundlich mit vielen guten Eigen=
schaften ausgestattet haben, — sollten sie eine vergessen
haben, die ich wirklich zu besitzen mich rühmen darf, —
die Diskretion?"

Die Kaiserin sah ihn nachdenklich mit tief forschen=
dem Blick an.

„Ich glaube," fuhr er fort, „aus Eurer Majestät

Worten schließen zu dürfen, daß Sie einer Verhandlung über die Abtretung Luxemburgs nicht günstig sind, — nun wohl, Madame, ich würde Alles daran setzen, um Eurer Majestät Intentionen in dieser Richtung zu unterstützen, — und vielleicht hat man Ihnen auch gesagt, daß ich einige Kenntniß der politischen Fäden und in Folge dessen einigen Einfluß besitze, — es kommt also nur darauf an, ob Eure Majestät mir Vertrauen schenken wollen." —

„Wenn Sie den dauernden Frieden Frankreichs mit Preußen wollen," sagte die Kaiserin etwas zögernd, — „welches Interesse könnten Sie haben, die luxemburger Verhandlungen zu verhindern, deren Abschluß ja die Bedingung und Grundlage eines solchen Friedens sein würde?"

Der Graf erwiederte fest und ruhig den forschenden Blick der Kaiserin und antwortete mit dem Tone überzeugter Sicherheit:

„Ich vermag Eurer Majestät Ansicht nicht zu theilen," sagte er, — „diese Frage trägt den Krieg in ihrem Schooße!"

„Den Krieg?" rief die Kaiserin, — „Luxemburg gehört Holland, und wenn der König von Holland es an Frankreich abtritt, sollte Preußen es wagen, zu interveniren, — einer vollendeten Thatsache gegenüber?"

„O Madame," rief der Graf, — „dieser Weg
führt um so sicherer zum Kriege, — wenn es vielleicht
möglich wäre, Luxemburg durch eine Negoziation mit
Preußen zu erhalten, so wird das berliner Kabinet
doch niemals eine vollendete Thatsache acceptiren, die
man hinter seinem Rücken in einer Angelegenheit schaf=
fen würde, in welcher es die Sache Deutschlands zu
vertreten hat!"

Die Kaiserin schwieg. Etwas wie ein freudiger
Blitz leuchtete in ihrem Auge auf.

„In diesem Kriege aber, wenn er jetzt ausbräche,
würde Frankreich geschlagen werden," sagte der Graf
ruhig, — „und Italien würde Rom nehmen."

„Sie glauben an eine Niederlage Frankreichs?"
fragte die Kaiserin.

„Die französische Armee ist nicht fertig," antwor=
tete der Graf, — „die Ausführung der Pläne des
Marschalls Niel hat kaum begonnen, — und Deutsch=
land würde in dieser Frage einig der preußischen Füh=
rung folgen. — Ich bin überzeugt," fuhr er fort, —
„wenn der Kaiser sicher wäre, daß der Krieg aus
dieser luxemburger Frage entstünde, er würde sie nicht
anrühren, — er würde nicht das gefährliche Spiel
spielen, Preußen mit einem fait accompli überraschen
zu wollen."

Die Kaiserin senkte den Kopf und dachte einige Augenblicke nach.

„Ich glaube, Sie haben Recht," sagte sie dann, — „es darf in diesem Augenblicke kein Krieg entstehen, — diese luxemburger Frage müßte also beseitigt werden. — Aber wie ist das möglich?"

„Madame," sagte der Graf, — „die Gefahr liegt in der Heimlichkeit der Sache. Tritt man mit einem fertigen Arrangement vor die Welt, — und Preußen widerspricht, — so ist die Ehre Frankreichs engagirt und der Krieg unausbleiblich. Die Gefahr kann nur beschworen werden, wenn Preußen Gelegenheit erhält, seine Meinung auszusprechen, so lange Frankreich noch mit Ehren sich aus der Sache zurückziehen kann."

„Aber wie wäre das möglich?" fragte die Kaiserin.

„Dadurch, daß man in Berlin auf das Schleunigste Kenntniß von der Sache erhält. Ich wiederhole, Madame, daß nach meiner festen Ueberzeugung der Kaiser nicht bis zum Aeußersten vorgeht, wenn er dem festen Entschluß Preußens gegenübersteht."

„Eine solche Mittheilung aber könnte doch," sagte die Kaiserin zögernd, „von — hier — nicht ausgehen, — in einer Sache, welche — französisches Staatsgeheimniß ist."

„Eure Majestät mögen vollkommen unbesorgt sein,"

sprach der Graf mit leichtem Lächeln, „die Diskretion des französischen Kabinets wird keinem Vorwurf aus= gesetzt werden. — Eure Majestät sind also," fuhr er fort, „mit mir der Ansicht, daß diese luxemburger Ver= handlungen bedenklich und gefährlich sind, und daß sie im Interesse Frankreichs beseitigt und von einer Zu= spitzung zur äußersten Schärfe fern gehalten werden müßten?"

Die Kaiserin ließ ihren vollen Blick einige Augen= blicke auf dem Grafen ruhen, welcher sie erwartungs= voll ansah.

„Ich glaube," sagte sie dann, „daß ich Ihnen Recht geben muß."

„Das genügt, Madame," rief der Graf, — „jetzt ist es meine Sache, zu handeln."

„Und was wollen Sie thun?" fragte Eugenie mit einem leichten Anflug von Schreck und Besorgniß.

„Madame," sagte der Graf sich verneigend, — „die Sonne sendet Licht und Wärme herab und weckt den schlummernden Keim in der Erde, aber sie fragt nicht, wie er aus der dunkeln Tiefe hervor in geheimnißvoller Arbeit den Stamm, die Blätter und die Blüten bildet."

Die Kaiserin neigte mit anmuthigem Lächeln das Haupt.

Dann erhob sie sich.

„Ein Baum, der aus Ihrem Herzen und Ihrem
Kopfe erwächst, Herr Graf," sagte sie lächelnd, „kann
der guten Sache, die uns Beiden heilig ist, nur nütz=
liche Früchte tragen. — Ich habe mich sehr gefreut,"
fuhr sie fort, „Ihre Bekanntschaft zu machen, und hoffe
dieselbe fortzusetzen. Es wird mir stets angenehm sein,
Sie an meinen Montagen zu sehen, — und wenn Sie
mir etwas mitzutheilen haben, so werde ich immer er=
freut sein, Sie zu empfangen — wir sind ja Alliirte."
Und lächelnd reichte sie ihm die Hand.

Der Graf neigte sich auf dieselbe und berührte sie
ehrerbietig mit den Lippen.

„Eure Majestät werden stets von mir hören, wenn
ich Gutes zu verkünden oder Böses abzuwenden habe."

Und in leichter und freier Bewegung erreichte er
die Thüre, verneigte sich noch einmal tief und verließ
den Salon.

„Ein merkwürdiger und außergewöhnlicher Mensch,"
sagte die Kaiserin, ihm sinnend nachblickend, — „der
Abbé Bonaparte hat Recht, — ein Mann, hart und
geschmeidig wie der Stahl von Toledo. — Aber den
ewigen Frieden mit diesem Deutschland, das uns ver=
drängen und erniedrigen will, erhalten — nein," rief
sie laut, mit dem zierlichen Fuß heftig auf den weichen
Teppich tretend, „nein, davon wird er mich nicht über=

zeugen! — Aber gleichviel," sagte sie leiser, — „diese luxemburger Verhandlung muß beseitigt werden, ich will weder, daß sie reussirt und wir um diesen elenden Preis abgefunden werden, noch daß sie jetzt zum Kriege führt, denn — er könnte Recht haben, — und wenn wir ge= schlagen würden," — murmelte sie, den Kopf senkend und starr vor sich hinblickend, — „es wäre das Ende —"

Einige Minuten stand sie so in Nachdenken versunken.

Dann rührte sie leicht die Glocke.

„Der Herzog Tascher de la Pagerie!" rief sie dem Kammerdiener zu.

Viertes Kapitel.

Der Graf Rivero stieg die große Treppe ·hinab und trat aus dem Portal, welches ein blau und weißer Baldachin, von Lanzen mit vergoldeten Spitzen getragen, überdeckte. Auf den Wink eines der dort stehenden kaiser= lichen Lakaien fuhr seine Equipage, ein einfaches Coupé mit zwei tabellosen Pferden und dunkelblauer Livrée mit feinen Goldschnüren, welche dem Portal gegenüber hielt, schnell heran. Der Lakai sprang ab und öffnete den Schlag, indem er zugleich den Ueberrock seines Herrn aus dem Wagen nahm und demselben reichte.

„Zur Marchesa Pallanzoni!" rief der Graf ein= steigend, und in rascher, sicherer und leichter Bewegung rollte der Wagen davon, verließ den Tuilerieenhof, folgte der Rue de Rivoli, fuhr über den Platz de la Con= corde, durch die Rue Royale, wendete sich an der Ma= deleine links nach der Kirche St. Augustin und fuhr bis zu dem großen Platz, welcher dieser neuen und

schönen Kirche am Anfange des Boulevard Malesherbes
gegenüber liegt.

Hier hielt er vor einem großen, eleganten Hause,
der Graf stieg aus und eilte mit leichtem Schritt die
mit Teppichen belegten Stufen einer breiten, eleganten
Treppe hinauf.

Vor einer großen Glasthüre des ersten Stocks
drückte er auf den Knopf der Glocke, — ein heller
Schlag ertönte und fast unmittelbar öffnete sich die
Thür.

„Ist die Frau Marchesa zu Hause?" fragte der
Graf eintretend einen Lakai in hellblauer Livrée mit
Silber, welcher ihm entgegentrat.

„Die Frau Marchesa ist in ihrem Boudoir," er=
wiederte der Lakai, — „sie hat befohlen, Niemand zu
melden, — aber sie wird den Herrn Grafen ohne Zweifel
empfangen, ich werde die Kammerfrau benachrichtigen."

Und mit jenem ehrerbietigen Diensteifer, den die
Dienerschaft, welche ein so feines Verständniß für die
Beziehungen ihrer Herrschaft besitzt, stets den wirklichen
Freunden und Vertrauten des Hauses beweist, — öff=
nete er den Flügel einer gegenüber liegenden Thüre und
der Graf trat in einen mit reicher Eleganz und doch
mit der Einfachheit des guten Geschmacks möblirten
Salon, erfüllt von dem Duft zahlreicher Blumen, welche

zwei große, vor den Fenstern stehende Jardinièren in reicher, farbiger Pracht füllten.

Der Graf ging mit langsamen Schritten, das Auge nachdenklich zu Boden gesenkt, in diesem Salon auf und ab.

„Diese Kaiserin sinnt auf Rache," sagte er in leisem Selbstgespräch, „sie will das erstehende Deutschland vernichten, — sie glaubt dadurch der bedrohten Kirche zu nützen, — sie irrt — ihre Absicht muß vereitelt werden! Für jetzt dient sie mir, sie soll mir helfen, diese luxemburger Frage zu beseitigen, — aber ich muß sie überwachen, — sie wird den Gedanken des großen Krieges gegen Deutschland in dem Kaiser nähren, — und ihr Einfluß ist groß."

Man hörte das leise Geräusch einer auf ihren Rollen gleitenden Schiebethür — eine Portière wurde von einer feinen, weißen Hand ein wenig gelüftet und eine Damenstimme rief: „Treten Sie ein, Herr Graf!"

Der Graf Rivero durchschritt leicht den Salon, schlug die Portière zurück und trat in ein kleines Boudoir mit einem Fenster, das von einer einzigen großen Spiegelscheibe gebildet war. Graue Seidentapeten bedeckten die Wände, Blumen, Nippesstatuetten, Bücher und Albums erfüllten den kleinen Raum, so daß fast nur der Platz vor einer zur Seite des Kamins stehenben Chaiselongue mit zwei ihr gegenüber aufgestellten Fauteuils frei war.

Die Dame, welche ben Grafen in biesen innersten Raum intimer Zurückgezogenheit eingeladen, hatte sich wieder auf bie Chaiselongue niebergelassen. Ihr schwar= zes Haar lag in einfachen Flechten glatt um bie schöne weiße Stirn. Das griechisch geschnittene Gesicht mit ben bunkeln leuchtenb tiefen Augen war von jener burch= sichtigen Bläffe, welche, ohne krankhaft zu erscheinen, bie Herrschaft bes Geistes über bie Materie anzeigt. In halb liegenber Stellung stützte sie bie Füße in weiß= seibenen, mit Pelz verbrämten Pantoffeln auf eine kleine Fußbank, welche in bie Nähe bes vergolbeten Kamin= gitters gerückt war. Sie trug einen weiten Morgenrock von silbergrauer Seibe und zeigte in ihrer ganzen Er= scheinung jene leichte Unorbnung, welche bewies, baß bas große unb wichtige Geschäft ber Toilette noch nicht begonnen hatte. In bieser Unorbnung lag jeboch keine Nachlässigkeit, Alles athmete bie höchste unb vollenbetste Eleganz einer vornehmen Dame.

Der Graf näherte sich schnell ber Chaiselongue unb ließ sich auf einen ber baneben stehenben Fauteuils nieber.

Die Dame reichte ihm bie Hand, — er ergriff sie leicht, unb wie unwillkürlich von bem Zauber bes vor=

nehmen und distinguirten Hauchs ergriffen, welcher diese
ganze Erscheinung umfloß, zog er diese Hand an seine
Lippen.

Ein Blitz des Triumphes leuchtete in ihrem Auge.

„Ich muß Ihnen mein Kompliment machen," sagte
der Graf mit kaltem Tone, der nicht mit dem Inhalt
seiner Worte harmonirte, — „Sie werden täglich schöner
und eleganter."

Ein halb stolzes, halb ironisches Lächeln umspielte
den Mund der Dame, indem sie erwiederte:

„Ich muß mich bestreben, um eben so viel schöner
und eleganter zu werden, als die Marchesa Pallanzoni
über Madame Balzer steht. — Apropos, Herr Graf,"
fuhr sie mit demselben Lächeln auf den Lippen fort, —
„haben Sie mir Nachrichten von meinem würdigen Gemahl, dem Marchese Pallanzoni, zu bringen?"

Und mit kurzem Lachen lehnte sie den schönen Kopf
an die Rücklehne des Sophas.

„Er lebt ruhig unter der Aufsicht eines alten
Dieners in dem kleinen Hause bei Florenz, das ich ihm
eingerichtet, und bringt den Rest seines Lebens damit
zu, das selbstverschuldete Elend zu bereuen, aus welchem
ich ihn gezogen habe. — Hüten Sie sich übrigens,"
fuhr er mit ernstem Tone fort, „jemals vor Andern in
diesem Tone über ihn zu sprechen, — wenn auch der

Mann, der Ihnen seinen Namen gegeben hat, tief ge=
sunken und verkommen war, so ist doch dieser Name
einer der ältesten und edelsten und kein neuer Flecken
soll, vor der Welt wenigstens, auf ihn fallen!"

Eine schnelle Röthe flammte auf ihrer Stirn em=
por, ein jäher Blitz zuckte aus ihrem Blick, die Lippen
öffneten sich mit stolzer Bewegung, — aber sie sprach
kein Wort, ihre Augenliber senkten sich, wie um den
Ausdruck ihres Blickes vor dem klar und ernst auf sie
gerichteten Auge des Grafen zu verhüllen, und schnell
nahmen ihre Züge wieder ihre unbefangene, lächelnde
Ruhe an.

„Wissen Sie, Herr Graf," sagte sie dann, —
„daß ich anfange, mich zu langweilen? Ich kenne jetzt
dieß Paris mit seinen bunten, wechselnden Bildern, die
doch eigentlich nur ein ewiges Einerlei verhüllen, —
ich finde diese jungen Herren mit ihrer forcirten Bla=
sirtheit höchst widerwärtig und abgeschmackt — und,"
fügte sie mit einem leichten Seufzer und einem scharfen,
forschenden Blick hinzu, „die eigentliche Gesellschaft bleibt
mir ja doch verschlossen, trotz des stolzen Namens, den
— Sie mir gegeben haben."

„In dieser Beziehung müssen Sie Geduld haben,"
sagte der Graf, „man darf den Eintritt in die Gesell=
schaft nicht übereilen, wenn man in Ihrer Lage ist. —

Seien Sie übrigens ruhig," fuhr er fort, „wenn Sie
ernste und nützliche Dienste leisten, so werden Sie in
die erste Gesellschaft nicht langsam und allmälig von
Unten, sondern mit einem Male und von Oben ein=
treten — sobald ich es für nöthig halte," setzte er im
Tone kalter Ueberlegenheit hinzu.

Wieder zitterte jenes zornige Aufflammen in ihrem
Auge und wieder verhüllte sie dasselbe schnell unter den
gesenkten Lidern.

„Ernste und nützliche Dienste —?" sagte sie dann
mit ruhiger Stimme, — „Sie hatten mir allerdings
gesagt, daß Sie meine Dienste in ernsten Dingen in
Anspruch nehmen würden und daß es mir vergönnt
sein würde, durch den Dienst einer heiligen Sache,"
fügte sie mit niedergeschlagenen Augen hinzu, indem ein
leichtes Zittern um ihre Lippen spielte, „frühere Schuld
zu sühnen, — bis jetzt aber habe ich nichts gethan, als
was — jede wahre Marquise auch thun könnte."

Ein verächtliches Lächeln glitt über ihre Züge.

„Der Augenblick ist gekommen, wo Sie Ihre Thä=
tigkeit beginnen können," sagte der Graf, — „Sie
können einen Dienst leisten, von dessen geschickter Aus=
führung das Schicksal Europas abhängen kann!"

Mit funkelnden Augen richtete sie sich schnell auf.

„Sprechen Sie, Herr Graf," rief sie, — „sprechen

Sie. Ich höre mit allen meinen Sinnen und allen meinen Gedanken."

Der Graf ließ seinen klaren, ruhigen Blick einige Sekunden auf ihren erregten Zügen ruhen.

„Wenn Sie gut ausführen sollen, um was es sich handelt, so müssen Sie genau wissen, worauf es ankommt und was erreicht werden soll. — Ich erinnere Sie nochmals daran," sagte er mit fester, kalter Stimme, „daß die erste Vorschrift bei allen Diensten, zu denen Sie berufen sein werden, die unbedingteste Verschwiegenheit ist, — ein Bruch derselben zieht die Strafe des moralischen Todes nach sich."

Eine helle Röthe flammte auf ihrer Stirn auf, — ihre Augen sprühten Blitze — aber schnell bezwang sie sich und fragte mit ruhiger Stimme:

„Haben Sie Grund, mir zu mißtrauen?"

„Nein," sagte der Graf, „aber die Angelegenheiten, um welche es sich handelt, sind nicht die meinigen, — es ist nothwendig, die Bedingungen zu wiederholen, über welche wir übereingekommen sind."

„Sie sind fest in mein Gedächtniß geschrieben," sagte sie.

„So hören Sie!" sprach der Graf, indem er sich etwas vorneigte und die Stimme dämpfte.

„Wollen wir nicht die Thüre schließen?" fragte

sie, auf die offen gebliebene Schiebethür zum Salon deutend, indem sie eine Bewegung machte, um aufzustehen.

Der Graf legte leicht die Hand auf ihren Arm.

„Lassen Sie," sagte er, — „ich ziehe die offenen Thüren vor, wenn man geheime Dinge bespricht, — hinter ihnen kann Niemand horchen. — Es finden Verhandlungen statt," fuhr er dann fort, „zwischen dem Kaiser Napoleon und dem Könige von Holland über die Abtretung von Luxemburg an Frankreich."

Sie stützte den Kopf auf die Hand und hing mit durchdringendem Blick an seinen Lippen.

„Diese Verhandlungen dürfen zu keinem Resultat führen," sprach der Graf weiter, — „es ist nothwendig, daß so schnell als möglich das berliner Kabinet, hinter dessen Rücken die ganze Sache betrieben wird, davon unterrichtet werde, und zwar in einer Weise, welche nicht den mindesten Verdacht zuläßt, daß diese Information von hier aus angeregt sei."

„Aber wie kann ich —?" rief sie erstaunt.

„Ich glaube," fuhr der Graf fort, — „daß man sowohl hier als namentlich auch in Holland sehr fern von dem Gedanken ist, diese Verhandlungen könnten zu ernsten Verwickelungen und zu einem Kriege führen, der vielleicht ganz Europa in Flammen setzen würde.

Ganz insbesondere würde der König von Holland, der
den Krieg nicht liebt und der Verwickelungen mit
Preußen auf das Aeußerste fürchtet, weil sie sein Land
zwischen den Zusammenstoß zweier gewaltiger Kolosse
stürzen würden, — der König von Holland würde ganz
insbesondere vor dieser geheimen Negoziation zurück=
schrecken, wenn er ihre Folgen klar übersähe."

„Aber ich begreife noch immer nicht," rief sie, —
„wie ich —"

„Ich finde," sagte der Graf mit leichtem Lächeln,
„daß Ihre Equipage noch immer nicht auf der Höhe
der übrigen Montirung Ihres Hauses ist, — Ihre
Pferde sind nicht schön genug, auch gefällt mir ihre
Farbe nicht."

Sie sah ihn in stummem Erstaunen an und schüt=
telte leicht den Kopf.

„Sie müssen die schönsten Pferde in Paris haben,"
fuhr er ruhig fort, „freilich wird das nicht ganz leicht
sein, denn das schönste Gespann, das ich kenne und das
vollständig für Sie passen würde, ist im Besitze von
Madame Musard, — und sie hat es bereits dem Stall=
meister des Kaisers abgeschlagen, die schönen Thiere zu
verkaufen."

Ihr Auge blitzte auf, — ein feines Lächeln zuckte um
ihre Lippen, — gespannt hing ihr Blick an seinem Munde.

„Die einzige Möglichkeit, diese Pferde vielleicht zu erhalten, wäre, wenn Sie der Dame einen Besuch mach= ten, — ‚Paris vaut bien une messe‘ — sagte Hein= rich IV., — und der Besuch würde um so sicherer in seinem Erfolge sein, wenn Sie vielleicht der schönen Frau einen Dienst leisten könnten. — Madame Musard interessirt sich für Holland, — sie würde vielleicht dank= bar sein, wenn sie in den Stand gesetzt würde, dort eine Gefahr abzuwenden —"

Die Marquise sprang auf.

„Genug, Herr Graf," rief sie, — „ich verstehe vollkommen, Sie können sich auf mich verlassen, — ich werde Ihnen beweisen," fügte sie lächelnd hinzu, „daß ich fähig bin, Ihr Werkzeug zu sein, — ich werde mir die Sporen verdienen!"

„Vergessen Sie nicht," sagte er, „daß schnell ge= handelt werden muß, um Unglück zu verhüten. In drei Tagen muß es sich entscheiden, ob der Zweck erreicht ist, — sonst müssen andere Wege eingeschlagen werden."

„Er wird erreicht werden," sagte sie, — „ich be= darf eine Stunde zu meiner Toilette, — und sogleich werde ich an's Werk gehen."

Der Graf stand auf.

„Und die Pferde?" fragte sie mit fast unmerklichem Lächeln, „sie werden theuer sein."

Der Graf zog ein Portefeuille aus der Tasche, nahm daraus das gedruckte Blanket einer Anweisung, trat darauf an einen kleinen, zierlichen Schreibtisch und füllte mit raschen Zügen das Papier aus.

„Hier ist eine Anweisung für meinen Bankier auf fünfzigtausend Franken, — ich hoffe, das wird genügen, — jedenfalls zahlen Sie jeden Preis."

Sie legte die Anweisung, ohne sie anzusehen, in eine Vermeilschale auf einem Fuß von antiker Bronze, welche auf dem Kamin stand.

„Nun aber, Herr Graf," sagte sie lächelnd, — „bitte ich um die Erlaubniß, meine Toilette zu machen, — nicht daß ich Sie vertreiben will," fügte sie mit einem eigenthümlichen Blick hinzu.

Der Graf ergriff seinen Hut.

„Ich habe Sie zur Diskretion ermahnt," sagte er mit höflichem Lächeln, — „und darf mir nicht erlauben, indiskret zu sein."

Und mit leichter Verbeugung wendete er sich zur Thür und verließ, den Salon durchschreitend, das Appartement.

„Er ist von Eis," sagte sie seufzend, indem sie eine kleine Glocke bewegte, — „und seine Herrschaft von Eisen, — doch sie führt mich dahin, wohin ich mich so lange gesehnt, — und vielleicht — — Ich will aus=

fahren — meine Toilette, — den Wagen in einer
Stunde!" befahl sie der eintretenden Kammerfrau.

Der Graf stieg die Treppe hinab.

„So liegt denn der Zündfaden, an welchem der
Brand Europas hängt, in den Händen zweier Frauen!"
sagte er leise, „und wenn die ernsten und wichtigen
Herren vom Corps diplomatique heute Abend im Bois
de Boulogne diesen beiden aus Sammt, Spitzen und
Federn hervorlächelnden Damen begegnen, so werden sie
nicht ahnen, daß in ihren zierlichen Händen in diesen
Stunden das Geschick der Welt ruht. — Wie wunder=
bare Wege geht doch die lebendige Geschichte, welche
später in so feierlich monumentalen Steinbildern vor
der Nachwelt dasteht!" —

„Nach der Nunziatur!" rief er seinem Diener zu
und stieg in seinen Wagen, der in schnellem Trabe da=
vonfuhr.

*

Eine Stunde später fuhr die Equipage der Mar=
chesa Pallanzoni an dem prachtvollen Hotel der Ma=
dame Musard bei den Champs Elysées vor. Alles in
diesem Hause athmete die vollendetste Eleganz der aller=
vornehmsten Welt. Die unermeßlichen Reichthümer,
welche den auf den amerikanischen Erbgründen der Dame

entdeckten Petroleumquellen in unerschöpflicher Fülle
entströmten, zeigten sich hier nicht in überladenem Glanz,
sondern in jener so schwer herzustellenden, gediegenen
Einfachheit, welche nur da zu finden ist, wo wirklich
große Mittel sich mit wirklich gutem Geschmack ver=
einen.

Wohl zeigte sich auf den Mienen der gepuderten
Lakaien in den dunklen Livréen mit den silbergrauen
Achselschnüren und den schneeweißen Strümpfen ein
leichter Anflug von Erstaunen, als der Diener der Mar=
chesa deren Karte überbrachte mit der Frage, ob Ma=
dame Musard seine Herrin empfangen wolle — denn
die Damen mit aristokratischen Namen echten Klanges
gehörten hier nicht zu den gewöhnlichen Erscheinungen,
— indeß mit jener schweigenden Schnelligkeit und Pünkt=
lichkeit, welche dem Dienst an einem Hofe Ehre gemacht
haben würde, wurde die Karte dem Kammerdiener ge=
bracht, welcher in tadellosem schwarzen Anzug im Vor=
zimmer der Dame des Hauses saß.

Madame Musard blickte ein wenig erstaunt auf
diese Karte, welche der Kammerdiener ihr auf einem
goldenen Teller mit wunderbar schön ciselirtem Rande
überreichte.

„Marchesa Pallanzoni,“ sagte sie, — „ich habe den
Namen gehört, — eine sehr schöne und sehr elegante

Italienerin, die seit einiger Zeit hier ist, — eine wirk=
liche große Dame, wie man mir gesagt hat," fügte sie
mit einem leichten Lächeln der Befriedigung hinzu, —
„aber was kann sie von mir wollen? Gleichviel —
hören wir! — Es wird mir eine Freude sein, die Frau
Marquise zu empfangen," sprach sie zu dem Kammer=
diener, welcher zur Thüre zurückgetreten war und dort
in ehrerbietiger Stellung wartete. — „Gehen Sie selbst
hinab und führen Sie die Dame herauf."

Der Kammerdiener verschwand.

Madame Musard, eine hohe, schlanke Gestalt mit
feinen und intelligenten, ein wenig scharfen Zügen,
dunklem Haar und dunklen Augenbrauen, welche Augen
von außergewöhnlicher Schärfe und Intelligenz über=
wölbten, mochte ungefähr sechsundzwanzig bis achtund=
zwanzig Jahre alt sein. Der Ausdruck ihrer Augen
erschien älter, das Lächeln ihres frischen Mundes jünger.
Sie trug eine sehr einfache dunkle Morgentoilette von
schwerem Seidenstoff, welche hoch am Halse, von einer
feinen Spitze überragt, durch eine Brosche von einem
ungewöhnlich großen Rubin geschlossen wurde.

Nichts in ihrer Erscheinung zeigte eine Spur von
jenen Uebertreibungen der Eleganz und des Luxus,
welche man zu jener Zeit bei den meisten Damen der
großen Welt sowohl als der Halbwelt zu sehen gewohnt

war. Auch der kleine Salon, in welchem sie sich be=
fand, war mit edelster Einfachheit möblirt.

Die Flügel der Thüre sprangen auf.

„Die Frau Marquise von Pallanzoni!" rief der
Kammerdiener und herein rauschte Frau Antonie Balzer
in reicher Promenadentoilette. Ueber die schweren Falten
einer dunkelblauen Robe fiel eine mit Zobel besetzte
Mantille von Sammt herab, ein kleiner Hut von der
Farbe der Robe mit einer prachtvollen weißen Feder
umrahmte das feine und zarte Gesicht, das, leicht durch
die Luft geröthet, in wunderbarer Schönheit und Frische
strahlte.

Madame Musard ging ihrem Besuch bis fast zur
Thür entgegen, mit raschem, prüfendem Blick umfaßte
sie diese so jugendliche, so reizende und so vornehme
Erscheinung.

„Ich freue mich, Frau Marquise, Sie in meinem
Hause zu begrüßen," sprach sie dann mit ruhiger
Artigkeit, „und ich werde glücklich sein, Ihnen in
Etwas dienen zu können, wenn es in meiner Macht
steht."

Sie führte die Marchesa zu einem von Blumen
umgebenen kleinen Sopha, welcher in der Nähe des
Fensters stand, und nahm ihr gegenüber auf einem nied=
rigen Lehnstuhl Platz, indem sie mit dem Ausdruck

ruhiger Höflichkeit erwartete, daß die Dame ihr den
Grund ihres Besuches mittheilte.

„Erlauben Sie zunächst, Madame," sagte die Mar=
chefa mit einer gewissen Herzlichkeit in dem Tone ihrer
vollen metallreichen Stimme, „daß ich Ihnen meine Be=
wunderung ausspreche über die Einrichtung Ihres Hau=
fes, — das heißt deffen, was ich davon gesehen, —
man spricht in Paris so viel davon," fuhr sie fort,
„daß ich mit großen Erwartungen hieher kam, — aber
dennoch bin ich erstaunt, — es ist so schwer," sagte sie
mit einem naiven Lächeln, das ihr vortrefflich stand,
„in all' dem parifer Glanz die wirklich vornehme einfache
Eleganz in der Montirung der Häuser zu finden, — ich
habe sie nur in einigen alten Häusern des Faubourg
St. Germain gefunden — und hier bei Ihnen."

Madame Musard neigte leicht den Kopf, das Lä=
cheln ihrer Lippen bewies, daß sie nicht unempfindlich
war für das in so natürlicher Weise ausgesprochene
Kompliment, indeß schien ihr Blick zu sagen: „Ich
glaube nicht, daß Sie hieher gekommen sind, um mir
dieß zu erzählen."

Frau Antonie schlug vor diesem klaren und scharfen
Blick in scheinbarer verlegener Verwirrung die Augen
nieder. Sie drückte die Spitzen ihrer schlanken Finger
in den hellgrauen Handschuhen von weichem schwedischem

Leber an einander, und sprach, indem sie einen treuherzig
bittenden Blick auf Madame Musard warf:

„Ich arbeite daran, mein Haus ebenfalls zu mon=
tiren, — wenn auch nur für die Dauer der Weltaus=
stellung, — mein Gemahl,“ fuhr sie seufzend fort, „ist
kränklich und zu weiten Reisen nicht disponirt, — doch
hat er meinem glühenden Wunsche, Paris und diese
wunderbare Ausstellung zu sehen, nachgegeben und mir
erlaubt, einige Zeit hier zu bleiben. — Mir fehlt nun
aber so Manches und besonders kann ich meine Equi=
page nicht passend herstellen,“ sagte sie mit leichtem Zö=
gern, — „da wage ich es denn, mich an Sie zu wen=
den, und ich freue mich, daß es eine Frau ist, an die
ich mich wenden kann, — ich habe ein wunderschönes
Gespann vor Ihrem Wagen gesehen.“ —

Das Gesicht von Madame Musard nahm einen
kalten abwehrenden Ausdruck an.

„Man sagte mir,“ fuhr die Marchesa fort, „daß
Sie einen vollständigen, — den schönsten und bestge=
wählten Marstall in Paris haben, — ich hoffte deß=
halb, daß Sie vielleicht jene Pferde — es sind zwei
schwarze Carossiers — entbehren könnten, — und daß
Sie meine Bitte gewähren würden, sie mir zu verkaufen.“

Ein stolzes Lächeln spielte um die Lippen von
Madame Musard.

„Ich handle nicht mit Pferden, Frau Marquise," sprach sie in kaltem Tone, — „und Pferde, mit denen ich selbst fahre, verkaufe ich überhaupt niemals, — am wenigsten jenes Gespann, — der Kaiser handelte darum; — ich habe es gekauft," fuhr sie mit stolzem Blick fort, „weil ich wünschte, die schönste Equipage von Paris zu haben — ich bedaure, daß es mir nicht möglich ist, Ihren Wunsch zu erfüllen, — da es mir große Freude gemacht hätte, Ihnen nützlich zu sein."

Die Marchesa senkte mit dem Ausdruck von Ent= täuschung und Verlegenheit den Blick.

„Verzeihen Sie mir, Madame," sagte sie dann, „ich weiß sehr wohl, daß Sie dergleichen Handel nicht machen, — ich hoffte nur, daß Sie vielleicht einer Dame, — einer Fremden zu Gefallen —"

Madame Musard schüttelte mit leichtem Achsel= zucken den Kopf.

„— Und dann," fuhr die Marchesa fort, — „dachte ich, daß die drohenden Kriegsgefahren, welche vielleicht alle diese glänzenden Aussichten auf das schimmernde Weltfest der Ausstellung zertrümmern werden, Sie be= stimmen könnten, mir diese schönen Pferde zu überlassen, die ich im Falle des Krieges mit mir nach Italien in Sicherheit bringen würde."

Madame Musard sah sie erstaunt an.

„Sie sprechen von Kriegsgefahr, Madame," sagte
sie, „ich begreife nicht, — wie mir scheint, ist die ganze
Welt im tiefen Frieden." —

„Ja, wie es scheint," sagte die Marchesa mit
wichtiger Miene, indem sie die Augen weit öffnete und
mit täuschender Natürlichkeit einen unendlich einfältigen
Ausdruck annahm, — „aber in Wirklichkeit, — freilich
wird wohl Frankreich nicht unmittelbar engagirt sein, —
aber es wird doch für den Kaiser eine Ehrensache sein,
Holland in Schutz zu nehmen." —

Madame Musard horchte hoch auf. Mit lebhafter
Spannung richtete sich ihr scharfer Blick auf die lächelnden Züge der plaudernden Dame vor ihr.

„Holland in Schutz nehmen?" fragte sie, — „gegen
wen, Madame, — wer bedroht Holland?"

„O mein Gott," sagte die Marchesa, die Fingerspitzen leicht gegen einander schlagend, — „wenn man in
Berlin erfährt, was vorgeht, so wird man natürlich sofort die rücksichtslosesten Maßregeln ergreifen, — und
das kleine Holland —"

„Aber mein Gott, — was geht denn vor?" rief
Madame Musard ungeduldig, — „Sie erschrecken mich
fast, Frau Marquise," sagte sie, schnell sich fassend, mit
lächelndem Munde, „mit Ihren Kriegsphantasieen!"

„Phantasieen?" rief die Marchesa wie verletzt durch

...... ihrer Kenntniß der politischen Lage, —
...... Phantasieen, — wissen Sie denn nicht,
Madame, daß der König von Holland an den Kaiser
ein Herzogthum verkaufen will, — ein kleines Herzog=
thum mit einer großen Festung," — sie schien sich zu
besinnen, — „es heißt wie das Palais dort mit dem
schönen Garten, worin Marie von Medicis wohnte, —
Luxemburg — ja Luxemburg, — und wenn Herr von
Bismarck von diesem heimlichen Handel etwas erfahren
wird, — und er hat schon davon gehört, — so ist der
Krieg unvermeidlich."

„In der That, Sie setzen mich in Erstaunen, Frau
Marquise," sagte Madame Musard, indem ein schwerer
Athemzug ihre Brust schwellte und ein düsterer Blick
aus ihrem Auge hervorschoß, „Sie setzen mich in Er=
staunen durch Ihre Kenntniß der politischen Verhält=
nisse, — mir liegt so Etwas so fern."

„Doch ich bitte um Verzeihung, Madame," sagte
die Marchesa, indem sie Miene machte, aufzustehen, —
„ich habe Sie schon lange aufgehalten und da Sie Ihre
Pferde behalten wollen —"

„O ich bitte, Frau Marquise," sagte Madame
Musard, indem sie leicht ihre Hand auf den Arm An=
toniens legte, um sie vom Aufstehen zurückzuhalten, —
„ich bitte, es ist mir ein hohes Vergnügen, mit Ihnen

zu plaudern, — und in der That," fuh... ... ...
besinnend, fort, — „diese Kriegsgefahr — ...
existirt —"

„Wenn sie existirt?" rief die Marchesa lebhaft, —
„sie existirt, Madame, sobald man in Berlin von dieser
luxemburger Sache hört, — man kann freilich dem
Kaiser nicht verbieten, dieß Herzogthum zu kaufen,
aber man wird dem König von Holland verbieten, es
zu verkaufen, man wird über Holland herfallen und
der Kaiser wird gezwungen sein, diesen armen König
zu beschützen, — wenn nicht —"

„Wenn nicht —?" fragte Madame Musard in
athemloser Spannung.

„Wenn nicht," sagte die Marchesa lachend, — „ein
Arrangement gemacht wird, welches dem Kaiser Luxemburg und dieß arme Holland den Preußen gibt — und,"
fügte sie achselzuckend hinzu, „diese Reihe der unglücklichen Könige ohne Thron und Land, deren unsere Zeit
so viele geschaffen hat, — um einen vermehrt. — Doch
in der That," rief sie, „wir sind komisch, — wenn
man uns hören könnte, — zwei Damen, die Politik
sprechen —"

Madame Musard blickte sinnend zu Boden.

„Das Alles interessirt mich ein wenig," sagte sie

dann, — „ich habe — Freunde in Holland, — nur o... ich in der That nicht, woher Sie so gut infor= mirt sind, Frau Marquise." —

„O," rief die Marchesa, „einer meiner Freunde sprach mir davon, — er steht den Tuilerieen sehr nahe, — aber mein Gott," rief sie plötzlich, „ich habe da vielleicht eine Indiskretion begangen, — er sagte mir, daß noch Niemand etwas davon wisse."

„Ich bin die Diskretion selbst, Frau Marquise," rief Madame Musard rasch, — „übrigens," fuhr sie fort, ihr Spitzentaschentuch in der Hand zusammen= pressend, „übrigens interessirt mich das Alles nur sehr oberflächlich, — allein der Krieg — das wäre ja ent= setzlich, — glaubte denn — Ihr Freund —" sagte sie ein wenig zögernd, „nicht, daß es irgend ein Mittel gäbe, den Krieg zu vermeiden?"

„Ach," sagte die Marchesa, — „Sie wissen, wie die Männer sind, — er fürchtete den Krieg nicht, — er schien ihn vielleicht sogar zu wünschen, — ,übrigens,' sagte er, — ,was liegt daran, wenn Holland von Preußen genommen wird, — wenn wir nur dieß Luxemburg er= halten. — Der König von Holland wird selbst die Schuld haben, hätte er von dem, was vorgeht, zu rechter Zeit in Berlin Nachricht gegeben, so würde er dort den Prätext genommen haben, — auf den man vielleicht ·nur

wartet, — jetzt wird die diplomatische Verständigung
unmöglich gemacht.' — Doch — nun darf ich Sie wirk=
lich nicht länger in Anspruch nehmen," fuhr sie fort,
indem sie von Neuem Miene machte, aufzustehen, —
„ich bedaure —"

„Frau Marquise," sagte Madame Musard, indem
sie einen vollen Blick auf ihren Besuch richtete, — „ich
habe Ihren Wunsch abgeschlagen, — es war vielleicht
Unrecht von mir, einer Dame, die hier fremd ist, nicht
freundlicher entgegenzukommen, — ich war überrascht.
— Sie wissen," fuhr sie fort und reichte der Marchesa
ihre Hand, in welche diese wie erstaunt und ein wenig
zögernd ihre feinen Finger legte, „Sie wissen, es gibt
Sympathieen, denen man sich nicht entziehen kann, —
erlauben Sie mir, Ihnen zu sagen, daß Sie in den
wenigen Augenblicken unserer Bekanntschaft solche Sym=
pathie in mir erweckt haben."

Die Marchesa sah sie lächelnd mit einem naiven
Blick an, in welchem man lesen konnte, daß es ihr
nichts Neues sei, Sympathieen zu erwecken.

„Und um Ihnen einen Beweis der Gefühle zu
geben, welche Sie mir eingeflößt," fuhr Madame Mu=
sard fort, — „erlauben Sie mir, von meiner Gewohn=
heit abzugehen, — ich will Ihnen meine Pferde über=
lassen, — damit eine so schöne und geistvolle Dame,"

fügte sie mit einem kaum merkbaren Lächeln hinzu, „eine
ihrer würdige Equipage besitze."

Eine kindliche Freude leuchtete in dem Auge der
Marchesa auf.

„Wirklich?" rief sie mit fröhlichem Lächeln, —
„Sie könnten sich entschließen?"

Und ihrerseits ergriff sie die Hand der Madame
Musard und drückte sie herzlich.

„Die Pferde gehören Ihnen," sagte diese, — „aber
ich mache eine Bedingung —"

Die Marchesa neigte verbindlich das Haupt.

„Daß wir," sagte Madame Musard mit anmuthi=
gem Lächeln, — „uns nicht zum letzten Male gesehen
haben, — daß es mir erlaubt sei, zu versuchen, auch
meinerseits Ihnen ein wenig von den sympathischen Ge=
fühlen einzuflößen, welche ich für Sie empfinde."

„Es wird mir stets eine Freude sein," erwiederte
die Marchesa mit leichter Zurückhaltung, „Sie bei mir
zu sehen."

Madame Musard schien die Nüance abwehrenden
Stolzes, welche in dieser Antwort lag, nicht bemerken
zu wollen und sagte mit verbindlichem Lächeln:

„So werde ich unendlich mehr gewinnen, — als
ich an meinen Pferden verliere!"

„Doch, Madame," sagte die Marchesa aufstehend,

— „es bleibt noch eine Frage zu erledigen — der
Preis —"

„Unsere Freundschaft ist noch zu jung," unterbrach
sie Madame Musard, — „als daß ich wagen dürfte,
Ihnen das Gespann als einen Beweis derselben anzubieten, — ich glaube, daß ich zehntausend Franken für
jedes Pferd bezahlt habe, — mein Intendant wird die
Rechnung aufstellen und ich werde die Ehre haben, sie
Ihnen zu präsentiren."

„Also das Geschäft ist abgemacht," sagte die Marchesa mit freundlichem Lachen, — „o wie freue ich mich,
endlich eine anständige Equipage zu haben!"

Und sie klatschte in kindlicher Freude in die
Hände.

„Ich habe nicht wagen dürfen," sagte Madame
Musard, „Ihnen meine Pferde anzubieten, — aber ein
kleines Andenken an unsere erste Bekanntschaft müssen
Sie mir erlauben, Ihnen zu überreichen."

Und sie pflückte von der Jardinière, welche hinter
dem Sopha stand, auf welchem die Marchesa gesessen,
eine prachtvolle halberblühte Moosrose und reichte sie
der jungen Frau.

„Die Königin der Blumen der Königin der Schönheit," sagte sie lächelnd.

„Wie reizend!" rief die Marchesa, indem sie leicht

den Duft der Rose einsog und die Blume dann unter
ihre Mantille an die Brust steckte.

„Ich bin beschämt," sagte sie, — „ich habe nur
gebeten und Sie geben mir mit vollen Händen. — Auf
Wiedersehen, Madame, — auf Wiedersehen!"

Sie drückte abermals Madame Musard herzlich
die Hand und wendete sich zur Thür.

Madame Musard begleitete sie bis zur Schwelle
und verabschiedete sich mit dem liebenswürdigsten Lächeln.

Der Kammerdiener schritt der Marchesa voran bis
an ihren Wagen.

„In's Bois de Boulogne!" rief sie dem Lakaien
zu — und rasch rollte der Wagen davon.

„Ich glaube, ich habe reüssirt," sagte Frau Antonie, mit zufriedenem Lächeln sich in die weichen Kissen
zurücklehnend, — „zehntausend Franken," flüsterte sie mit
zufriedenem Blick, — „das macht dreißigtausend Franken
Ueberschuß, — das Geschäft war gut, — es ist immer
nützlich, etwas Eigenes für alle Fälle zu haben!"

Madame Musard aber blieb nachdenklich in ihrem
Salon stehen, als die Marchesa sie verlassen. Der lä-
chelnde Ausdruck verschwand von ihren Zügen, in tiefem
Ernst ging sie mehrmals auf und nieder.

„Der Himmel hat mir diese naive, plauderhafte
Marquise gesendet!" rief sie, — „welch' ein gefährliches

Beginnen — welches Glück, daß ich zur rechten Zeit Kenntniß von den drohenden Gefahren erhielt! — Wenn es noch zur rechten Zeit ist?" sagte sie düster vor sich hinblickend.

Schnell trat sie an ihren Schreibtisch, setzte sich nieder und in fliegender Hast schrieb sie, zuweilen anhaltend und nachdenkend, bis die vier Seiten eines großen englischen Briefbogens voll waren. Dann schloß sie den Brief in eine doppelte Enveloppe, verschloß dieselbe mit einem kleinen Siegel, das sie aus einem geheimen Fach ihres Sekretärs nahm, und schrieb die Adresse darauf: Herrn Mansfeldt, im Haag.

Sie rührte leicht die Glocke.

Der Kammerdiener trat ein.

„Sie müssen mit dem nächsten Zug nach dem Haag reisen!"

„Zu Befehl, Madame."

„Diesen Brief persönlich an seine Adresse."

Der Kammerdiener empfing schweigend den Brief, verneigte sich und verließ den Salon.

„Nun gebe Gott, daß es nicht zu spät ist!" rief Madame Musard. Und sie ging in ihr Ankleidezimmer, um ihre Toilette für die Fahrt in's Bois de Boulogne zu machen.

Fünftes Kapitel.

Am Morgen des 27. März saß Graf Bismarck vor dem Schreibtisch seines Arbeitszimmers. Vor ihm lagen eine Reihe eingegangener Berichte, welche er theils flüchtig durchblätterte und schnell bei Seite legte, theils aufmerksam durchlas, von Zeit zu Zeit den Blick nachdenklich vor sich hin richtend.

„Weltausstellung, — Versicherungen der freundlichen Gesinnungen des Kaisers und seiner Regierung, — Redensarten über die Auffassung der Lage der Dinge im Orient, — indirekte Warnungen vor Rußland," rief er unmuthig, indem er ein Papier in großem Quartformat, welches er durchflogen, auf den Tisch warf, — „das ist Alles, was von Paris kommt! — Es ist wahrlich traurig," sagte er seufzend, „daß man nicht überall mit eigenen Augen sehen und mit eigenen Ohren hören kann! — Ich bin fest überzeugt," fuhr er fort, — „daß von Paris Anderes und Ernsteres zu berichten wäre, — daß dort irgend etwas vorgeht. — Napoleon hat im

vorigen Jahre nichts von Allem erreicht, was er bei
der unerwarteten Katastrophe gewinnen wollte, — er
hatte seine Karten falsch gemischt," fügte er mit einem
leichten Lächeln hinzu, — „und das vergißt er nicht, —
er ist nicht der Mann, der ein Spiel so schnell verloren
gibt, — er sinnt auf irgend etwas, um seine moralische
Niederlage wieder gut zu machen und wenigstens schein=
bar vor Frankreich sein Prestige wiederherzustellen. —
Und Mouftier — man sagt, er sei wegen seiner Kennt=
niß der orientalischen Angelegenheiten berufen, — das
sind leere Worte, — was man im Orient treibt, hat
nichts zu bedeuten, — man zeigt Rußland eine reizende
Fata Morgana, — voilà tout, — das Spiel Napo=
leon's mit Alexander I. — Es geht etwas Anderes
vor," fuhr er nach kurzem Nachdenken sinnend fort, —
„diese Annäherungen, diese Freundschaftsversicherungen,
diese Allianzprojekte, — das Alles muß seinen Preis
haben, — und dieser Preis wird eines Tages hervor=
treten, — plötzlich und unerwartet, — das Alles müßte
man dort doch sehen, mich davon benachrichtigen, —
freilich," sagte er achselzuckend, „wenn man die Augen
fortwährend hieher richtet —

„O," rief er, die mächtige Brust weit ausdehnend
und mit tiefem Athemzug die Augen aufschlagend, —
„wie schwer ist es, den Muth und die Ausdauer zu

behalten bei der gewaltigen Aufgabe, die mir vorschwebt,
seit ich mein Amt antrat, die in immer klareren Linien,
in immer schärferen Umrissen und immer mächtigeren
Dimensionen vor meinem Geist sich entwickelt, — und
die ich doch nicht aussprechen kann, die ich tief in mich
verschließen muß, wenn sie zu Ende geführt werden
soll! — Sie haben gejubelt über den Sieg," fuhr er
fort, — „während sie doch vorher Alles thaten, um
die Wege dazu zu verschließen, — und kaum ist er er-
rungen, so beginnen sie in dem parlamentarischen Leben
schon wieder Schwierigkeiten auf Schwierigkeiten zu häu-
fen, — sie bemängeln die Heeresorganisation des norddeutschen Bundes, — die dreijährige Dienstzeit, — die
Verfassung und der alte circulus vitiosus des unfrucht-
baren und ermüdenden Streits der Parteidoktrinen beginnt wieder an das traurige Ende den traurigen Anfang zu knüpfen."

. Er senkte einen Augenblick das Haupt. Trüber
Ernst lag auf seinen Zügen.

„Doch," rief er dann, das Auge stolz und frei
aufschlagend, — „es wäre kleinmüthig und undankbar
gegen die Vorsehung, wollte ich jetzt ermüden, nachdem
eine so mächtige Strecke meines Weges zurückgelegt ist.
— Wäre Gott meinem Werke entgegen, — ich wäre
nicht bis hieher gekommen, — also vorwärts mit Gott,

— und sollte auch einer anderen Hand beschieden sein,
mein Werk zu vollenden und das schöne, edle Deutsch=
land in preußische Waffen gegürtet heraufzuführen an
die Spitze der Völker Europas, — ich will nicht klagen
— denn schon jetzt kann ich mit Dank gegen den
Himmel sagen: ich habe nicht umsonst gelebt und ge=
arbeitet!"

Und indem er sich in seinen Sessel zurücklehnte,
richtete sich sein sonst so scharfes, kaltes und durchdrin=
gendes Auge in wunderbar weichem, fast träumerischem
Schimmer nach oben.

Ein Schlag an die Thür ertönte.

Dem meldenden Kammerdiener auf einen Wink des
Ministerpräsidenten unmittelbar folgend, trat der Lega=
tionsrath von Keudell in das Kabinet, ein Papier in
der Hand haltend.

„Guten Morgen, lieber Keudell!" rief Graf Bis=
marck, ihm die Hand entgegenstreckend, indem noch ein
Hauch jenes weichen, sinnigen Ausdrucks auf seinen
Zügen lag, — „so eben noch dachte ich traurig und
niedergeschlagen an den fortwährenden einsamen Kampf,
den ich gegen erbitterte Gegner — und unverständige
Freunde — für das in meinem Herzen verborgene Ziel
führen muß, — ich war undankbar," fuhr er mit herz=
lichem Tone und freundlichem Lächeln fort, — „ich ver=

gaß den treuen, unermüdlichen und verschwiegenen Ge=
fährten meiner Arbeit."

Ein inniger Ausdruck erleuchtete die edlen, scharf
geschnittenen Züge des Herrn von Keudell, und indem
er seine klaren braunen Augen ruhig auf den Minister=
präsidenten richtete, sprach er ernst:

„Eure Excellenz können immer gewiß sein, daß
Ihr Vertrauen eine sichere und unnahbare Stätte in
meinem Herzen findet, — und daß ich nie ermüden
werde im Kampfe für das große Ziel, dem Ihr Geist
und Ihr Willen uns entgegenführt. — Schon naht
vielleicht eine neue Phase dieses Kampfes, welche die
Anspannung aller Aufmerksamkeit und Kraft erfordern
wird," fügte er mit einem Blick auf das Papier in der
Hand hinzu.

Graf Bismarck's Auge funkelte, indem leichte Fal=
ten auf seiner mächtigen Stirn sich zu kräuseln begannen.

„Was haben Sie?" fragte er rasch und kurz.

„Den Bericht des Grafen Perponcher aus dem
Haag, welchen man so eben aus dem Chiffrirbureau zu=
rückgebracht," erwiederte Herr von Keudell, — „der
König von Holland hat ihm Eröffnungen über die Ab=
tretung Luxemburgs an Frankreich gemacht und gefragt,
wie Preußen es aufnehmen würde, wenn er sich seiner
Souveränetät über das Herzogthum begäbe."

„Ich wußte es, daß Etwas vorgeht!" rief Graf Bismarck flammenden Blickes, „diese lächelnd ruhige Oberfläche mußte Etwas verbergen; — in Paris hat man freilich keinen Blick für die dunkeln Tiefen der napoleonischen Politik," fügte er mit bitterem Tone hinzu.

Und schnell die Hand ausstreckend nahm er den Bericht, welchen Herr von Keudell ihm reichte, mit brennendem Blick Zeile um Zeile verfolgend.

„Das soll Deutschlands Savoyen und Nizza sein," rief er, den Bericht auf den Tisch werfend, indem eine helle Zornesröthe in seinem Gesicht aufloberte. — „Daher diese holländischen Versuche seit dem vorigen Jahre, die deutsche Garnison aus Luxemburg zu entfernen, — aber," fuhr er fort, lebhaft aufstehend und mit einigen starken Schritten im Zimmer auf und ab schreitend, — „Napoleon täuscht sich — und sein Marquis de Moustier kennt das heutige Berlin nicht! — Nicht einen Fuß breit Erde, nicht eine Handvoll Staub von deutschem Boden sollen sie haben, — nicht einen Athemzug Luft, durch welche je der Ton eines deutschen Liedes gezittert hat," rief er, vor Herrn von Keudell stehen bleibend und den Fuß auf den Boden stoßend.

Mit freudigem Lächeln und glänzenden Blicken sah der Legationsrath auf den großen, reckenhaften Mann,

der da vor ihm stand, als wolle er den Degen in der
Hand den deutschen Heerschaaren vorausreiten an die
Grenzmarken des Vaterlandes.

„Deutschlands Einheit und Größe wird nicht er=
schachert werden, — nicht um den Preis einer einzigen
Perle aus der Ehrenkrone der Nation!" rief Graf Bis=
marck noch immer in mächtiger Erregung. — „Schlimm
genug, daß jene alten Reichsländer Elsaß und Loth=
ringen noch in ihren Händen sind, — aber," fuhr er
fort, indem die Blicke seines weitgeöffneten Auges inneren
Bildern zu folgen schienen, — „vielleicht — wenn sie
die gierigen Hände weiter ausstrecken wollen, — wenn
sie den Krieg provoziren —" — er schwieg einige Au=
genblicke nachdenkend.

Dann schwand allmälig der Ausdruck tiefer Bewe=
gung von seinen Zügen und in ruhigem Ton sprach er:

„Ich weiß übrigens in der That diese Mittheilung
des Königs von Holland mir nicht zu erklären, — das
ganze Spiel war doch augenscheinlich darauf angelegt,
uns mit einem fait accompli zu überraschen, — diese
Eröffnung verdirbt ja vollständig die Karten Napo=
leon's."

„Dem König wird bei diesem Spiel bange gewor=
den sein," sagte Herr von Keudell, — „die Konsequenzen
würden doch für ihn vielleicht am gefährlichsten werden.

— Eure Excellenz sind also entschlossen," fuhr er fort, „den Handel nicht zuzugeben?"

Graf Bismarck richtete das Haupt höher empor und sprach mit kaltem und klarem Blick:

„Niemals wird diese Hand einen Vertrag unter=zeichnen, der deutsches Gebiet vom Vaterlande loslöst, — und," fuhr er fort, — „niemals wird mich der König in die Lage bringen, die Unterzeichnung eines solchen Vertrages ablehnen zu müssen! — Aber," fuhr er nach einigen Augenblicken fort, — „fangen wir die Frage nicht mit dem Ende an. — Sie will vorsichtig behandelt sein, — ich wünsche in diesem Augenblick den Krieg nicht, — der Kampf mit Frankreich ist un=vermeidlich, — unausbleiblich, — aber je länger wir den Frieden erhalten, um so besser für die endliche Ent=scheidung, — die innere Konsolidirung Deutschlands und die europäischen Konstellationen werden sich mit jedem gewonnenen Zeitraum mehr zu unsern Gunsten entwickeln."

Nachdenkend schritt er langsam auf und nieder.

„Napoleon glaubt die definitive Einigung des gan=zen Deutschlands verhindern zu können," sprach er in einzelnen Absätzen, zuweilen stehen bleibend, während die Blicke des Herrn von Keudell mit Spannung seinen Bewegungen folgten, — „er will für jetzt nur eine

Kompensation für die Vergrößerungen Preußens, — er
will Preußen gegen Frankreich stellen, — bin ich doch
in den Augen der Welt fast überall noch der spezifisch
preußische Minister, der nur für Preußen größeres Ge=
biet und höhere Macht erwerben will, — er soll eine
deutsche Antwort haben, — man muß die Angriffe
nicht nur abschlagen, sondern sie auch zu Nutzen und
Gewinn verkehren. — Heute Abend ist mein Empfangs=
tag?" fragte er Herrn von Keudell.

„Ja wohl, Excellenz!"

„Das trifft sich vortrefflich," sagte Graf Bismarck.
„Napoleon glaubt mit mir zu thun zu haben und mich
zu überlisten, — er soll sich unerwartet der deutschen
Nation gegenüber finden, — ich werde noch ein wenig
der preußische Minister sein, welcher der nationalen
Strömung zu folgen gezwungen wird, — das wird uns
eine vortreffliche Stellung auch den andern Mächten,
besonders England gegenüber, geben, — Preußen wür=
den sie einen kleinen échec wohl gönnen, — aber vor
dem Brüllen des deutschen Löwen fangen sie an einige
Schauer zu empfinden, — und vor das europäische
Forum muß die Sache gebracht werden. Das ist ja
sonst ein so oft betontes Prinzip des Kaisers, — eh
bien, dießmal soll er im vollen Licht Farbe bekennen,
— von der einen Seite die europäischen Verträge, —

von der andern die öffentliche Meinung in Deutschland,
— das gibt mir eine vortrefflich flankirte Stellung!"

Und mit leichtem Lächeln rieb er sich die Hände.

„Ich bewundere Eurer Excellenz Kombination,"
sagte Herr von Keudell ebenfalls, lächelnd, — „ich bin
überzeugt, daß Napoleon uns in dieser Stellung nicht
erwartet."

„Ich hoffe, daß er noch manches Unerwartete von
mir erfahren wird, — ich weiß ein wenig, wie man
ihn nehmen muß," sagte Graf Bismarck, — „doch,"
fuhr er fort, „jetzt kommt es darauf an, das Spiel zu
mischen, Alles offen zu halten und den letzten Ge=
danken fest in die Brust zu verschließen, — ich werde
nachher zum Könige gehen."

Er dachte einen Augenblick nach.

„Telegraphiren Sie an Perponcher," sagte er zu
Herrn von Keudell, welcher sogleich einen Bogen Papier
ergriff und sich zum Schreibtisch setzend die langsam
gesprochenen Worte des Ministerpräsidenten niederschrieb,
— „er solle dem Könige antworten, daß die Staats=
regierung — und ihre Bundesgenossen, — wir müssen
die Frage sogleich zu einer Angelegenheit des norddeut=
schen Bundes machen, welche sie ja auch ist," sagte er
nachdenkend, — „daß die Staatsregierung und ihre
Bundesgenossen augenblicklich überhaupt keinen Beruf

hätten, sich gegenüber dieser Frage zu äußern, daß sie
Seiner holländischen Majestät die Verantwortung für
die eigenen Handlungen selbst überlassen und daß die
Staatsregierung, bevor sie sich über die Frage äußern
würde, — wenn sie genöthigt werde, es zu thun, jeden=
falls vorher sich versichern würde, wie diese Frage von
ihren deutschen Bundesgenossen wie von den Mitunter=
zeichnern der Verträge von 1839," — er sann einen
Augenblick nach, — „wie von der öffentlichen Meinung
in Deutschland, welche gerade im gegenwärtigen Augen=
blick in Gestalt des Reichstags ein angemessenes Organ
besitzt, aufgefaßt werden würde. — Da haben wir un=
sere Stellung," sagte er lächelnd, während Herr von
Keudell das Geschriebene noch einmal überlas, — „zwi=
schen zwei starken Deckungen, — wir haben die Hände
frei und können das Weitere ruhig abwarten, — und
vorbereiten."

Herr von Keudell reichte ihm das Papier.

Graf Bismarck durchflog es schnell, ergriff eine
Feder und setzte mit raschem, kräftigem Zug seinen Na=
men darunter.

„Ich werde die Antwort dem Könige vorlegen,"
sagte er dann, — „sie engagirt zwar nach keiner Rich=
tung, — indeß darf sie doch nicht ohne Allerhöchste Ap=
probation abgehen."

„Excellenz von Thile," meldete der Kammerdiener

Graf Bismarck neigte das Haupt — der wirkliche Geheimerath und Unterstaatssekretär von Thile trat ein.

„Lord Loftus und Benedetti sind mit mir in's Vorzimmer getreten," sagte er den Ministerpräsidenten begrüßend, — „ich habe sie gebeten, mir für einen kurzen Augenblick in meinen Vortragsangelegenheiten des Ressorts den Vortritt zu gestatten, weil ich eine Mittheilung zu Eurer Excellenz Kenntniß bringen wollte, die mir so eben gemacht ist und die mich etwas frappirt hat."

„Benedetti ist da?" rief Graf Bismarck, — „das trifft sich vortrefflich, — er macht sich selten, seit er so plötzlich, wie er sagt, zum Geburtstag des Königs von seinem Urlaub zurückgekommen, — er soll eine kleine Ueberraschung finden. — Doch — was haben Sie?" fragte er Herrn von Thile.

„Graf Byland war so eben bei mir," erwiederte dieser, „und theilte mir mit, daß die niederländische Regierung uns ihre bons offices behufs der von ihr vorausgesetzten Verhandlungen Preußens mit Frankreich über das Großherzogthum Luxemburg anbiete; — ich war überrascht," fuhr Herr von Thile fort, — „und verstand in der That nicht recht —"

Graf Bismarck lachte.

„Sie werden sogleich vollkommen verstehen," rief er und reichte dem Unterstaatssekretär den Bericht des Grafen Perponcher und den Entwurf seiner Antwort. „Lesen Sie. — Wäre die Sache nicht so ernst," sagte er, während Herr von Thile die Papiere durchflog, — „man müßte sie in der That unendlich komisch finden! Da ist der Großherzog von Luxemburg, der über den Verkauf seines Herzogthums mit Frankreich verhandelt und uns fragt, was wir dazu sagen, — und zugleich," fuhr er lachend fort, „bietet derselbe Großherzog von Luxemburg in seiner Eigenschaft als König der Nieder=lande uns seine Vermittelung mit Frankreich an. Das ist die Personalunion der Länder — und die Personal=separation der Souveräne!"

Und wieder ernsten Blickes vor sich hinschauend fuhr er fort:

„Sie wollen da einen hübschen gordischen Knoten schürzen, — aber sie vergessen, daß wir das Schwert einmal in die Hand genommen haben und wahrlich nicht zögern werden, diesen Knoten zu zerschneiden."

Herr von Thile hatte seine Lektüre beendet.

„Das ist in der That eine seltsame Ueberraschung," sprach er, die Papiere dem Ministerpräsidenten zurück=reichend.

„Nun," rief Graf Bismarck, — „Ueberraschung

gegen Ueberraschung! — Ist Graf Pylandt noch
da?"

„Er wird in einer Stunde wieder kommen," er=
wiederte der Unterstaatssekretär, — „ich habe ihm ver=
sprochen, sofort Eurer Excellenz seine Eröffnung mit=
zutheilen."

„Ich bitte Sie, Excellenz," sagte Graf Bismarck,
„ihm zu antworten, daß wir nicht in der Lage seien,
von dem — freundlichen Anerbieten seiner Regierung
Gebrauch zu machen, — weil die vorausgesetzten Ver=
handlungen nicht beständen."

Herr von Thile verneigte sich.

„Wollen Sie," fuhr der Ministerpräsident fort, —
„aus den Archiven alle Akten über die Verhandlungen
und den Abschluß der Verträge von 1839, das Groß=
herzogthum betreffend, zusammenlegen lassen und mir
zuschicken. Heute Nachmittag wollen wir über die Sache
nochmals sprechen. — Jetzt lassen Sie mich einen Au=
genblick mit den beiden Botschaftern reden, — dann will
ich zum König."

Im Vorsalon vor dem Kabinet des Ministerpräsi=
denten wartete während dieser Zeit der englische Bot=
schafter Lord Augustus Loftus und Herr Benedetti, der
Botschafter Napoleon's III.

Lord Loftus, eine durchaus englische Erscheinung,

hatte sich in phlegmatisch nonchalanter Stellung auf
einen Fauteuil niedergelassen, Benedetti stand vor ihm
— sein glattes, lächelndes Gesicht zeigte keine Spur
irgend eines Ausdrucks, — in dieser eigenthümlichen
Physiognomie vereinigte sich auf merkwürdige Weise die
nichtssagendste Gleichgültigkeit mit dem Schimmer einer
scharfen Intelligenz.

„Herr von Thile schien sehr pressirt zu sein," sagte
er, — „haben Sie eine Idee, Mylord, — was in
dieser ruhigen Zeit ein solches Empressement veranlassen
könnte?"

„Bah," sagte Lord Loftus ruhig und langsam,
„gar nichts, — irgend eine innere Angelegenheit des
Ministeriums, — eine Personalfrage, die schnell ent=
schieden werden muß."

Benedetti's scharfer Blick senkte sich mit forschendem
Ausdruck auf seinen ruhig vor ihm sitzenden Kollegen herab.

„Mir will es scheinen," sagte er dann, ihm einen
Schritt näher tretend und ein wenig die Stimme däm=
pfend, „daß unter dem Schein der tiefen Ruhe und der
ausschließlichen Beschäftigung mit inneren Angelegen=
heiten hier sehr eifrig Politik gemacht wird — und
zwar eine Politik, welche die Aufmerksamkeit von uns
Beiden im Interesse unserer Regierungen in gleicher
Weise zu erwecken geeignet ist."

Lord Loftus schlug seine Augen groß zu seinem französischen Kollegen auf und sah ihn fragend an.

„Es können Ihnen," fuhr Benedetti immer mit gedämpfter Stimme fort, „eben so wenig wie mir die sich immer intimer gestaltenden Beziehungen des hiesigen Hofes zu Rußland entgangen sein, — Sie erinnern sich der Verstimmung in St. Petersburg am Schluß des Krieges im vorigen Jahre, — und wie dann der General Manteuffel plötzlich von der Armee abberufen und in außerordentlicher Mission zum Kaiser Alexander geschickt wurde. — Was kann der Vertraute des Königs in St. Petersburg gethan haben?" —

Lord Loftus zuckte leicht die Achseln.

„Bald darauf," fuhr Benedetti fort, „wurde unser hiesiger russischer Kollege, Herr von Oubril, der, wie Sie sich erinnern, sich damals so äußerst beunruhigt über die außerordentlichen Erfolge der preußischen Waffen und ihre Konsequenzen zeigte, nach St. Petersburg berufen, — und als er zurückkam, war seine Sprache eine total. andere, — er zeigte eine Befriedigung über die Lage der Dinge, welche scharf mit seinen früheren Aeußerungen kontrastirte. — Das kann nicht ohne eine ernste Veranlassung geschehen sein," fuhr er langsam und mit Betonung fort, — „es muß dort Etwas stipulirt sein, — in ähnlichem Geheimniß wie jene Ver-

träge mit den südbeutschen Staaten, die man jetzt pu-
blizirt und durch welche der Prager Frieden fast illusorisch gemacht wird. Seit jener Zeit gehen die beiden
Höfe von Berlin und Petersburg schärfer und energischer auf ihren Wegen vorwärts — Rußland im Orient,
Preußen in Deutschland, — ohne daß jemals auch nur
eine Wolke von Mißtrauen zwischen ihnen bemerkbar ist. —
Müssen da nicht gegenseitige Garantieen geschaffen sein,
welche uns mit Mißtrauen erfüllen können, — bei der
Solidarität, in welcher die Interessen Englands und
Frankreichs im Orient verbunden sind?"

„Mein lieber Ambassadeur," sagte Lord Loftus,
sich in seinem Sessel behnend, mit leichtem Lächeln, —
„ich glaube, Sie sind geneigt, schwarze Wolken zu sehen,
wo keine sind, — was mich betrifft, so vermag ich in
den Vergrößerungen Preußens nur eine Bürgschaft mehr
für die dauernde Erhaltung des europäischen Friedens
zu erblicken, — Preußen war schlecht arrondirt, — in
Folge dessen unruhig und gefährlich für den Frieden, —
es hat jetzt, was es wollte und bedurfte, — es wird
eifrig an der Erhaltung des Friedens arbeiten, um seine
Erwerbungen nicht auf's Spiel zu setzen und sie sich
zu assimiliren. — Und Rußland?" fuhr er fort, —
„nun wir haben ja den Pariser Frieden — und unsere
Flotten, um seine Stipulationen aufrecht zu erhalten!"—

Ich sehe nichts Beunruhigendes in den Freundschafts=
beziehungen der Höfe von Berlin und St. Petersburg,
die ja auf Verwandtschaft beruhen und übrigens seit
langer Zeit traditionell sind."

Benedetti zog die Augenbrauen ein wenig in die
Höhe und sah leicht seufzend mit einem eigenthümlichen
Blick auf seinen Kollegen herab.

Bevor er etwas antworten konnte, öffnete sich die
Thüre zum Kabinet des Ministerpräsidenten — die
Herren von Thile und von Keudell traten heraus.

„Ich danke Ihnen nochmals," sagte Herr von Thile,
„daß Sie mir einen Augenblick den Vortritt gewährt,
— Sie sehen, ich habe Ihre Geduld nicht lange in
Anspruch genommen."

Und er folgte Herrn von Keudell, welcher sich
gegen die Diplomaten verneigend das Zimmer verlassen
hatte.

Graf Bismarck erschien in der Thür seines Kabinets.

„Guten Morgen, meine Herren Botschafter!" rief
er, mit freundlicher Neigung des Kopfes die Herren be=
grüßend, — „ich stehe zu Ihrer Verfügung — wer von
Ihnen ist der Erste?"

Benedetti deutete mit der Hand auf Lord Loftus
und der Vertreter Großbritanniens folgte dem Grafen
in sein Kabinet.

„Ich will Sie nur einen Augenblick in Anspruch nehmen, mein lieber Graf," sagte Lord Loftus, indem er sich dem Ministerpräsidenten, der vor seinem Schreibtisch Platz nahm, gegenübersetzte, — „die europäische Lage ist ja so ruhig, daß es kaum eine Frage gibt, über welche es nöthig wäre, unsere Meinung auszutauschen, — ich bin nur gekommen, um Sie nach dem Fortgang der Verhandlungen über das Vermögen des Königs von Hannover zu fragen, — ich hoffe, das wird sich Alles gut arrangiren?"

„Man macht manche Schwierigkeiten von Hietzing aus," sagte Graf Bismarck, „welche verhindern, daß die Sache so schnell und so befriedigend erledigt wird, wie ich es wünsche. Der König Georg hat seine Bevollmächtigten angewiesen, einen Theil der Krondomänen zu verlangen, — Sie begreifen, daß ich das nicht zugestehen kann, — daß ich der depossedirten Dynastie nicht in ihrem früheren Königreich den Einfluß so großen Grundbesitzes geben kann, — auch begreife ich diese Forderung nicht recht, denn der König tritt doch eigentlich als Grundbesitzer in seinem früheren Königreich in eine direkte Unterthanenstellung — ja wenn er die Annexion anerkennen wollte! — —

„Dann auch," fuhr der Graf fort, „ist es nöthig, einen Modus zu finden, um das Vermögen sicher zu

stellen, damit es der König nicht etwa in thörichen Un=
ternehmungen verbraucht, — ich habe das Interesse der
Agnaten zu vertreten und darf doch auch einer gegen
Preußen gerichteten Agitation nicht die Mittel an die
Hand geben; — das Alles erfordert Zeit — um so
mehr, als die Bevollmächtigten des Königs klagen, daß
sie vom Grafen Platen nur seltene und unklare, oft
widersprechende Instruktionen erhalten."

„Ich bitte, lieber Graf," sagte Lord Loftus, den
Ministerpräsidenten mit artiger Verneigung unterbrechend,
— „ich bitte Sie, stets festzuhalten, daß ich in dieser
ganzen Angelegenheit mehr die persönlichen Wünsche der
Königin, als ein Interesse Englands vertrete. Ihre
Majestät wünscht — natürlich — daß Ihr Vetter, der
als Prinz des englischen Hauses geboren wurde, — nach
dem Verlust seines Thrones eine seiner Geburt und
seinem Range angemessene Stellung in der Welt be=
haupten könne —"

„Und," sagte Graf Bismarck, — „Sie können
vollkommen überzeugt sein, daß die Wünsche der Köni=
gin für mich bestimmend sind, — um so mehr, da sie
vollkommen übereinstimmen mit den Intentionen des
Königs, meines Herrn, der auf das Innigste wünscht,
daß die politische Katastrophe, welche er über das han=
növerische Welfenhaus hat verhängen müssen, die Stel=

lung der hohen Familie nicht berühre. — Auch darf ich
hinzufügen, daß ich selbst dringend wünsche, ein so er=
habenes, allen großen Höfen verwandtes Haus in wür=
digen und angemessenen Verhältnissen zu sehen. — Der
König wird bei dem Abkommen unzweifelhaft das Ver=
mögen eines royal duke von England erhalten, — da=
mit er dort seiner Würde entsprechend leben kann, wenn
er, was ja doch zweifellos das Beste wäre, später nach
England geht. — Uebrigens," fuhr er fort, "werde ich
mir sogleich über den Stand der Verhandlungen Bericht
erstatten lassen und Ihnen Mittheilung machen."

„Ich danke Ihnen," sagte Lord Loftus, — „es
wird Ihrer Majestät gewiß angenehm sein, zu hören,
wie die Sache steht," — er machte eine Bewegung, um
sich zu erheben, — „diese Frage an Sie zu richten war
der einzige Grund meines Besuches."

„Darf ich Sie bitten, noch einen Augenblick zu
bleiben?" sagte Graf Bismarck in leichtem, fast gleich=
gültigem Tone, — „Sie können Ihre Regierung auf
die Prüfung einer Frage vorbereiten, welche wohl näch=
stens Gegenstand einer europäischen Konferenz werden
könnte."

Lord Loftus blickte mit dem höchsten Erstaunen auf.

„Einer Konferenz?" rief er erstaunt, — „wo könnte
eine Veranlassung dazu entstehen?"

Graf Bismarck ergriff den Bericht des Grafen Per=
poncher, welcher vor ihm auf dem Tische lag, und leicht
in denselben hineinblickend sprach er:

„Der König von Holland hat unserem Gesandten
im Haag Mittheilungen über einen vorbereiteten Ver=
kauf Luxemburgs an Frankreich gemacht." —

Lord Loftus rief mit höchster Spannung: „Also
ist doch etwas an jenen Gerüchten gewesen, welche seit
Kurzem in den Journalen auftauchten und immer wieder
dementirt wurden?"

„Es scheint so," sagte Graf Bismarck ruhig. —
„Die Stellung Luxemburgs," fuhr er dann fort, „ist
wesentlich durch die internationalen Verträge bedingt, —
soll, nachdem der deutsche Bund nicht mehr existirt, ir=
gend eine Aenderung darin eintreten, so müssen die Ver=
tragsmächte zusammentreten und neue Garantieen schaffen,
— bis dahin müssen wir den status quo vertheidigen,"
fügte er mit kaltem Tone hinzu.

„Aber das kann ja zu einem ernsten Konflikt füh=
ren!" rief Lord Loftus erschrocken.

„Wenn die europäischen Mächte nicht interveniren,
— gewiß," erwiederte Graf Bismarck mit unerschütter=
licher Ruhe, — „wir werden vor solchem Konflikt, den
ich auf das Aeußerste beklagen würde und gewiß nicht
provoziren werde, nicht zurückschrecken. — Es scheint

mir übrigens," fuhr er nach einigen Augenblicken fort,
„daß Sie ein wenig dabei interessirt sind, — Luxem=
burg ist ein Schritt Frankreichs nach Belgien, — und
früher oder später könnte diese oder vielleicht eine an=
dere französische Regierung —"

„Sie haben nichts dagegen," sagte Lord Loftus,
„daß ich über unsere Unterredung vertraulich nach Lon=
don schreibe?"

„Im Gegentheil," erwiederte Graf Bismarck, —
„vertraulich oder offiziell, — ich habe weder die Sache
noch meine Ansicht darüber zu verheimlichen. Es wird
mir angenehm sein, wenn Sie mir Ihrerseits die An=
sicht Ihrer Regierung über die Sache mittheilen, und es
würde mich besonders freuen, wenn sie mit der mei=
nigen übereinstimmte."

Lord Loftus stand auf.

„Eine Gefahr für die Ruhe Europas," sagte
Graf Bismarck in leichtem Tone, „könnte aus der
Sache nur dann erwachsen, wenn wir mit einem fait
accompli ohne Zuziehung der Vertragsmächte überrascht
würden."

„Ich werde die Frage der schleunigsten Erwägung
Lord Stanley's empfehlen!" sagte Lord Loftus, indem
er sich von dem Ministerpräsidenten verabschiedete, der
ihn bis zur Thür des Kabinets begleitete und Herrn

Benedetti durch eine verbindliche Handbewegung zum Eintritt aufforderte.

Der französische Botschafter nahm den Platz ein, welchen Lord. Loftus so eben verlassen hatte.

„Sie werden selten, mein lieber Botschafter," sagte Graf Bismarck freundlich, indem er leicht mit einer Feder spielte, — „ich habe lange nicht das Vergnügen gehabt, mich mit Ihnen zu unterhalten."

„Sie wissen, Herr Graf," erwiederte Benedetti, „daß ich ein wenig angegriffen bin, — ich war nur zurückgekommen, um am Geburtsfeste Seiner Majestät nicht zu fehlen, und habe mich seitdem schonen müssen, — es gibt übrigens," fuhr er fort, — „bei der tiefen und erfreulichen Ruhe, in welcher sich Europa befindet, wenig Gegenstände, über welche eine Besprechung nothwendig erscheinen könnte."

Graf Bismarck schwieg, das Auge ruhig und klar auf den Botschafter gerichtet.

„Der einzige Punkt, der mich beunruhigt," sagte dieser, „ist der Orient, — die Verhältnisse Serbiens nehmen eine gewisse bedenkliche Schärfe an und die Haltung Oesterreichs scheint nicht geeignet, dort beruhigend einzuwirken, — ich möchte glauben, daß alle europäischen Mächte, — insbesondere auch Sie in Ihrer neuen Position Ursache haben, auf der Hut zu sein, damit die

ruſſiſche Politik keinen Schritt nach den Donaumündun=
gen hin mache, — denn jede Poſition, welche die Türkei
dort verliert, fällt der Macht Rußlands zu."

„Mein lieber Botſchafter," ſagte Graf Bismarck
in einem nachläſſigen Tone, „ich muß Ihnen geſtehen,
daß ich zu ſehr mit dem Arrangement der etwas ver=
wickelten deutſchen Angelegenheiten beſchäftigt bin, um
dieſe mir ferner liegenden Fragen, welche ja in keiner
Weiſe einen akuten Charakter haben, zu verfolgen.
— Ich leſe," fuhr er mit einem faſt unmerklichen Zucken
der Augenwinkel fort, — „niemals die Korreſpondenz
des Geſandten in Konſtantinopel."

Ein Zug von Ueberraſchung und Erſtaunen fuhr
über das glatte Geſicht Benedetti's und ein' augenblick=
liches, ſchnell unterdrücktes Lächeln ſpielte um ſeine
Lippen.

„Sollten Sie den Auftrag haben," fuhr Graf
Bismarck fort, „über irgend eine ſpezielle Frage des
Orients meine Anſicht zu erfahren, ſo müßte ich Sie
bitten, dieſe Frage zu präziſiren und mir die Zeit zu
laſſen, mich damit zu beſchäftigen."

„Einen ſolchen Auftrag habe ich durchaus nicht,"
ſagte der Botſchafter, — „indeß das Intereſſe, welches
alle Mächte an dieſen Fragen haben müſſen —"

„Wenn Rußland übrigens wirklich irgend welche

Schritte im Orient beabsichtigte oder vorbereitete," sagte Graf Bismarck, „so würden doch die Interessen anderer Mächte vorzugsweise und in erster Linie engagirt sein, — und," fügte er hinzu, indem er sich emporrichtete und einen scharfen und festen Blick auf den Botschafter richtete, — „daß schließlich nichts ohne Deutschlands Wissen und Zustimmung geschehen würde, versteht sich von selbst."

Benedetti schwieg.

„Es ist mir lieb, daß Sie gekommen sind," sagte Graf Bismarck nach einer kurzen Pause im ruhigsten Tone, „Sie können mir vielleicht ein Räthsel lösen, das ich nicht recht durchschaue."

Benedetti verneigte sich leicht und blickte den Ministerpräsidenten erwartungsvoll an.

„Graf Bylandt," fuhr Graf Bismarck fort, indem er das Auge voll aufschlug und den französischen Diplomaten mit unbeweglichem Blick ansah, — „Graf Bylandt hat uns die guten Dienste des holländischen Kabinets angeboten für die dort vorausgesetzten Verhandlungen, welche wir mit Frankreich über das Großherzogthum Luxemburg zu führen haben würden."

Das farblose Gesicht des Botschafters wurde um eine Nüance blässer, — ein jäher Blitz zuckte aus sei-

nem Auge — schnell senkte er den Blick zu Boden und
sprach mit leichtem Beben der Lippen:

„Graf Bylandt, — die niederländische Regierung,
—. Luxemburg — ich weiß in der That nicht —"

„Auch der König von Holland," fuhr Graf Bis=
marck fort, — „hat unserem Gesandten Konfidenzen
über ähnliche Verhandlungen gemacht."

„Der König von Holland!" rief Benedetti in einem
von Unwillen und Erstaunen gemischten Ton.

„Vielleicht können Sie mir den Schlüssel zu diesen
Mittheilungen geben," sagte Graf Bismarck immer in
gleich ruhigem Ton, — „die mir nicht vollkommen klar
sind, — da mir von irgend welchen Verhandlungen über
Luxemburg nichts bekannt ist."

Herr Benedetti hatte seine vollkommene Ruhe und
Fassung wieder gewonnen und erwiederte, ohne eine
Muskel seines Gesichts zu bewegen, den fest auf ihm
haftenden Blick des Grafen Bismarck.

„Ich bin in der That," sagte er, „in diesem Au=
genblick außer Stande, eine genügende Aufklärung zu
geben, — ich werde indeß sogleich nach Paris schreiben
und Ihnen die Antwort mittheilen."

„Ich bin gespannt, sie zu hören," sagte Graf Bis=
marck ruhig und kalt.

„Es möchte vielleicht," fuhr der Botschafter fort,

„sehr zweckmäßig sein, wenn ich im Stande wäre, so=
gleich Ihre Ansicht über den Fall dort mitzutheilen.“

„Meine Ansicht?“ sagte Graf Bismarck langsam,
— „es wird mir kaum möglich sein, dieselbe festzu=
stellen, da mir die Basis dazu fehlt, — jedenfalls
aber steht es bei mir schon heute fest, daß der König
von Holland, — oder vielmehr der Großherzog von
Luxemburg, — da man ja im Haag diese beiden Per=
sonen so scharf von einander scheidet,“ fügte er lächelnd
hinzu, — „daß der Großherzog von Luxemburg kein
Recht hat, über die Souveränetätsrechte im Groß=
herzogthum zu disponiren ohne Kenntniß und Mit=
wirkung der Mächte, welche die Stellung dieses Landes
in den Verträgen von 1839 geregelt und garantirt
haben.“

Benedetti konnte einen Ausdruck peinlicher Betros=
fenheit nicht verbergen.

„Es wird also,“ fuhr Graf Bismarck fort, —
„wenn jene Verhandlungen wirklich bestehen sollten, eine
Konferenz jener Mächte erforderlich sein, — was ja
auch gewiß ganz den Ansichten des Kaisers, Ihres
Herrn, entsprechen muß, der stets dazu neigt, die schwe=
benden Fragen der Entscheidung des europäischen Areo=
pags zu unterbreiten.“

Der Botschafter preßte die Lippen zusammen.

„Also würden Sie eine Konferenz vorschlagen?" fragte er lebhaft.

„Ich?" rief Graf Bismarck verwundert, — „wie sollte ich dazu kommen? Will denn ich etwas an dem status quo des Großherzogthums ändern? ich bin ja zufrieden, wenn Alles bleibt wie es ist!"

„Aber Ihre Stellung zu der Frage, die Stellung Preußens?" rief Benedetti mit einer schwer unterdrückten Nüance von Ungeduld in der Stimme.

„Preußen?" fragte Graf Bismarck, — „Preußen hat kaum eine Stellung zu derselben, — im jetzigen Stadium, — Deutschland — der norddeutsche Bund," fügte er langsam hinzu, — „das ist etwas Anderes."

„Herr Graf," sagte Benedetti wie einem raschen Entschluß folgend, — „sprechen wir offen, — wenn jene Verhandlungen beständen, worüber ich ja wohl bald Nachricht haben werde, — wenn der König von Holland entschlossen sein sollte, Luxemburg an Frankreich abzutreten, wie würden Sie diese Arrondirung der französischen Grenzen auffassen, — welche doch," fügte er lächelnd hinzu, „verschwindend klein erscheint gegen die Ausdehnung, welche die preußische Macht im vorigen Jahre gewonnen hat?"

Graf Bismarck drückte die Fingerspitzen aneinander und sprach nach einem kurzen Nachdenken:

„Sie vergessen, mein lieber Botschafter, daß ich
nicht mehr auswärtiger Minister Preußens bin, sondern
Kanzler des norddeutschen Bundes, und daß ich also
in einer Frage, welche Deutschland angeht," sagte
er mit Betonung, „keine Ansicht aussprechen kann, ohne
die Mitglieder des Bundes befragt zu haben. Außer=
dem —"

„Außerdem?" fragte Benedetti.

„Die staatsrechtliche Stellung Luxemburgs zu
Deutschland," sagte Graf Bismarck, „ist durch die Auf=
lösung des deutschen Bundes wesentlich alterirt, — sie
ist zweifelhaft, — Limburg geht uns nichts mehr an,
— in Luxemburg ist das Besatzungsrecht der Festung
der status quo, der jedenfalls nicht ohne Weiteres geändert
werden darf, — aber an Stelle der staatsrechtlichen
Beziehungen Luxemburgs zu Deutschland sind die na=
tionalen Beziehungen wesentlich in den Vordergrund
getreten."

Benedetti sah den Ministerpräsidenten mit großen
Augen an.

„Sehen Sie, mein lieber Botschafter," fuhr Jener
fort, „die Ereignisse des letzten Jahres haben den na=
tionalen Stolz und die nationale Empfindlichkeit der
Deutschen sehr lebhaft erregt, — ich bin, wie ich schon
bemerkte, nicht mehr preußischer Minister, sondern

Kanzler des norddeutschen Bundes, — ich habe daher
die Verpflichtung, das deutsche Nationalgefühl in Rech=
nung zu ziehen, — und ich weiß nicht, ob die öffent=
liche Meinung in Deutschland über diese luxemburger
Frage, — wenn sie ernstlich auftauchen sollte, eben so
zweifelhaft sein wird, — als es das Staatsrecht viel=
leicht sein könnte."

„Aber diese öffentliche Meinung weiß nichts da=
von!" warf Benedetti ein.

„Was wollen Sie!" sagte Graf Bismarck in
leichtem Tone, — „da man im Haag einmal angefan=
gen hat, davon zu sprechen, so werden morgen alle
öffentlichen Blätter davon voll sein, — ich selbst weiß
nicht, ob ich es jetzt verantworten kann, die Sache der
öffentlichen Meinung vorzuenthalten, — der Reichs=
tag ist versammelt — und wenn er sich der Frage be=
mächtigt —"

Benedetti rieb sich mit einiger Ungeduld die
Hände.

„Wenn ich Sie recht verstehe," sagte er, — „so
müssen Sie die Feststellung Ihrer Meinung abhängig
machen —"

„Von der Ansicht der Mächte, welche die Verträge
von 1839 unterzeichnet haben," sagte Graf Bismarck
ruhig, indem er bei jedem Satz einen Finger seiner

linken Hand mit der rechten berührte, — „von den Entschlüssen unserer deutschen Bundesgenossen, — von der öffentlichen Meinung, — und," fügte er hinzu, „von den Beschlüssen des Reichstags, wenn derselbe die Frage vor sein Forum zieht."

Benedetti stand auf.

„Sie sehen mich ein wenig erstaunt, Herr Graf," sagte er in ruhigem und verbindlichem Tone, „darüber, daß Ihr sonst so schneller Entschluß sich hier an so viele Bedingungen knüpft."

„Mein Gott," sagte Graf Bismarck mit leichtem Achselzucken, „meine Stellung ist unter diesen neuen Verhältnissen eine so komplizirte geworden, — ich muß mit so vielen Faktoren rechnen —"

„Jedenfalls aber," sagte Benedetti aufstehend, — „darf ich bei meiner Anfrage nach Paris schreiben, daß die ganze Frage hier im freundlichsten und versöhnlichsten Geiste aufgefaßt und behandelt wird, —. wie es den so vortrefflichen Beziehungen der beiderseitigen Souveräne und Regierungen entspricht?"

„Wie könnten Sie daran zweifeln?" sprach Graf Bismarck im verbindlichsten Ton, indem er den Botschafter zur Thüre geleitete. — „So," rief er, als der französische Diplomat das Kabinet verlassen, — „Dank der Indiskretion oder Besorgniß des Königs von Hol-

land ist das Gewebe der Nacht an das Licht des Tages
gebracht, — morgen werden alle Kabinette Europas
allarmirt sein, — jetzt zum Könige — und dann —
einen Wink an die deutsche Nation!"

Sechstes Kapitel.

—·—

In seinem hellen Arbeitskabinet im Palais zu
Berlin stand König Wilhelm leicht über einen Tisch
geneigt und blickte aufmerksam auf eine Reihe von Blät=
tern, welche der vor ihm stehende Geheime Hofrath
Schneider ihm vorlegte.

Der König, in seinem schwarzen Interimsrock, sah
frisch und blühend aus, der jugendlich kräftige Ausdruck
des schönen männlichen Gesichts im schneeigen Haar
und Bart hatte keine Verminderung erfahren durch die
Mühen und Aufregungen des Feldzuges im vorigen
Jahre, — nur lag ein noch tieferer sinnender Ernst
auf diesen kräftigen Zügen, welcher, verbunden mit dem
Schimmer einer ruhigen, stillen Milde, Ehrfurcht und
Sympathie zugleich Jedem einflößen mußte, der in dieß
königliche Antlitz blickte.

Der Geheime Hofrath, dessen glatt gescheiteltes

Haar noch um eine kleine Färbung weißer geworden,
deutete auf ein kolorirtes Kostümbild, welches er dem
Könige vorgelegt hatte, und sprach mit seiner schönen,
sonoren und ausdrucksvollen Stimme:

„Wie Eure Majestät befahlen, habe ich die Zeich=
nungen der alten Uniformen, welche in dem Reiterfeste
an Eurer Majestät Geburtstag zur Vorstellung kamen,
mit der genauesten historischen Treue anfertigen lassen.
Hier sehen Eure Majestät," fuhr er fort, „das Kostüm
der Grands Mousquetaires des großen Kurfürsten, —
rother Rock mit Gold, die Schöße mit weißer Seide
aufgenommen, — blaugoldenes Wehrgehäng, — drei=
eckiger Hut mit weißblauen Federn und weite Stulp=
stiefel —"

Er legte das Blatt, welches der König aufmerksam
betrachtet hatte, zur Seite.

„Und hier," fuhr er fort, indem er ein zweites
Blatt vor Seine Majestät hinlegte, — „die Dragoner
von Fehrbellin, in ihren weißen Röcken, um den Hals
den silbernen Ringkragen mit dem rothen kurbranden=
burgischen Adler, — blaue Stulpenaufschläge und blanke
Reiterstiefel, in der Hand den wuchtigen Eisenhauer.
— Hier," sprach er dann, einige andere Bilder vor=
legend, welche der König flüchtig betrachtete, „die Ko=
stüme Louis XIII. von der Quadrille des Herzogs

Wilhelm, — und hier die ungarischen Magnatenkostüme und die Walachen —"

„Es war ein schönes Fest, das man da für mich arrangirt hat," sagte der König, — „und so ganz nach meinem Sinne, — noch ansprechender für mich als jenes Turnier, welches damals zu Ehren meiner Schwester Charlotte gehalten wurde —"

„Dessen Bild auf der schönen Vase in Potsdam gemalt ist," bemerkte der Hofrath.

„Wie die Zeiten vergehen!" sagte der König, indem sein Auge freundlichen Bildern der Vergangenheit zu folgen schien und zugleich ein wehmüthiges Lächeln um seine Lippen spielte, — „meine Schwester Charlotte ist todt — und wie Wenige sind noch übrig von jener fröhlichen Schaar, die sich damals so lustig tummelte unter dem ernstfreundlichen Blick meines Vaters! — Wie viele Herzen, die damals in Liebe und Jugendmuth schlugen, ruhen im Grabe — und wie viele Gefühle in den Herzen, die noch schlagen, haben ebenfalls sterben müssen!"

Er stand einen Augenblick schweigend, das sinnende Auge leicht verschleiert. Der Geheime Hofrath blickte voll Theilnahme zu ihm empor.

Der König nahm das Kostümbild, welches den Dragoner des großen Kurfürsten darstellte, in die Hand und betrachtete es lange.

„Es hat mich wunderbar erfaßt," sprach er dann, „als ich diese Reiter der vergangenen Tage verkörpert vor mir sah, — gleichsam einen lebendigen Blick in die Vergangenheit tauchend, welche die Grundsteine legte zu dem Bau der heutigen Größe Preußens. — Da ist der rothe Adler von Kurbrandenburg am Ringkragen des Reiters von Fehrbellin, — hat er es wohl geahnt, der große Brandenburger, der Deutschlands Ehre und Größe so warm im Herzen trug, — daß dieser rothe Adler dem schwarzen weichen würde, und daß der König von Preußen unter der schwarzweißen Fahne hoch hinaus vollenden würde, was der Kurfürst von Brandenburg begonnen? — Und der große Friedrich, — dieser Fürst mit der französischen Zunge und dem deutschen Herzen, — was würde er sagen, wenn er seinen Enkel hier sehen könnte mit der Hand am Reichsschwert der deut= schen Nation, die sich um mich schaart unter der schwarz= weiß=rothen Fahne!"

Der Geheime Hofrath schüttelte den Kopf.

„Majestät," sagte er mit leicht mürrischem Tone, „das Roth ist eine Farbe, die mir nirgends gefällt als an den Kragen königlich preußischer Uniformen, — an Fahnen liebe ich es nicht, und meine Fahne wird immer schwarz=weiß bleiben, — und diese Fahne wird Deutsch= land in Ordnung halten, — ich hoffe, daß das Roth

niemals zu viel Platz gewinnen wird in der preußischen
Fahne!"

Der König lächelte. „Ich weiß, daß Sie nicht
leicht für eine Neuerung zu gewinnen sind, — nun —
folgen Sie nur fest und unbeirrt der alten Fahne —
ich glaube, Sie werden in keine Konflikte gerathen, —
denn wohin ich siegreich die Fahne Preußens trage, da
wird Deutschlands Ehre und Größe keinen Schaden
leiden. — Hier ist übrigens noch eine Neuerung," fuhr
der König fort, indem er sich zu einem Seitentisch wen=
dete, — „die Sie interessiren wird, da Sie ja mit
Leib und Seele Soldat sind, — die Kommission, welche
ich unter des Kronprinzen Vorsitz habe zusammentreten
lassen, um nach den Erfahrungen des letzten Feldzuges
die geeignetste Ausrüstung der Infanterie in Erwägung
zu ziehen, hat mir einige Modelle vorgelegt —"

Und er nahm einen Helm und reichte ihn dem
Hofrath.

„Sehen Sie ihn an," sagte der König, — „er
scheint mir viel zweckmäßiger als der frühere, — er ist
fast ganz aus einem Lederstück gepreßt, so daß alle
Metallstücke wegfallen, welche bisher die Nähte verdeck=
ten, — das wird ihn viel leichter machen."

Der Geheime Hofrath wog den Helm in der Hand
und betrachtete ihn von allen Seiten.

„Im Felde sollen übrigens nur Mützen getragen werden," sagte der König.

„Majestät," sagte der Hofrath Schneider, indem er den Helm wieder auf den Tisch legte, — „wenn diese Kopfbedeckung nicht im Felde getragen wird, so ist sie jedenfalls sehr praktisch; — im Felde, — wissen Eure Majestät, welche Kopfbedeckung ich allen übrigen vorziehe?"

„Nun?" fragte der König lächelnd.

„Die alte schwarze Ledertuchmütze mit dem weißen Landwehrkreuz von 1813, — die hat ihre Probe bestanden — und —"

„— Wilhelm Schultze," lachte der König.

„Auch Wilhelm Schultze hat seine Erfolge gehabt!" erwiederte der Hofrath.

„Und welche Erfolge!" sagte der König, indem er mit freundlichem Blick dem Hofrath leicht auf die Schulter klopfte, — „und so Gott will," fügte er ernster hinzu, „wird der preußische Landwehrmann unter dem alten Kreuze mit Gott für König und Vaterland überall und immer seinen Erfolg haben — so lange sie grün bleiben, die alten Tannenbäume im märkischen Sande!" —

„Majestät," sagte der Geheime Hofrath, indem seine klaren, lebendigen Augen sich sinnend auf den

König richteten, — „wenn noch einmal, — und ich habe so eine Ahnung davon, — eine Reprise vom Kur= märker und der Picarde auf dem großen Welttheater kommen sollte, — dann nehmen Eure Majestät mich mit und erlauben Sie mir, die alte Mütze mit dem weißen Kreuz zu tragen — und so Gott will, Majestät — den Soufflet bekommen sie doch!"

In tiefem Ernst blickte König Wilhelm vor sich hin.

„Wie wunderbar ist diese Zeit!" sprach er nach längerem Schweigen, — „welche gewaltigen, tiefen Er= schütterungen und Veränderungen hat sie gebracht — einen unberechenbaren Schritt hat die Weltgeschichte ge= macht in der kurzen Spanne weniger Wochen! — Und — sonderbar," fuhr er fort, — „wenn sonst gewaltige Umwälzungen sich vollzogen, so war es der Arm der Jugend, welchen die Vorsehung sich zum Werkzeug aus= ersah, — jetzt aber bin ich, — ein alter Mann, dazu bestimmt, so Mächtiges und Außergewöhnliches auszu= führen."

„Majestät," rief der Hofrath, „der König von Preu= ßen wird niemals alt — denn im umgekehrten Sinne wie Ludwig XIV. kann er von sich sagen: le roi c'est l'état, und der preußische Staat ist immer jung, denn er ver= körpert sich in der stets frischen Jugendblüte der Armee!"

„Ihre Königliche Hoheit die Frau Herzogin Wil=

helm von Mecklenburg!" meldete der dienstthuende Kam=
merdiener und öffnete auf einen Wink des Königs den
Flügel der Thüre.

Die frische, jugendliche Herzogin, Prinzeß Alexan=
drine von Preußen, trat ein.

Rasch eilte sie auf den König zu und küßte ihm
in kindlicher Ehrerbietung die Hand, — dann nickte
sie freundlich dem Geheimen Hofrath zu, der sich tief
verneigte.

„Ich bringe Eurer Majestät einige der Photogra=
phieen von den Damen, welche am Reiterfeste mitge=
wirkt haben," sagte die Herzogin, indem sie eine kleine
Mappe öffnete, die sie in der Hand trug, während der
König freundlich sein Auge auf der schönen, lieblichen
Erscheinung ruhen ließ.

„Schneider hat mir so eben die Kostümbilder vor=
gelegt," sagte der König, „und wird," fügte er lächelnd
hinzu, „mit seiner gewohnten Gewandtheit und Ge=
nauigkeit eine Beschreibung der Sache aufsetzen zum
Gedächtniß dieses schönen Festes, — für dessen Arran=
gement ich auch Dir, liebe Alexandrine, nochmals herz=
lich danke."

Die Herzogin verneigte sich und warf dann einen
Blick auf die Zeichnungen.

„Vortrefflich!" rief sie, — „da werden wir nur

die Köpfe nach den Photographieen hineinfügen dürfen,
— und wir werden herrliche Bilder haben."

Sie zog eine Anzahl Photographieen aus ihrer
kleinen Mappe und reichte sie dem Geheimen Hofrath.

Eine behielt sie in der Hand und betrachtete sie
sinnend.

„Da habe ich auch," sagte sie mit etwas unsicherer
Stimme, indem sie einen schüchternen Blick auf den
König warf, — „eine Photographie der Königin von
Hannover erhalten, — Eure Majestät wissen, wie sehr
ich die hannöverische Familie liebe, — die Königin ist
ganz weiß geworden."

Stumm streckte König Wilhelm die Hand aus
und ergriff die Photographie, welche die Herzogin ihm
reichte.

Der Geheime Hofrath blickte mit bewegtem Aus=
druck forschend auf den König.

Der König betrachtete lange schweigend das Bild.
Seine Züge nahmen eine unendliche Weichheit und
Milde an.

„Arme, — arme Königin!" sagte er leise, — „sie
hat Schweres zu tragen! — O wie traurig ist es, daß
jeder große Fortschritt in der Geschichte so viel Leiden
mit sich bringen muß! — Wie gerne würde ich dieser
königlichen Familie ihr Loos erleichtern und ihr eine

Existenz schaffen, die ihrer würdig ist und ihr eine
große und schöne Zukunft bietet, — leider, leider wird
mir dieß durch die unversöhnliche Haltung des Königs
Georg so sehr erschwert. — Verbietet er doch der Kö=
nigin noch immer, die Marienburg zu verlassen, — wo
sie sich in einer so falschen Position befindet und ihr
Schicksal schmerzlicher empfindet als irgendwo!"

Große Thränen fielen aus den Augen der Herzogin.

„Mein Gott!" rief sie, — „ich kann Eurer Ma=
jestät nicht sagen, wie schmerzlich es mir ist, an die
arme Königin auf der Marienburg zu denken, wenn
ich mich erinnere, wie ich vor zwei Jahren mit meinem
Bruder dort war, als wir von Norderney zurückkamen,
— wie schöne Stunden wir dort in dem glücklichen
Familienkreise verlebten — mit welchen Wünschen und
Hoffnungen ich von dort abreiste," fügte sie seufzend
hinzu, — „und nun! — Man wird doch nichts Un=
angenehmes gegen die Königin thun?" fragte sie mit
bittendem Tone.

Mit einem Blick voll Adel und Hoheit erwiederte
König Wilhelm:

„Ich war Prinz und Offizier, bevor ich König
wurde, — und niemals werden die Rücksichten vergessen
werden, welche man einer Dame, einer verwandten —
und unglücklichen Fürstin schuldig ist," fügte er mit

Betonung hinzu. — „Die Königin wird sich eben darein finden müssen," fuhr er ernst fort, — „daß sie mein Gast ist, und die Sicherheit des Staates erfordert es, Vorkehrungen zu treffen, daß ihre Anwesenheit von der welfischen Agitation nicht als Vorwand oder Stützpunkt benutzt werde. — Könnte man doch," fuhr er fort, „auf den König Georg wirken, daß er die Königin ab= reisen läßt, — direkt kann ich nichts dazu thun —"

Die Herzogin sann nach. — „Ich wußte," rief sie, „daß Eure Majestät stets groß und edel handeln würden, — möchte es doch möglich sein, ein wenig versöhnend auf den König Georg einzuwirken, — viel= leicht —"

„Doch nun," sagte der König, „stelle ich Schneider für das Arrangement der Bilder zu Deiner Dis= position, — nimm ihn mit — und führt Alles recht hübsch und präzise aus!"

Das Gesicht der Herzogin hatte seine ganze frische Heiterkeit wieder gefunden. Mit schalkhaftem Lächeln blickte sie auf den alten Vertrauten des Königlichen Hauses.

„Ich weiß nicht," sagte sie, — „ob der Herr Ge= heime Hofrath gern mit mir zu thun hat, — ich habe ihm viel zu schaffen gemacht — früher im Garten von Sanssouci, wenn er zum König kam, — nicht wahr," sagte sie mit scherzender Frage, — „ich war zuweilen eine recht unartige kleine Prinzeß?"

Der Hofrath verneigte sich gegen den König und sagte mit einer feierlichen Stimme:

„Eure Majestät würden es vermessen finden, wenn ich wagte, Ihrer Königlichen Hoheit der Frau Herzogin vor Allerhöchstdenselben ein Dementi zu geben!"

„Immer der Alte!" rief die Herzogin, — „,mit ihm muß man nicht anbinden,' sagte schon der hochselige König —"

„Abieu!" rief König Wilhelm lachend.

Die Herzogin küßte ihm die Hand und verließ das Kabinet; mit tiefer Verneigung gegen den König folgte der Geheime Hofrath.

„Minister von Schleinitz steht zu Befehl," meldete der Kammerbiener.

Der König neigte zustimmend das Haupt, der Mi= nister des Königlichen Hauses trat ein, eine schlanke, jugendlich elastische Gestalt mit vollem dunkelschwarzen Haar und Schnurrbart, weder in seinem Aussehen noch in seiner Haltung das Alter von fast sechzig Jahren verrathend, in welchem er damals stand. Er trug den blauen Interimsfrack der Minister mit dem schwarzen Sammetkragen, auf der Brust den goldenen Stern der Großkreuze vom rothen Adler.

„Guten Morgen, lieber Schleinitz!" sagte der König freundlich, — „wie geht es Ihnen, — was macht Ihre Frau? — und die Fürstin Hatzfeld?"

„Ich danke Eurer Majestät unterthänigst," erwiederte Herr von Schleinitz, „für die gnädige Frage, — es geht Alles bei mir nach Wunsch —"

„Machen Sie den Damen mein Kompliment," sagte der König verbindlich, — „und nun, — haben Sie den Vertrag festgestellt?"

Herr von Schleinitz zog ein Papier aus seinem Portefeuille.

„Zu Befehl, Majestät!" sagte er, — „der Heirathsvertrag zwischen Seiner Königlichen Hoheit dem Grafen von Flandern und Ihrer Hoheit der Prinzessin Marie von Hohenzollern ist nunmehr ganz nach der letzten Fassung, die ich Eurer Majestät vorgelegt habe, von Seiner Hoheit dem Fürsten und dem Baron Nothomb genehmigt, und wenn Eure Majestät demselben nun die Allerhöchste Approbation geben, so kann ich ihn morgen mit Nothomb unterzeichnen — die Vermählung ist auf den 25. April angesetzt, — am 23. will des Königs der Belgier Majestät mit dem Grafen von Flandern hier eintreffen, wie Eure Majestät dann noch spezieller durch das auswärtige Amt erfahren werden."

„Wenn der Fürst von Hohenzollern einverstanden

ist, — und Belgien ebenfalls," sagte der König, indem
er den Vertrag leicht durchflog, — „so ist ja Alles in
Ordnung — das ist ja eine Fürstlich Hohenzollern'sche
Familienangelegenheit, in die ich mich nur, soweit das
die Form erfordert, als Chef des Gesammthauses zu
mischen habe, — also unterzeichnen Sie den Vertrag." —

Ein Schlag gegen die Thüre ertönte.

Der dienstthuende Flügeladjutant, Rittmeister Graf
Lehndorff, ein hoher, schlanker Mann, trat ein und
meldete in dienstlicher Haltung:

„Der Ministerpräsident Graf Bismarck bittet Eure
Majestät in bringenden Angelegenheiten um Audienz."

Erstaunt blickte der König auf.

„Ich bitte ihn einzutreten," sagte er.

„Also, — mein lieber Schleinitz, — unterzeichnen
Sie den Vertrag, wie der Fürst von Hohenzollern ihn
genehmigt hat — und nochmals mein Kompliment an
Ihre Damen."

Herr von Schleinitz zog sich mit tiefer Verneigung
gegen den König zurück, indem er in der Thüre einen
leichten Gruß mit dem Grafen Bismarck wechselte,
welcher raschen Schrittes hereintrat im weißen Waffen=
rock mit gelbem Kragen und Aufschlägen, den Stern
des schwarzen Adlerordens auf der Brust, den glänzen=
den Stahlhelm unter dem Arm.

„Was bringen Sie, Graf Bismarck?" sagte der
König, den Ministerpräsidenten mit freundlichem Kopfnicken begrüßend, — „Sie sehen heiter aus — Sie
haben also gute Nachrichten."

„Gute oder schlimme," sagte Graf Bismarck, —
„wie man sie nehmen will, Majestät, — für mich ist
jede Nachricht gut, welche Licht in eine unklare Situa=
tion bringt, — die erste Phase der Auseinandersetzung
mit Frankreich beginnt!"

Das Gesicht des Königs wurde tiefernst. Ge=
spannt blickte er auf den Minister, welcher einige Pa=
piere, die er in der Hand getragen, auseinander breitete.

„Die Kompensationsfrage taucht wieder auf," sagte
Graf Bismarck, „der Kaiser Napoleon will dem König
von Holland Luxemburg abkaufen."

„Luxemburg!" rief der König mit flammendem
Blick, — „deutsches Gebiet?"

„Zu Befehl, Majestät," sagte Graf Bismarck, —
„man wollte das so ganz hübsch im Stillen abmachen
und uns vor ein fait accompli stellen, — glücklicher=
weise scheint der König Wilhelm III. ein wenig besorgt
geworden zu sein und hat uns das Spiel aufgedeckt
— wofür man ihm in Paris wahrscheinlich sehr wenig
Dank wissen wird. — Befehlen Eure Majestät, den
Bericht des Grafen Perponcher zu hören?"

„Geben Sie!" rief der König, — und schnell den Bericht ergreifend durchlas er ihn aufmerksam.

„Zugleich," sprach Graf Bismarck lächelnd, als der König geendet, „zugleich hat Graf Bylandt im Namen des Königs der Niederlande die Vermittelung bei den Verhandlungen mit Frankreich angeboten."

„Eigenthümliches Spiel!" rief der König. „Sie haben doch," fuhr er fort, „sogleich geantwortet, daß von einer Abtretung deutschen Bodens — denn deut=scher Boden ist Luxemburg — nun und nimmer die Rede sein kann!"

„Das habe ich gedacht, Majestät," erwiederte Graf Bismarck ruhig, „und es bei mir selbst als feste Richt=schnur meines Handelns festgestellt, — aber," fuhr er fort, — „antworten möchte ich es noch nicht."

Der König sah ihn fragend an.

„Ich möchte nicht," sagte Graf Bismarck, „sogleich und in diesem Augenblick den Konflikt provoziren, den man unter diesen Umständen in Frankreich kaum wird auf die Spitze treiben wollen. — Sollte der Kaiser Napoleon dieß aber thun, — so müssen wir ihm vor Allem die Rolle des Angreifers, der den europäischen Frieden stört, klar vor aller Welt und vor den Kabi=netten zuschieben, — außerdem ist es nach meiner Mei=nung die wesentlichste Bedingung für die Zukunft Deutsch=

lands, daß der Krieg mit Frankreich — der nach meiner
Ueberzeugung früher oder später kommen muß und kom=
men wird, — ein wirklicher und wahrhafter National=
krieg sei, — ein solcher allein gibt uns die volle Si=
cherheit des Sieges — und zugleich die Gewähr, daß
durch den Sieg — und das Blut, das dieser kosten
wird," fügte er mit tiefernstem Tone hinzu, — „Deutsch=
land wirklich einig werden wird. Ich möchte also diese
Angelegenheit zunächst weniger als Kabinetssache, —
vielmehr als eine nationale Frage behandeln und habe
mir erlaubt, hier einen Entwurf der Antwort aufzu=
setzen, welche ich Perponcher geben möchte."

Er reichte dem Könige das von Herrn von Keu=
dell beschriebene Blatt.

König Wilhelm las es langsam und aufmerksam
durch.

„Ich verstehe," sagte er dann lächelnd mit dem
Kopfe nickend, — „ich verstehe, — Sie haben da mit
Einem Schlage die Sachlage umgekehrt, — gut, gut, —
ich sehe, Sie haben in der Schule zu Paris gelernt und
verstehen die dortige dunkle Politik zu behandeln."

Er sah einige Augenblicke sinnend zu Boden.

„Welch' labyrinthische Fäden dieser geheimnißvolle
Mann zieht!" sprach er dann mit fast trauriger Stimme,
— „ich kann es nicht leugnen, — er hat für mich

etwas Angenehmes, sympathisch Berührendes, — ich habe
oft die Feinheit und Schärfe seiner Auffassung bewun=
dert — namentlich als ich in Baden mit ihm sprach,
— und gern möchte ich mit ihm in guten Beziehungen
stehen, — aber·man kann ihm nie trauen!"

„Weil er auch auf dem Throne niemals aufhört,
Conspirateur zu sein!" sagte Graf Bismarck, — „das
ist stärker als er, — diese ganze Sache ist wieder ganz
im Verschwörungsstyl arrangirt, — ich bin übrigens
sehr erstaunt, daß Alles so weit gedeihen konnte,
ohne daß irgend ein Avis darüber von Paris gekom=
men ist."

Der König schwieg.

„Wenn ich übrigens," fuhr Graf Bismarck fort,
„die Ansicht auszusprechen mir erlaubt habe, daß bei
richtiger Behandlung diese ganze Frage keinen kriegeri=
schen Charakter annehmen werde, so darf man doch die
Augen nicht vor der Möglichkeit verschließen, daß den=
noch ernste Verwickelungen daraus entstehen könnten, —
und da Eure Majestät entschlossen sind, in keinem
Falle zu dulden, daß Luxemburg an Frankreich abge=
treten werde —"

„In keinem Falle!" rief der König.

„So möchte ich Eure Majestät unterthänigst bitten,
sogleich nach dem Grundsatze zu verfahren: si vis pacem.

para bellum — und Alles vorzubereiten, damit wir durch die Ereignisse nicht überrascht werden."

Der König neigte das Haupt und dachte einen Augenblick nach.

Dann schritt er schnell zur Thüre des Vorzimmers, öffnete dieselbe und rief: „General von Moltke!"

Der berühmte Chef des großen Generalstabs, auf welchen damals der Feldzug von 1866 die Augen von ganz Europa gezogen hatte, trat in der Dienstuniform der Generale der Infanterie, den Helm unter dem Arme, ein.

In dienstlicher Haltung, das sinnende Auge zum Könige aufgeschlagen, erwartete er die Anrede des Monarchen.

„Mein lieber General," sagte der König, — „da Sie gerade da sind, können wir sogleich eine vorläufige Berathung über eine sehr ernste Frage halten. — Graf Bismarck theilt mir so eben mit," fuhr er fort, — „daß zwischen Frankreich und Holland Verhandlungen über den Verkauf von Luxemburg bestehen —"

Der General preßte die feinen Lippen noch fester zusammen und ein schnelles Licht strahlte aus dem tiefen Blick seines Auges.

„Obwohl ich hoffe," sprach der König weiter, — „übereinstimmend mit dem Grafen Bismarck, daß die

Sache sich friedlich ausgleichen wird, so müssen wir doch
auf Alles gefaßt sein, — da selbstverständlich Luxem=
burg niemals französisch werden darf, — überlegen Sie,
was geschehen muß, um uns für alle Fälle vor Ueber=
raschungen zu schützen, — natürlich dürfen keine sicht=
baren Vorbereitungen stattfinden."

Das ernste, stille Gesicht des Generals belebte sich,
mit ruhiger Stimme sprach er:

„Köln, Coblenz und Mainz müssen verproviantirt
und Alles vorbereitet werden, um diese Plätze sofort ar=
miren zu können, — außerdem muß ein zuverlässiger
Kommandant von Luxemburg designirt werden, der bei
der ersten ernsten Wendung der Sache sofort dorthin
abgeht."

Der König neigte zustimmend das Haupt.

„Wen würden Sie vorschlagen?" fragte er.

„Den Generallieutenant von Goeben," erwiederte
General von Moltke ohne einen Augenblick zu zögern.

„Goeben — Goeben, — ja, das ist der rechte Mann
dafür, — er hat Etwas von Ihnen, lieber Moltke,"
sagte der König.

„Er wägt wie ein Mann und wagt wie ein Jüng=
ling," sprach der General ruhig. „Natürlich müßten
die Mobilmachungsordres vollständig vorbereitet und die
eventuellen Dislokationen so angeordnet werden," fuhr

er fort, „daß wir in kürzester Frist in Frankreich sind, wenn es zum Kriege kommen sollte."

„Moltke ist seiner Sache sicher!" sagte der König, indem er mit freundlichem Lächeln den Blick auf dem ernsten Antlitz des Generals ruhen ließ.

„Es ist nicht Vermessenheit oder übergroßes Selbst= bewußtsein, Majestät," erwiederte General von Moltke ruhig, — „die französische Armee ist mitten in einer Umformung begriffen — und das ist der schlimmste Zu= stand für die Schlagfertigkeit einer Truppe, — außer= dem aber sind sie dort, wie ich meine, vollständig un= fähig, sich der Taktik der heutigen Kriegsführung anzu= passen, daß ich hoffe, meines Erfolges sicher zu sein, — und muß es einmal zum Kriege kommen, — wie ich es auch fast glaube, so wünsche ich ihn lieber heute wie morgen, — denn je länger es dauert, je mehr Zeit hat der Marschall Niel, — der einzige wirklich organisatorische Feldherr, den sie dort haben, — seine Gedanken und Pläne auszuführen."

„Sie machen große Anstrengungen in Frankreich," sagte der König nachdenklich, — „um ihre Armee zu reformiren, und unsere Erfahrungen für sich zu benutzen."

„Mögen sie machen, was sie wollen, Majestät!" rief Graf Bismarck lebhaft, „Eines können sie uns nicht nachmachen — das ist der preußische Seconbelieutenant!"

„Graf Bismarck hat vollkommen Recht," sagte General Moltke mit feinem Lächeln, — „um solche Offizierkorps zu schaffen, wie die unsrigen, dazu gehören Jahrhunderte — eine Reihe von Regenten, wie wir sie gehabt —"

„Und," unterbrach der König lächelnd, — „eine Reihe von Generalen, wie mein Haus sie fand — Winterfeldt — Scharnhorst — Moltke —"

„Und auch ein wenig, Majestät," sagte Graf Bismarck, „das Material der vielverschrieenen preußischen Junker —"

„Welche den Gehorsam lernen und die Treue nie vergessen!" sagte der König freundlich nickend.

„Ich freue mich ungemein, Majestät," sprach Graf Bismarck nach einer augenblicklichen Pause, — „daß General von Moltke so klar und sicher die Chancen des Krieges in's Auge faßt, — denn je weniger wir den Konflikt zu scheuen haben, — 'um so sicherer werden wir ihn vermeiden. — Doch," fuhr er fort, „ich möchte, mit Eurer Majestät Erlaubniß, die Gelegenheit zur sofortigen und vorläufigen Erörterung einer weiteren Frage benutzen. Eure Majestät wissen, daß Holland schon seit dem vorigen Jahre das deutsche Besatzungsrecht von Luxemburg beseitigt wünscht, — man fingirt dort Besorgnisse, welche man wohl in der That nicht hat, welche

indeß auch jetzt wieder den Prätext zu dem vorliegenden
Handel geben, — und welche vielleicht auf die Kabinette
nicht ohne Einfluß bleiben, um so mehr als die staats=
rechtliche Stellung der Festung Luxemburg nach der
Auflösung des deutschen Bundes verändert und disku=
tabel ist, — auch Frankreich wird nicht verfehlen, un=
sere Besatzung von Luxemburg als eine Bedrohung dar=
zustellen. — Da ich es nun," fuhr er fort, — „für
einen richtigen und nothwendigen Grundsatz halte, —
bei dem Beginn einer Negoziation sich darüber klar zu
werden, welche Konzessionen man etwa im Laufe der
Verhandlungen machen wolle und könne, — und da es
in diesem Falle sehr wesentlich ist, auch den Schein einer
Bedrohung des europäischen Friedens, den Frankreich so
gern auf uns werfen möchte — abzuweisen, — so möchte
ich die Frage aufwerfen, ob Luxemburg als Festung für
das Vertheidigungssystem Deutschlands nothwendig sei?
— Wäre dieß nicht der Fall, so würde es uns noch
leichter werden, die Kabinette vollständig auf unsere
Seite zu bringen und Frankreich zu isoliren."

Der König warf ernst einen fragenden Blick auf
den General.

„Die Festung Luxemburg," sagte dieser ruhig und
bestimmt, — „darf niemals in französischen Händen
sein, — sie würde uns sehr hinderlich werden, — wir

unsererseits aber bedürfen ihrer nicht, nöthigenfalls könnte man sie durch ein festes Lager bei Trier ersetzen, — aber auch das ist nicht nöthig, — unsere Festungen genügen vollkommen."

„So daß also die vollständige Beseitigung Luxemburgs als Festung kein Bedenken hätte?" fragte Graf Bismarck.

„Keines!" sagte der General.

„Das müßte aber doch noch sehr genau erwogen werden," sagte der König bedenklich und zögernd.

„Eure Majestät werden gewiß nicht glauben," rief Graf Bismarck, „daß ich Konzessionen entgegentragen werde, — man muß nur klar darüber sein, ob Zugeständnisse überhaupt möglich sind, — welche hier unter Umständen unsere politische Stellung sehr verbessern können, — und das dürfen wir nicht außer Acht lassen, — schon wegen der Süddeutschen."

„Sollten sie zweifeln können," rief der König, — „ob hier der casus foederis vorliege?"

„Bei der Besatzungsfrage der Festung," sagte Graf Bismarck achselzuckend, „möchte ich nicht gewiß Nein sagen, — eine Frage der Abtretung nationalen Gebietes — das ist etwas Anderes, das ist eine deutsche Ehrensache, und daß sie als solche von der Nation erkannt und erfaßt werde, — dafür kann gesorgt werden!"

„So gehen Sie denn an's Werk, mein lieber Graf,"
sagte der König, „ich billige den von Ihnen genomme=
nen Standpunkt, — behalte mir aber für die weiteren
Phasen — namentlich für Konzessionen — meine Ent=
schließungen vor. — Sie, General von Moltke, bitte
ich, die einschlagenden militärischen Fragen zu ausführ=
lichem Vortrag vorzubereiten, den Sie mir morgen in
Gegenwart des Kronprinzen halten sollen. — Und lassen
Sie Goeben kommen!" fügte er hinzu.

„Zu Befehl, Majestät!" sagte der General.

Der König grüßte freundlich und beide Herren
verließen das Kabinet.

———

Siebentes Kapitel.

Die Empfangsalons des auswärtigen Amtes in Berlin waren hell erleuchtet — es war einer jener Abende, an welchen der Kanzler des norddeutschen Bundes die Mitglieder des Reichstages, die Herren der Diplomatie und Alles empfing, was es in der berliner Gesellschaft, im Civil- und Militärdienst, in der Finanzwelt, in Kunst und Wissenschaft Hervorragendes gab.

Eine zahlreiche Gesellschaft bewegte sich in den mit einfacher Gediegenheit ausgestatteten Räumen. — Hohe Offiziere aller Waffen belebten durch ihre glänzenden Uniformen die Eintönigkeit des schwarzen Fracks der Herren vom Civil, die Diplomaten mit bunten Bändern und funkelnden Sternen standen theils in flüsternden Gruppen zusammen, theils durcheilten sie die Säle, hie und da einen bekannten Deputirten anredend und aus einem Gespräch über die innere Lage Notizen sammelnd für ihre Berichte, welche dann je nach der mehr oder minder scharfen Auffassungs- und Kombinationsgabe den fremden Höfen ein mehr oder minder treues Bild von den Verhältnissen des politischen Lebens in Berlin über= mittelten.

Trotz der zahlreichen Menge, welche bereits die Säle füllte, rollten immer noch neue Equipagen vor das große Thor des Hotels und zwischen ihnen traten noch immer neue Fußgänger ein, — denn Niemand von Denen, welche eine Einladung erhalten, wollte fehlen bei diesen Soiréen, bei denen man die politischen und parlamentarischen Größen sehen und sprechen konnte in leichter und ungezwungener Unterhaltung, und wo man hoffen durfte, vielleicht einen Blick in das geheime We= ben und Treiben der großen politischen Maschine zu thun, welche die Welt bewegte.

In dem ersten Salon stand Graf Bismarck, die Eintretenden begrüßend, bald mit würdevoller Artigkeit einige Worte mit einem Mitgliede des Corps diploma= tique wechselnd, bald in kordialer Herzlichkeit einem De= putirten des Reichstages die Hand drückend — er trug die Kürassieruniform, ungetrübte Heiterkeit lag auf sei= nem charaktervollen, ausdrucksreichen Gesicht.

Eben hatte er einen kleinen Mann von unschein= barer, schwächlicher Gestalt mit scharfem, intelligentem Gesicht begrüßt, aus dessen lebhaften dunkeln Augen jener feine jüdische Verstand leuchtete, welcher bei den

Nachkommen des auserwählten Volkes mit so überraschen=
der Schärfe sich in der Beurtheilung der Fragen der
Wissenschaft und Politik zeigt, nachdem er, jahrhunderte=
lang gezwungen, sich ausschließlich dem Handelsleben
zuzuwenden, dieses seiner Herrschaft unterworfen.

„Ich freue mich, Sie zu sehen, Herr Doktor Las=
ker," sagte der Graf mit verbindlicher Artigkeit, —
„hoffentlich finden wir später noch Gelegenheit, einige
Worte zu wechseln, — ich möchte Sie gern von Ihrer
Opposition bekehren," fügte er lächelnd und mit dem
Finger drohend hinzu.

Doktor Lasker verneigte sich und sagte: „Das wird
nicht ganz leicht sein, Excellenz!"

Einige in der Thür erschienene Herren traten artig
zur Seite, und rechts und links freundlich mit der Hand
grüßend schritt der Generalfeldmarschall Graf Wrangel
in den Salon. Freundliche Heiterkeit strahlte von des
alten Herrn charakteristischem faltenreichen Gesicht mit
dem aufwärts gedrehten Schnurrbart, mit beweglicher
Leichtigkeit trat dieser Veteran der preußischen Armee
einher in der Uniform seines ostpreußischen Kürassier=
regiments, — den Orden pour le mérite mit Eichen=
laub um den Hals, auf der Brust die Sterne des schwar=
zen Adlers und des russischen Andreasordens neben dem
ehrwürdigen Zeichen des eisernen Kreuzes erster Klasse.

Rasch trat Graf Bismarck ihm entgegen und in militärischer Haltung sprach er im Tone dienstlicher Meldung:

„Generalmajor Graf Bismarck-Schönhausen à la suite des magdeburgischen Kürassierregiments Nr. 7, kommandirt zur Dienstleistung als Bundeskanzler und Minister der auswärtigen Angelegenheiten!"

„Danke, danke, mein lieber General!" sagte der Feldmarschall, indem er dem Ministerpräsidenten die Hand reichte und seinen Blick mit zufriedenem Lächeln über dessen militärisch feste, markige Gestalt gleiten ließ, — „freue mir, — freue mir sehr, Ihnen unter meinem Kommando in den Marken zu haben, und ich freue mir noch mehr," fügte er freundlich lächelnd hinzu, „daß Seine Majestät einen Kürassier bei die auswärtigen Angelegenheiten haben — der Pallasch bringt Festigkeit in die Hand, und was der gut gemacht hat, das werden Sie nicht mit die Federn verhunzen lassen, — wie die Federfuchser es dazumal dem alten Blücher gethan."

Graf Bismarck lächelte. „Das haben Eure Excellenz bei mir nicht zu befürchten," sagte er, sich stolz aufrichtend, — „die Losung der preußischen Kürassiere heißt: ‚drauf!'"

Freundlich mit der Hand grüßend schritt der Feldmarschall weiter.

Der Doktor Lasker war inzwischen in den zweiten
- Saal getreten und näherte sich einer Gruppe, welche in
lebhaftem und eifrigem Gespräch begriffen war.

Hier stand der Geheimerath Wagener, der bekannte
frühere Begründer und Redakteur der Kreuzzeitung, eine
trockene Gestalt von etwas steifer, bureaukratischer Hal=
tung, zu welcher das von lebhaftem, ungemein ausbrucks=
vollem Geberdenspiel bewegte blasse, bartlose Gesicht
einen gewissen Kontrast bildete. Er sprach mit dem
Abgeordneten Miquel, dem Bürgermeister von Osnabrück
und früheren Führer der hannöverischen Opposition,
einem mageren, mittelgroßen Manne, dessen bleiches,
etwas kränkliches Gesicht, von einer hohen Intelligenz
durchleuchtet, sympathisch berührte, und der bei aller
Schärfe der Dialektik stets in seinen politischen Gesprä=
chen die feinsten Formen der guten Gesellschaft zu be=
wahren wußte.

„Ich wundere mich, Herr Geheimerath,“ sagte Mi=
quel, „daß Sie so lebhaft gegen die Ministerverantwort=
lichkeit sprechen. Im wohlverstandenen konservativen
Interesse Preußens selbst, — sowie im Hinblick auf
Süddeutschland ist jene Verantwortlichkeit bringend nöthig.
— Würden Sie etwa die Interessen Ihrer Partei einem
Ministerium, — einem mit dem Bundesrath regieren=
den Ministerium ohne Verantwortlichkeit anvertrauen

wollen? Ministerien können wechseln, — und die konser=
vative Partei findet in einem Ministerium, dessen Ver=
antwortlichkeit nicht gesetzlich genau geregelt ist, ebenso=
wenig Garantieen wie die liberalen Richtungen."

„Ich bin stets gegen jede Ministerverantwortlich=
keit," erwiederte der Geheimerath Wagener, — „weil
sie im Prinzip die Grundsätze des monarchischen Staates
zerstört und in der Praxis nichts bedeutet. — Einer
starken Centralgewalt gegenüber — und ich hoffe, daß
die Centralgewalt des norddeutschen Bundes immer stark
und kräftig sein wird — ist die Ministerverantwortlich=
keit wirkungslos — und einer schwachen Centralgewalt
gegenüber," fügte er mit sarkastischem Lächeln hinzu,
„haben Sie ganz andere und wirksamere Mittel. Der
Verfassungsentwurf ist ein Kompromiß zwischen den vor=
handenen berechtigten Elementen und Faktoren, — die
konstitutionelle Schablone kann uns hier nicht helfen —
alle diese Amendements, welche bei der Berathung von
den verschiedenen Seiten gestellt werden, sind keine Mittel
zur Verbesserung, sondern nur zur Verhinderung."

„Der Geheimerath hat vollkommen Recht!" sagte
der Abgeordnete von Sybel, ein noch junger, starker
Mann mit hellblondem Haar und frischem, rothem Ge=
sicht, — „die wirkliche Ministerverantwortlichkeit besteht
nicht in der kriminalistischen Verfolgung, sondern in der

jährlich wiederkehrenden Diskussion, in der öffentlichen
Meinung, jener sechsten Großmacht, vor der man sich
beugen muß, und wenn auch alle andern Großmächte
wirkungslos wären. — Sehen Sie," fuhr er fort, „gleich
nach dem Krieg hat sich die Regierung beeilt, mit der
öffentlichen Meinung Frieden zu machen. Darin liegt
für mich die wahre Garantie! — Und dann — das
Budgetrecht, — und darin hat der künftige Reichstag
nach dem Verfassungsentwurf mehr Macht, als das
preußische Abgeordnetenhaus je besessen."

Miquel schüttelte den Kopf.

Lebhaft rief der Geheimerath Wagener: „Ich kann
die Unterstützung des Herrn von Sybel, so sehr ich mich
freue, mit ihm einer Meinung zu sein, doch nicht in
ihrem Motiv acceptiren. Wir leben in einer Zeit, in
welcher die Phrase eine gewaltige und sehr bedenkliche
Macht hat, — und für mich ist die gefährlichste Phrase
von allen die von der öffentlichen Meinung. Was ist
öffentliche Meinung?" rief er umherblickend, — „woher
kommt sie — und wohin geht sie? Ist die öffentliche
Meinung, welche diesen Reichstag beherrscht, eine Par=
lamentstochter — oder nicht vielmehr eine Regiments=
tochter?"

Herr von Sybel lachte.

„Sie sprechen gegen die Phrase," sagte Miquel

ruhig, — „und haben uns da doch so eben eine — in der That sehr hübsch pointirte — Phrase gemacht."

„Das beweist, wie groß ihre Herrschaft ist, — daß selbst ihre Gegner sich ihr nicht entziehen können," erwiederte Wagener lächelnd, — „um so mehr muß man diese gefährliche Herrschaft bekämpfen!"

„Da der Herr Geheimerath Wagener uns einmal auf das Gebiet der Phrasen geführt hat," rief der Ab= geordnete Braun, welcher ebenfalls zu der Gruppe ge= treten war, in einer gewissen Erregung, „so muß ich ihm doch auf seine ‚Regimentstochter' mit dem Citat eines französischen Schriftstellers antworten: — ‚die Ba= jonette sind für Vieles vortreffliche Dinge — aber sich darauf setzen kann man nicht.'"

Alle lachten.

„Ja," fuhr Braun noch immer lebhaft animirt fort, — „blicken Sie in die Geschichte, — nicht der Krieg macht die öffentliche Meinung, — sondern die öffentliche Meinung macht den Krieg — jeder Krieg ist überhaupt nur das Ergebniß der vorangegangenen Volksentwickelung — sein Resultat ist nur das quod erat demonstran- dum der Geschichte!"

„Meine Herren, meine Herren," rief der kleine Dok= tor Lasker herantretend, — „Sie debattiren ja so leb= haft, als ob der Reichstag hier in diesen Salon verlegt

wäre! — Laſſen wir die Deputirten draußen, — ſie
machen ſchon genug Lärm auf der Tribüne. — Wiſſen
Sie," fuhr er fort, „daß der Kronprinz von Sachſen
angekommen iſt, um die Uebernahme des Kommandos
über das zwölfte Armeekorps zu übernehmen? — das
iſt ſehr erfreulich — ein mächtiger Schritt zur militä=
riſchen Einheit!"

„Wenn nur die civile Freiheit mit der militäri=
ſchen Einheit käme!" ſagte der Abgeordnete Braun,
„aber —"

„Still, ſtill!" rief Lasker, — „Alles hat ſeine Zeit;
laſſen wir uns die eine Errungenſchaft nicht verkümmern,
weil wir die andere noch nicht haben, — man ſteigt
eine Leiter nicht mit einem Schritt hinauf." —

Eine gewiſſe Bewegung wurde im erſten Salon
bemerkbar. Man ſah den Grafen Bismarck ſchnell zur
Thüre ſchreiten — mit ehrerbietigem Gruß empfing er
den Prinzen Georg von Preußen, — einen großen,
ſchlanken Mann von vierzig Jahren, ein blonder, dichter
Backenbart umrahmte das blaſſe Geſicht von kränklichem,
geiſtig bewegtem, aber etwas ſchwermüthigem Ausdruck.
Der Prinz trug die preußiſche Generaluniform, — er
unterhielt ſich längere Zeit mit dem Miniſterpräſidenten
und trat dann, indem er mit artiger Bewegung deſſen
weitere Begleitung ablehnte, in den zweiten Salon.

Sein Blick schweifte einige Augenblicke über die Gesell=
schaft, bann trat er zu einem Herrn im schwarzen Frack
mit mehreren Dekorationen hin, welcher so eben allein
in der Mitte des Saales stand. Kaum bemerkte er die
Annäherung des Prinzen, als er ihm schnell entgegen=
eilte und sich tief verneigte.

Der Prinz reichte ihm die Hand.

„Guten Abend, Herr von Putlitz!" rief er, —
„ich hätte kaum erwartet, Sie hier zu sehen, — was
macht der Dichter auf dem Parket der Politik?"

„Wenn der Dichter sich von dem Boden des Lebens
loslöst, Königliche Hoheit," erwiederte Gustav zu Putlitz
mit Ton und Haltung des vornehmen Weltmannes, —
„so schneidet er die Wurzeln ab, welche die Blüten seiner
Phantasie ernähren müssen, — übrigens," fuhr er lä=
chelnd fort, — „könnte ich Eurer Königlichen Hoheit
die Frage zurückgeben."

Prinz Georg lächelte mit einem trüben Anflug.
„Wenn ein Prinz in seinen Mußestunden einige Verse
macht, — so darf man ihn noch nicht einen Dichter
nennen!"

„Lassen wir also den Prinzen," sagte Putlitz sich
verneigend, — „und sprechen wir von G. Conrad! —
Ich habe sein Schauspiel Electra gelesen, welches er die
Güte hatte mir zuzuschicken, — und ich kann Eure Kö=

nigliche Hoheit versichern, daß ich darin den Geist und
die Sprache des wahren Dichters erkannte."

„Wirklich?" rief der Prinz, indem ein freudiger
Strahl sein Auge belebte.

„So gewiß," fuhr Herr von Putlitz fort, „daß ich
den Verfasser bitten möchte, mir zu erlauben, dieß Stück
nach meiner Bühnenerfahrung für die szenische Aufführ=
rung vorzubereiten."

„Sie glauben in der That," rief Prinz Georg, in=
dem sein bleiches Gesicht sich mit heller Röthe färbte,
— „daß es möglich wäre, die Electra aufzuführen?"

„Ich bin davon überzeugt und rathe dringend zu
dem Versuch. — G. Conrad," fuhr er fort, — „hat
die Gestalt der Electra, welche Euripides der wahren
Würde der Weiblichkeit entkleidet, wieder in ihrer Rein=
heit hergestellt und dem Herzen sympathisch gemacht, —
die Verse — ich muß es sagen — erinnern zuweilen
an den Reiz der Sprache Goethe's."

Ein glückliches Lächeln spielte um den Mund des
Prinzen. — „Sie machen mir eine große Freude, Herr
von Putlitz," sagte er, — „darf ich Sie bitten, mich
morgen zu besuchen, wir wollen dann weiter darüber
sprechen. O," fuhr er mit einem Seufzer fort, — „es
macht so glücklich, eine Thätigkeit zu haben, mit der
man vielleicht hie und da ein Menschenherz erfreuen

kann, — das brächte Ziel und Beruf in ein Leben, dem
Schwäche und Kränklichkeit den Kreis der harten Ar=
beit in dem Ringen und Kämpfen der Welt verschlossen
haben."

Herr von Putliß blickte mit inniger Theilnahme
in das edle, traurig bewegte Gesicht des Prinzen.

„Dieses Ziel," sagte er, — „ist gewiß eben so groß
und herrlich als irgend ein anderes — und vielleicht
noch befriedigender für ein so großes, warmes Herz, als
es aus den Dichtungen Conrad's zu uns spricht," fügte
er sich verneigend hinzu.

„Was sagen Sie zu dem Tode von Cornelius?"
sagte der Prinz nach einer kurzen Pause.

„Ein harter Schlag für die Kunstwelt," erwiederte
Herr von Putliß traurig, — „der alte König Ludwig
von Bayern hat an Frau von Cornelius aus Rom
einen Brief geschrieben, worin er an die Sonnenfinster=
niß anknüpft und sagt: ‚Die Sonne verfinsterte sich,
als Der erlosch, welcher der Kunst eine Sonne war.
Jene scheint wieder, aber schwerlich kommt ein Cornelius
wieder.‘"

„Wahr, wahr!" rief der Prinz, — und mit träu=
merischem Ausdruck fügte er hinzu: „Wie schön muß es
sein, zu sterben nach einem Leben, das solche Schöpfungen
hinterläßt! — Also auf morgen!" sagte er dann zu

Herrn von Putlitz und wendete sich nach einem freund=
lichen Kopfnicken zu dem französischen Botschafter Be=
nedetti, welcher in seine Nähe getreten war.

Graf Bismarck war in den Saal getreten und
unterhielt sich kurze Zeit mit den Mitgliedern des diplo=
matischen Korps.

Dann trat er auf einen ziemlich großen Mann zu,
dessen röthliches Gesicht mit hoch hinauf kahler Stirne,
über welche eine breite Narbe lief, und mit dunklerem
Vollbart, ihm das Aussehen eines einfachen Landjunkers
gab, — wenn nicht die scharfen, beweglich umherspähen=
den Augen von einer lebhaften und erregten geistigen
Thätigkeit Zeugniß abgegeben hätten.

„Guten Abend, Herr von Bennigsen!" sagte der
Ministerpräsident in äußerst höflichem Tone, jedoch ohne
wärmere vertrauliche Nüance, — „ich freue mich, Sie
bei mir zu sehen, — fast fürchtete ich, daß Sie sich von
hier fern halten würden."

„Wie könnten Eure Excellenz das glauben!" er=
wiederte Herr von Bennigsen sich verneigend, — „ich
habe doch seit Jahren bewiesen, daß ich dem Werke,
welches Eure Excellenz ein so gutes Stück vorwärts
gefördert haben, alle meine Kräfte zu widmen bereit bin."

„Gewiß!" erwiederte Graf Bismarck, — „aber
dennoch hätte ich hoffen können, Ihre Unterstützung bei

dem Ausbau des Geschaffenen zu finden, – statt dessen
sehe ich mit großem Bedauern, daß bei den Berathungen
über die Verfassung Sie und die hannöverischen Abge=
ordneten Ihrer Partei mir ebensoviel Schwierigkeiten in
den Weg legen, als die partikularistischen Ritterschaften
und die Anhänger des Welfenthums. — Auf diese Weise
kommen wir nicht weiter auf dem Wege zu dem Ziel,
welches Sie als das Ihrige ebensosehr bezeichnet haben,
wie ich danach strebe."

„Ich kann meiner Ueberzeugung in staatlichen Prin=
zipienfragen nicht untreu werden," erwiederte Herr von
Bennigsen, — „in der praktischen Ausführung des Eini=
gungswerkes werden Eure Excellenz meiner eifrigsten
Unterstützung stets sicher sein, · ebensosehr in Deutsch=
land als in meinem besondern Vaterlande Hannover."

„Hannover ist sehr schwierig!" sagte Graf Bis=
marck nachdenklich, — „ich hatte gehofft, daß das preu=
ßische Regiment dort freundlicher aufgenommen werden
würde, — es scheint, daß auch Ihre Partei sich über
die Stimmung des Landes getäuscht hatte, — die
Agitationen des Königs Georg finden einen fruchtbaren
Boden."

„Der König Georg, Excellenz," sagte Herr von
Bennigsen, „ist für die Hannoveraner nur die Verkör=
perung der Autonomie und Selbstständigkeit oder unab=

hängigen Selbstverwaltung des Landes. Dieses allen Hannoveranern eingeborne Unabhängigkeitsgefühl wird von den Agenten des Königs mit Geschick benutzt, während die untern Organe der neuen Verwaltung es oft ohne Noth verletzen. Die Diktatur beängstigt die Bevölkerung und läßt ihr das Vergangene in schönerem Lichte erscheinen. Das beste Mittel ist eine möglichst schnelle Organisation der Verwaltung auf autonomer Basis, — man müßte dazu Vertrauensmänner des Landes heranziehen." —

„Vertrauensmänner!" sagte Graf Bismarck, — „wer hat das Vertrauen des Landes?"

Herr von Bennigsen sah ihn ein wenig befremdet an.

„Wie sollen sie ermittelt werden? Soll das Land sie wählen? — das würde eine bedenkliche Bewegung hervorrufen und vielleicht noch bedenklichere Resultate liefern, — soll ich sie berufen? — haben sie dann das Vertrauen des Landes? — Die Frage ist nicht leicht," fuhr er fort, — „ich habe wohl auch schon an Vertrauensmänner gedacht, — ich will mir das noch überlegen, vielleicht sprechen wir bald wieder darüber."

Herr von Bennigsen verneigte sich.

Graf Bismarck wendete sich zur Seite und stand dem damaligen Kronoberanwalt des Appellationsgerichts

zu Celle, früheren hannöverischen Staatsminister Windt=
horst gegenüber.

Es war kaum möglich, daß zwei Persönlichkeiten
einen schärferen Kontrast bildeten, als Graf Bismarck
und Herr Windthorst.

Der frühere hannöverische Justizminister, im da=
maligen Augenblick Bevollmächtigter des Königs Georg
für die Verhandlungen über die Vermögensabfindung,
erschien in seiner auffallend kleinen, durch die gebückte
Haltung noch niedrigeren Gestalt fast zwerghaft neben
dem hohen, mächtigen Wuchs des Bundeskanzlers. Eben=
soviel freie Offenheit, bewußte und stolze Kraft als in den
markigen Zügen des Grafen Bismarck lag, ebensoviel
versteckte List und Schlauheit drückten die geistreichen
Züge des eigenthümlichen, charaktervoll häßlichen Gesichts
Windthorst's aus. Ein sarkastisches Lächeln spielte oft
um den breiten, aber beweglichen und ausdrucksvollen
Mund, — eine Brille mit großen runden Gläsern schien
mehr den Zweck zu haben, die Augen zu verhüllen, als
das in der That schwache Gesicht zu unterstützen, denn
der spähende Blick des kleinen grauen Auges richtete sich
im Gespräch fast immer über den Rand der Brille auf
den vor ihm Stehenden. Die breite, runde, mächtig ge=
wölbte Stirn war überdeckt von sehr dünnen, kurzen
grauen Haaren, — die auffallend kleinen, weiblich zier=

lichen Hände, welche aus den weiten Aermeln des alt=
mobischen Fracks hervorspielten, begleiteten die Rede mit
lebhafter Gestikulation, — das Kinn begrub sich oft in
die weite weiße Halsbinde, während das Auge von unten
herauf den Eindruck der gesprochenen Worte zu verfolgen
versuchte.

Er trug den Stern des österreichischen Ordens der
eisernen Krone auf der Brust, das Kommandeurkreuz des
hannöverischen Guelfenordens an lang herabhängendem
blauen Bande um den Hals.

„Nun, mein lieber Minister," sagte Graf Bis=
marck, ihn artig begrüßend, „wie stehen die Vermögens=
verhandlungen des Königs Georg — sind Sie zu=
frieden?"

„Excellenz," erwiederte Herr Windthorst im pro=
noncirten Gaumenton des westphälischen Dialekts von
Osnabrück, — „es geht langsam vorwärts — Ihre
Kommissarien sind ein wenig zäh." —

„Ah?" rief Graf Bismarck, — „das ist gegen ihre
Instruktion, — ich kann es nicht recht glauben, — sollte
nicht von Ihrer Seite die Sache etwas erschwert wer=
den, — Sie bestehen auf der Herausgabe von Domanial=
gut —"

„Nicht ich, Excellenz," sagte Herr Windthorst, über
die Brille hin zu dem Ministerpräsidenten hinaufblickend,

— „es ist so die Instruktion von Hietzing, — wir sind ja hier nur Mandatarien —"

„Aber wie ist es möglich, daß man dort halbe und zweiseitige Instruktionen gibt?" fragte Graf Bis= marck, — „und bei der Haltung, die der König einmal einzunehmen für gut befunden hat, würde doch ein reines Prinzip richtiger sein und die Verhandlungen befördern, — was sollen dem König Domänen im preußischen Lande? — und auf der andern Seite: können wir einen großen Grundbesitz dem Könige in einem Lande geben, in welchem er die Landeshoheit des Königs von Preußen nicht anerkennt?"

Herr Windthorst zuckte die Achseln. „Eure Ex= cellenz dürfen nicht vergessen," sagte er mit leichtem Lächeln, „daß unsere Instruktionen vom Grafen Platen kommen, — es sind da verschiedene Wünsche, — der Kronprinz möchte die Jagdreviere behalten, — die Königin will die Marienburg nicht auf= geben —"

„Die Marienburg ist Privateigenthum Ihrer Ma= jestät," sagte Graf Bismarck ernst, — „und wird ihr nie streitig gemacht werden, — auch Herrenhausen, diese historische Erinnerung des Welfenhauses, soll dem Kö= nige gelassen werden — aber die übrigen Domänen — das geht nicht!"

„Es ist mir lieb, wenn Eure Excellenz mir darüber
eine bestimmte Erklärung geben, — das wird unsere
Stellung wesentlich verbessern, bis dahin werden wir
keine bestimmten Anweisungen erhalten, — denn Graf
Platen," — er spielte mit den kleinen, spitzigen Fingern
an dem Bande des Guelfenordens, — „schließen Sie
ihn in ein Zimmer allein mit zwei Stühlen ein, —
wenn Sie nach einer Stunde öffnen, so wird er zwischen
beiden Stühlen auf der Erde sitzen."

Graf Bismarck lachte.

„Uebrigens, mein lieber Minister," fuhr er ernster
fort, „muß ich Ihnen sagen, daß auch die fortwährende
Agitation in Hannover, deren Fäden nach Hietzing offen
daliegen, nicht geeignet ist, unser Entgegenkommen in
den Vermögensverhandlungen zu unterstützen."

„Ich beklage diese vollkommen unnützen Agitationen,"
sagte Windthorst, — „glaube indeß nicht, daß sie ernst=
haft etwas zu bedeuten haben, wenn nicht," fügte er mit
einem spähenden Blick hinzu, — „die Fehler der
preußischen Verwaltung ihnen immer neue Nahrung
geben!"

„Mein Gott!" rief Graf Bismarck, — „ich kann
nicht in allen unteren Organen stecken, — was wäre
denn zu thun, um diese Fehler zu vermeiden? — Man
hat mir von der Berufung von Vertrauensmännern des

Landes gesprochen, um mit ihnen die Organisation der Provinz zu berathen —"

„Hm, hm," machte Windthorst, — „ich will nichts dagegen sagen, — das kann vielleicht ganz gut sein, — noch besser aber wäre es nach meiner Ansicht — ernste und bewährte Kräfte aus Hannover direkt in die preußische Regierung zu ziehen, — das würde der Provinz Vertrauen und das Bewußtsein geben, im Rathe der Krone vertreten zu sein." —

Graf Bismarck's Auge sah einen Augenblick scharf und forschend zu Herrn Windthorst hinab, — ein eigenthümliches Zucken bewegte eine Sekunde seine Lippen.

„Das wäre ein Gedanke!" sagte er dann wie betroffen von dem Worte und nachdenklich vor sich hin blickend, — „aber wie, — für die innere Verwaltung? — das wäre schwierig, — aber," fuhr er fort, wie von einer plötzlichen Idee erfaßt, — „die hannöverische Gesetzgebung und Rechtspflege ist ja stets ein Muster gewesen, — das wäre etwas — für die Justiz" — und als folgte er einer in ihm auftauchenden Gedankenreihe, brach er ab. Herr Windthorst schlug das Auge zu Boden — ein unwillkürliches Lächeln flog über sein Gesicht.

„Die hannöverische Justiz hatte allerdings vortreffliche Kräfte," sagte er mit bescheidenem Tone.

„Wie könnte ich das vergessen, wenn ich vor Ihnen stehe?" erwiederte Graf Bismarck verbindlich.

Herr Windthorst verneigte sich.

„Ihre speziellen Freunde, die hannöverischen Katholiken, sind uns auch nicht günstig gesinnt," sagte Graf Bismarck.

„Ich sehe keinen Grund dafür," sagte Herr Windthorst, — „allerdings müssen sie mit Vorsicht und Geschicklichkeit behandelt werden; — kann ich durch meine Erfahrung und meinen Einfluß in dieser Richtung zur Beruhigung und zur Konsolidirung der Verhältnisse beitragen, — so werden Sie mich stets bereit finden."

„Ich danke Ihnen," sagte Graf Bismarck, — „ich hoffe, wir werden noch Gelegenheit finden, eingehender über diese hannöverische Frage zu sprechen, — jetzt wirken Sie soviel Ihnen möglich dahin, daß man in Hietzing, wenn man die neuen Verhältnisse nicht anerkennen kann und will, — ihnen wenigstens praktisch Rechnung trägt, — hier werden Sie in der Vermögensfrage die größte Liberalität finden."

Und mit freundlicher Verneigung wendete er sich zur Seite. Sein suchender Blick fand den Dr. Lasker, welcher im Gespräch mit dem Geheimenrath Wagener einige Schritte vor ihm stand. Der Ministerpräsident näherte sich, — Herr Wagener trat zurück.

„Nun, mein lieber Doktor," sagte Graf Bismarck lächelnd, — „muß ich einmal ein ernstes Wort mit Ihnen sprechen. Sind Sie nicht zufrieden mit dem, was in Deutschland geschehen ist?"

„Gewiß, Excellenz," sagte Dr. Lasker sich verneigend und das scharfe, geistvolle Auge zu dem Ministerpräsidenten emporrichtend, — „gewiß bin ich zufrieden, — glücklich über den mächtigen Schritt, welchen Deutschland durch Ihre Festigkeit und Energie zu seiner Einigung gethan hat, — und in Ihrer auswärtigen Politik werden Sie mich stets an Ihrer Seite finden, — aber in den inneren Fragen —"

„Ich begreife Ihre Unterscheidung nicht recht," sagte Graf Bismarck ernst. „Ich kann Sie versichern, daß ich es stets für die Aufgabe einer ehrlichen Regierung gehalten habe, für möglichste Freiheit des Individuums und des Volkes zu streben und zu arbeiten, soweit das mit dem Staatswohl vereinbarlich ist."

„Es fällt mir nicht einen Augenblick ein," sagte Dr. Lasker, „an dieser ehrlichen und aufrichtigen Ueberzeugung und Absicht Eurer Excellenz zu zweifeln, — indeß," fuhr er mit leichtem Lächeln fort, — „möchte es vielleicht schwerer sein, uns über das Maß der mit dem Staatswohl vereinbarlichen Freiheit und über die

Mittel und Wege ihrer Begründung und Erhaltung zu verständigen."

„Vielleicht ist mein Maß weiter noch und reicher als das Ihrige," sagte Graf Bismarck mit gedankenvoll sinnendem Ausdruck, — „und die Wege? — — Glauben Sie denn ernsthaft," fuhr er lebhafter fort, — „daß die Freiheit begründet wird, wenn die Regierung den Abgeordneten des Volkes Diäten zahlt, — ist England kein freies Land, ohne daß die Deputirten besoldet werden, — und," rief er erregter, — „was soll es heißen, daß die Herren gegen den Militäretat und die Feststellung des Militärbudgets Opposition machen? Wo wären wir ohne die starke Armee? Vor dem Krieg konnte ich das verstehen, — Sie wollten kein Spielzeug für Paraden machen, — aber jetzt? — Sie freuen sich der Früchte des Sieges und wollen das Werkzeug nicht kräftigen, das dazu berufen war, diese Früchte zu erkämpfen, — das vielleicht dazu berufen sein wird, sie zu vertheidigen?"

Ernst blickte Dr. Lasker auf.

„Lassen Sie mich offen sein, Excellenz!" sagte er, — „ich gehöre nicht zu den Anbetern der grauen Theorieen, welche die Freiheit nach der Schablone dieser oder jener Doktrin formen wollen, — über den Theorieen stehen mir die Personen, — aber," fügte er mit seinem

Lächeln und schalkhaftem Blick hinzu, — „da liegt's, —
wenn ich Eurer Excellenz so gegenüberstehe, so erinnere
ich mich der Sage von den Centauren, — man möchte
freudig in die dargebotene Hand einschlagen, — aber
man fürchtet auch den Tritt des eisenbeschlagenen Hufs."

Graf Bismarck lachte herzlich. „Aber wenn der
Centaur diese Hufe nicht hätte," rief er heiter, — „wie
sollte er vorwärts kommen auf dem coupirten Terrain,
— wo man ihm neben den natürlichen noch so viele
künstliche Hindernisse schafft?"

„Eure Excellenz müssen mir aber zugeben," sagte
Dr. Lasker, „daß wir — ich und meine politischen
Freunde, die Liberalen, — in großer Verlegenheit sind.
So gern wir Sie unterstützen möchten — wir werden
scheu, wenn wir Ihre Umgebungen sehen. Sie haben
Gewaltiges vollbracht, — Sie haben — Niemand er-
kennt es mehr und höher an wie wir — der wahren
Freiheit eine Gasse in Deutschland gebahnt, — aber hier
in Preußen bleibt Alles beim Alten. Da ist der Graf
Lippe, — da ist Mühler, — noch immer Mühler,"
fuhr er fort, — „können Sie da erwarten, daß wir
Vertrauen zu der innern Verwaltung haben sollen?
Diesen Männern gegenüber müssen wir in der Opposition bleiben und für uns selbst sorgen. — Und,"
sprach er weiter, als Graf Bismarck schwieg, — „abge-

sehen von diesen Ministern, — verzeihen Eure Excel=
lenz meine Offenheit, — kann es uns Vertrauen ein=
flößen, wenn Sie Männer wie Wagener in Ihre un=
mittelbare Nähe ziehen? — Ich habe Wagener persönlich
ganz gern und habe mich eben noch sehr gut mit ihm
unterhalten, — aber er ist doch zu allen Zeiten der
Vertreter der äußersten Reaktion gewesen, — und —"
Er schwieg.

„Glauben Sie denn," rief Graf Bismarck in hei=
terem Tone, „daß ich am Gängelbande meiner Refe=
renten gehe — und daß," fügte er lachend hinzu, „der
Huf des Centauren in ängstlichem Respekt zurückbebt
vor dem Hühnerauge der Bureaukratie? -- Wagener!"
fuhr er fort, — „sehen Sie, mein lieber Doktor, —
wenn Sie arbeiten, wenn Sie jene geistreichen Reden
überdenken, welche ich oft bewundere, so werden Sie
öfter Ihr Konversationslexikon aufschlagen, — nun
sehen Sie, — ich habe noch viel weniger Zeit wie Sie,
— ich kann nicht nachschlagen und lesen, ich bedarf ein
lebendiges Konversationslexikon —"
Dr. Lasker lachte herzlich.

„Nun," fuhr Graf Bismarck fort, „Sie werden
zugeben, daß Wagener unerreichbar in dieser Beziehung
ist, — er hat eine Gewandtheit der Auffassung und
Reprobuktion, eine Geschicklichkeit in der Assimilirung

frember Gedanken, die mich oft in Erstaunen setzt, —
und das habe ich nöthig, — die Entschlüsse aber sind
die meinen, — mein allein," fügte er mit stolzem
Emporwerfen des Kopfes hinzu, — „und ich will die
Freiheit, die ich Allen gönne, auch für mich!"

„So lassen Eure Excellenz Ihrem aufrichtigsten
Verehrer und Bewunderer auch die Freiheit seiner gewiß gut gemeinten Opposition, — da ja doch die auswärtige Politik, in der Sie stets auf mich zählen können — Pause macht."

„Pause?" fragte Graf Bismarck mit dem Ausbruck des Erstaunens, — „Pause die auswärtige Politik? — mir scheint, die Pause ist vorbei!"

Erstaunt und betroffen blickte Dr. Lasker auf.

Graf Bismarck schwieg einen Augenblick gedankenvoll.

„Mein lieber Doktor," sagte er dann, — „ich
glaube, die auswärtige Politik steht an einem Punkte,
der mir viel Sorge machen wird."

Mit höchster Spannung sagte Dr. Lasker: „Ich
weiß nicht, ob die Diskretion mir erlaubt, Eure Excellenz zu fragen, was in dieser anscheinend tiefen Ruhe
Ihnen Sorge machen kann?"

„Warum nicht?" sagte Graf Bismarck. — „Sehen
Sie, der König von Holland will Luxemburg an den
Kaiser Napoleon verkaufen."

Dr. Lasker machte fast einen Sprung.

„Und das wollen Eure Excellenz dulden?" rief er mit funkelnden Augen, — „Luxemburg ist deutsch, — deutsches Gebiet an Frankreich?!"

„Ich bin in einer eigenthümlichen Lage," sagte Graf Bismarck achselzuckend, indem sein klares graues Auge scharf zu dem erregten Gesichte des Deputirten herabblickte, — „Sie wissen, der deutsche Bund ist aufgehoben, die staatsrechtliche Seite der Frage ist dadurch ein wenig verwickelt geworden —"

„Was Staatsrecht!" rief Dr. Lasker zitternd vor Aufregung, — „dieß ist eine Frage des nationalen Rechtes, der nationalen Ehre Deutschlands —"

„Damit sie das würde," warf Graf Bismarck ein, — „müßte die Nation sprechen —"

„Und wenn sie spräche," rief Dr. Lasker, — „würden Eure Excellenz —"

„Wenn die Nation spricht," sagte Graf Bismarck mit leuchtendem Blick und metallischer Stimme, — „dann werde ich der Vollstrecker ihres Verdikts sein, so wahr ich hier vor Ihnen stehe, und wehe Dem, der sich dem Willen Deutschlands entgegenstellt!"

„Excellenz," rief Dr. Lasker, — „darf ich von dem Inhalt unserer Unterhaltung Gebrauch machen?"

„Warum nicht?" fragte Graf Bismarck.

„Am 1. April ist Ihr Geburtstag, Excellenz," sagte Dr. Lasker, indem er die Hand erhob, — „Sie sollen den einmüthigen Ausspruch des nationalen Willens als Geburtstagsgeschenk erhalten."

„Ein solches Geschenk wird mich seiner würdig finden," sagte Graf Bismarck.

Und freundlich grüßend wendete er sich zu einer Gruppe von Diplomaten, mit Jedem einige Worte wechselnd.

Dr. Lasker aber durcheilte den Saal, bald hier, bald dort einen seiner Bekannten zur Seite ziehend und eifrig mit ihm sprechend.

Bald bemerkte man überall eine außergewöhnliche Bewegung.

Gruppen bildeten sich in lebhaftem Gespräch, — die hervorragenderen Mitglieder der Parteien sahen sich umringt, — Bestürzung und Unruhe lag auf allen Gesichtern.

Bald theilte sich diese Bewegung den Diplomaten mit, — man drängte sich zum Grafen Bylandt, — welcher mit wenigen Worten die Nachricht bestätigte, die wie ein Lauffeuer durch die Säle zog. Die Vertreter der größeren Mächte traten an den Ministerpräsidenten heran, — er antwortete mit ruhigster Miene und leichtem Achselzucken auf ihre Fragen.

Aus einer Gruppe, welche sich um den Dr. Lasker gebildet hatte, trat Herr von Bennigsen und näherte sich dem Bundeskanzler.

Graf Bismarck, dessen scharfes Auge jede Nüance der im Saale entstandenen Bewegung verfolgte, trat ihm entgegen.

„Ich bitte um Verzeihung, Excellenz," sagte Herr von Bennigsen mit leicht zitternder Stimme, „daß ich Sie anrede, — aber die unerhörte Nachricht, welche hier die Runde macht —"

„Der Verkauf von Luxemburg?" warf Graf Bismarck leicht hin.

„Diese schmähliche Geschichte ist also wahr?" fragte Herr von Bennigsen.

„Es scheint etwas daran zu sein," sagte Graf Bismarck ruhig, — „ich sehe noch nicht klar —"

„Aber dazu kann, dazu darf," rief Herr von Bennigsen, — „die Nation, — der Reichstag nicht schweigen, — würden Eure Excellenz etwas gegen eine Interpellation im Reichstage zu erinnern haben?"

„Wie sollte ich?" erwiederte Graf Bismarck, — „je mehr Licht in diese Sache kommt, desto besser. — Selbstverständlich werde ich auf eine solche Interpellation nur antworten können, was ich weiß."

„Aber der Reichstag muß seinen Standpunkt,

seinen Willen klar aussprechen!" rief Herr von Ben=
nigsen.

„Und dieser Wille wird mir maßgebend sein!"
sagte Graf Bismarck.

Herr von Bennigsen verbeugte sich und bald ver=
ließen die Führer der Parteien die Säle.

„Es scheint, mein lieber General," sagte Graf
Wrangel an den Ministerpräsidenten herantretend, „daß
da eine Federsuchserei im Werk ist —"

„Der Kürassier ist auf dem Posten, Excellenz,"
erwiederte Graf Bismarck mit festem Ton, — „und
wenn es Noth thut, wird der Pallasch dazwischen
fahren."

Ruhig und still, mit glattem, lächelndem Gesicht
hatte Herr Benedetti die Bewegung verfolgt, welche den
Saal erfüllte. „Er ist ein furchtbarer Gegner!" flüsterte
er und glitt mit leichtem Schritt über das Parket zur
Ausgangsthüre hin.

Die Säle leerten sich immer mehr.

Graf Bismarck trat zu Herrn von Keudell.

„Lassen Sie morgen in allen Zeitungen eine Notiz
über die luxemburger Sache erscheinen, — einfach und
thatsächlich, — ohne alles Räsonnement, — äußerst
frieblich und in keiner Weise provozirend."

Herr von Keudell verneigte sich.

„Der Schneeball ist losgelöst," sprach der Minister=
präsident leise, — „warten wir ab, ob der schlaue Cäsar
es wagen wird, sich der rollenden Lawine des deutschen
Nationalwillens entgegenzustellen!"

Artig verabschiedete er sich von den letzten seiner
Gäste und schritt langsam seinen Gemächern zu.

———

Achtes Kapitel.

Es war um die Mittagsstunde des ersten April.

Der Graf von Bismarck hatte im Kreise seiner Familie die Glückwünsche zu seinem Geburtstage von den nächsten Freunden seines Hauses entgegengenommen und sich dann in sein Arbeitszimmer zurückgezogen, wo er mit großen Schritten auf und nieder ging.

Er überdachte die Erklärung, welche er heute in der Sitzung des Reichstages auf die bereits angekündigte Interpellation in Betreff der luxemburgischen Verhandlungen abgeben wollte.

Sinnend blieb er vor seinem Schreibtisch stehen.

„Die Geschichte Deutschlands und Europas steht vor einer großen Krisis," sprach er langsam, „und von dem Wort, das ich heute sprechen werde, hängt der Krieg oder der Frieden ab! — Man wird in Frankreich die Wendung verstehen, welche ich der Frage gegeben habe, — der Kaiser wird den hohen Ernst der Situation begreifen, — er wird begreifen, daß ich in

Betreff der Abtretung Luxemburgs nicht weichen will und werde; — wie ich ihn kenne, wird er nachdenken, überlegen — und zurückweichen, — freilich mit dem Hintergedanken, später auf seine Pläne wieder zurückzukommen. — Dazu aber ist es nöthig, daß ich ihm die Möglichkeit des Rückzugs lasse. Die Stimmung in Frankreich ist auf das Aeußerste erregt, wenn ich heute ein Wort spreche, das wie eine Provokation, wie ein Verbot gegen Frankreich klingt, das den Verkauf von Luxemburg an Frankreich als geschehen, als feststehend annimmt und von Frankreich einen Rückzug verlangt — ein Wort, wie es mir auf der Lippe liegt und wie ich es am liebsten spräche nach dem Gefühl meines Herzens., — dann würde der französische Nationalstolz aufwallen und der Kaiser würde wider seinen Willen gezwungen werden, den Krieg zu beginnen. — Den Krieg!" sprach er, wiederum langsam auf und nieder schreitend, — „den Krieg! — Ich habe ihn nicht zu fürchten, — ich bin überzeugt, — ich weiß es, daß wir siegen werden; — nicht nur ist Moltke sowie Roon aus militärischen Gründen dessen sicher — nein," — rief er mit leuchtendem Blick, — „ich fühle den Sieg Deutschlands in dem Kampf um deutschen Boden — alle diese trüben Wirrnisse, die jetzt langsam mit Vorsicht und diplomatischer Kunst der Lösung entgegengeführt werden

müssen, — sie würden verschwinden vor dem großen
nationalen Athemzug des deutschen Volks, vor dem ein=
stimmigen Kriegsruf, der die Oriflamme des deutschen
Heerbannes begrüßen würde. Mit einem Schlag könnte
ich das leuchtende Ziel meiner Gedanken erreichen —
das geeinigte Reich der deutschen Nation erstehen lassen,
wenn ich jetzt den Handschuh hinwerfe, — oder viel=
mehr wenn ich ihn aufnehme, der mir bereits hinge=
worfen ist!"

Er stand still und blickte nachdenkend zu Boden.
Tiefer Ernst legte sich auf seine bewegten Züge.

„Aber," sprach er dumpf, — „wenn ich jetzt den
Krieg entfessele, wenn ich der Versuchung weiche, die
Hand auszustrecken nach dem lockenden Kranze des
Sieges, — so gilt es nicht einen Kampf, dessen Lei=
den und Opfer in einigen Jahren vergessen werden, —
nein — es gilt die Eröffnung einer fünfzigjährigen
Aera des permanenten Kriegszustandes. Wir werden
Frankreich besiegen, niederwerfen sogar, — aber das
besiegte und niedergeworfene Frankreich wird den Durst
nach Rache in seinem Herzen behalten und jede Ge=
legenheit ergreifen, um den Kampf von Neuem wieder
aufzunehmen, um das verlorne Prestige wiederzugewin=
nen, und der Friede, der diesem Kriege folgen wird,
wird ein Friede sein, der die Hand am Schwert hal=

ten und sich vom Kopf zu den Füßen in eherne Kriegs=
rüstung hüllen muß! — Und dann —" fuhr er fort, —
„die Niederlage Frankreichs ist der Sturz des Kaiser=
reichs — und was wird ihm folgen? — die rothe Re=
publik oder der Kampf der Parteien, — die Gährung,
— die Auflösung. — Das gährende, kochende Frank=
reich aber, das ist die stete Unruhe Europas — das
ist die stete Drohung der Staats= und Gesellschafts=
ordnung! — Nein," rief er mit fester Stimme, — „ich
darf der Versuchung nicht weichen — ich will der Vor=
sehung nicht vorgreifen. Ich entsage dem lockenden
Reiz, durch ein kühnes und rasches Vorgehen alle Kno=
ten der Gegenwart zu durchschlagen, — ich will warten,
in Ergebung warten auf die Führung Gottes, — wenn
es nach seinen Rathschlüssen geschehen kann, daß mein
großes Werk sich in friedlicher Entwickelung vollziehe
ohne das Blut und Elend langer Kriege, so will ich
die verderbliche Flamme nicht entzünden, so lange es
anders noch möglich ist, — und sollte auch meine Hand
dieß Werk nicht mehr krönen — sollte auch mein Auge
seine Vollendung nicht mehr schauen."

Sein klares Auge blickte ruhig in fast weichem
Ausdruck aufwärts.

„Diese holländische Indiskretion," fuhr er nach
einigen Augenblicken fort, — „erlaubt mir so zu spre=

chen, daß der Friede erhalten bleiben kann, — daß man in Frankreich ohne Demüthigung zurückgehen kann, — wenn man die Situation begreifen und den Wink ver=stehen, das Halt! hören will, das ich ihnen zurufe. Ich kann im Reichstage mit gutem Gewissen sagen, daß ich von den Verhandlungen Frankreichs mit Luxemburg nichts weiß, — denn ich weiß in der That offiziell nichts davon, — Benedetti hat mir keine Mittheilung darüber machen wollen oder können, — man hat volle Gelegenheit, einen äußerlich ehrenvollen Rückzug anzu=treten. Noch ist der Kaiser nicht engagirt, — ich bin überzeugt, er wird es nicht zum Aeußersten treiben wollen."

Er trat an seinen Schreibtisch, ergriff ein Blatt Papier, auf welchem einige Notizen von seiner Hand verzeichnet standen, und las dasselbe aufmerksam, leicht die Lippen bewegend, durch.

„So ist es gut," sagte er, — „das zeigt den festen Willen und engagirt doch noch nicht, — verletzt nach keiner Seite."

Er blickte auf die Uhr.

„Es ist Zeit," sagte er, — „ich will pünktlich im Reichstag sein, um die Interpellation sogleich zu erledigen."

Er ergriff die Militärmütze mit dem gelben Rand und seine Handschuhe.

Sein Kammerdiener trat in das Kabinet.

„Der französische Botschafter bittet Eure Excellenz, ihn zu empfangen."

Graf Bismarck blickte betroffen zu Boden.

„Sollte es zu spät sein?" flüsterte er.

„Ich komme," sagte er dann laut und schritt durch die Thür, deren Flügel der Kammerdiener offen hielt, in den großen Vorsaal, in welchen Herr Benedetti bereits eingetreten war.

Der Botschafter Napoleon's III. in schwarzem Morgenanzug mit der Rosette der Ehrenlegion trat dem Ministerpräsidenten entgegen. Auf seinem glatten Gesicht lag das gewöhnliche höflich verbindliche Lächeln.

Graf Bismarck reichte ihm die Hand und sagte, bevor Herr Benedetti ihn anreden konnte, in gleichgültig ruhigem, artigem Ton:

„Sie sehen mich im Begriff, mein lieber Botschafter, zur Sitzung des Reichstags zu gehen, dessen Eröffnung ich heute nicht versäumen darf, — wenn daher keine besonders dringliche und eilige Angelegenheit den Gegenstand der Unterhaltung bilden soll, mit welcher Sie mich beehren wollen, — so möchte ich Sie bitten, dieselbe auf eine andere Stunde zu verschieben, wo wir mit Muße plaudern können."

In den Zügen des Botschafters zeigte sich eine leichte Verlegenheit.

„Ich will Ihre Zeit jetzt durch keine lange Unterredung in Anspruch nehmen, Herr Graf," sagte er, — „wir werden ja im Laufe des Tages dazu noch Gelegenheit finden können, — nur möchte ich mich des Auftrages entledigen, Ihnen eine Depesche zu übergeben, die ich so eben erhalten."

Und er zog ein Papier aus der Tasche seines Rockes.

Graf Bismarck blickte ihn ernst an, — er streckte die Hand nicht aus, das Papier in Empfang zu nehmen.

„Und was enthält die Depesche?" fragte er ruhig.

„Die Erklärung meiner Regierung in Betreff der luxemburgischen Verhandlungen," erwiederte Benedetti.

„Mein lieber Botschafter," sagte der Graf, einen Blick auf die Uhr werfend, — „es ist in der That die höchste Zeit für mich, zur Reichstagssitzung zu gehen, — wollen Sie mich begleiten, — wir können ja unterwegs noch sprechen, — Sie verzeihen meine Eile — aber Sie werden meine parlamentarischen Pflichten begreifen."

Ein wenig erstaunt, verneigte sich Herr Benedetti leicht und schickte sich an, den Grafen zu begleiten, der mit artiger Handbewegung den Botschafter voranschreiten ließ und ihm durch die Ausgangsthür folgte. Sie

stiegen die Treppe hinab und gingen nach dem Durch=
gang, welcher durch die Gärten hinter dem Radziwill'=
schen Palais vorbei nach der Leipzigerstraße führt.

Benedetti wartete schweigend auf die Anrede des
Grafen Bismarck.

„Mein lieber Botschafter," sagte dieser, als sie sich
in dem Gartendurchgang befanden, „ich gehe so eben in
den Reichstag, um die Interpellation zu beantworten,
welche, wie Sie wissen, dort wegen der luxemburger
Angelegenheit heute gestellt werden wird."

„Um so mehr möchte ich bitten —" sagte Benedetti,
abermals das Papier aus seiner Tasche hervorziehend.

„Erlauben Sie," unterbrach ihn Graf Bismarck
mit leicht abwehrender Handbewegung, „Ihnen zu sagen,
was ich auf diese Interpellation antworten werde."

Erwartungsvoll blickte Benedetti zu dem Grafen
empor.

„Ich werde sagen," fuhr der Ministerpräsident
fort, jedes Wort scharf betonend, — „daß die preu=
ßische Regierung die Empfindlichkeit der französischen
Nation, — soweit dieß mit ihrer eigenen
Ehre vereinbar, — auf das Aeußerste zu schonen
bestrebt sei, und daß auch in dieser Frage die
gerechte Würdigung des Einflusses maßgebend sei,
welchen die friedlichen und freundlichen Beziehungen zu

einem mächtigen und ebenbürtigen Nachbarvolke auf die
Entwicklung der deutschen Angelegenheiten ausüben muß."

Benedetti neigte leicht den Kopf. Sein Gesicht
zeigte den Ausdruck erwartungsvoller Spannung.

„Ich werde ferner erklären," fuhr Graf Bismarck
in demselben ruhigen und festen Tone fort, — „die
Staatsregierung habe keinen Anlaß, anzunehmen, daß
ein Abschluß über das künftige Schicksal des Groß=
herzogthums bereits erfolgt sei, — ich werde erklären,
die verbündeten Regierungen glauben, daß keine fremde
Macht zweifellose Rechte deutscher Staaten und deutscher
Bevölkerungen zu beeinträchtigen gesonnen sein könne,
— ich werde mich daher enthalten, auf die bestimmte
Frage der Interpellation mit Ja oder Nein zu ant=
worten, und die feste Zuversicht aussprechen, daß die
Rechte Deutschlands werden gewahrt werden auf dem
Wege friedlicher Verhandlungen und ohne Gefährdung
der freundschaftlichen Beziehungen, in denen sich Deutsch=
land bisher mit seinen Nachbarn befunden."

Benedetti hatte, während der Ministerpräsident
sprach, mehrmals nachdenklich auf das Papier in seiner
Hand geblickt.

„Herr Graf —" sagte er.

„Sie begreifen," fuhr Graf Bismarck, ihn aber=
mals in höflichstem Tone unterbrechend, fort, — „daß

nach dieser Erklärung, wie ich sie abgeben will, die freundschaftlichste Verständigung über die ganze Frage nach allen Seiten offen bleibt, — der Kaiser wird Gelegenheit haben, über die Angelegenheit — und ihre Konsequenzen," fügte er mit Betonung hinzu — „nachzudenken, ohne durch die aufgeregte öffentliche Meinung Frankreichs beunruhigt zu werden, — und ich zweifle nicht, daß bei den Gesinnungen, welche für Ihre Regierung eben so maßgebend sein müssen, wie sie mich beseelen, — dieser ganze Zwischenfall sich eben so leicht als freundlich erledigen lassen wird."

„Gewiß, gewiß, lieber Graf," sagte Herr Benedetti, — „aber — mein Gott — diese Depesche, welche über den Abschluß des Vertrages —"

Sie waren an das Ende des Durchganges gekommen.

Graf Bismarck blieb stehen und sah den Botschafter, der das Papier in seiner Hand hin und her drehte, starr an.

„Sie werden aber auch begreifen," sagte er mit metallisch klingender Stimme, „daß ich jene Erklärung nicht abgeben kann, wenn ich eine Depesche empfangen habe, welche mir nicht erlaubt, mit gutem Gewissen zu versichern, daß ich über den Abschluß eines Vertrages nichts wisse —"

„Mein Gott, Herr Graf," rief Benedetti, — „diese

Depesche, — lesen Sie wenigstens" — und er hielt
dem Grafen das Papier hin.

Abermals streckte der Ministerpräsident abwehrend
die Hand aus.

„Sie begreifen," sagte er kalt und ruhig, — „daß
wenn ich von dem Abschluß eines solchen Vertrages
etwas weiß, — ich dieß nicht verschweigen kann, —
und dann," fuhr er fort, sich hoch aufrichtend und den
schneidigen Blick seines klaren Auges auf den Bot=
schafter herabsenkend, — „dann muß ich und werde
ich hinzusetzen, daß die Ausführung eines solchen Ver=
trages nicht zugelassen werden wird, so lange das
deutsche Volk in Waffen gegürtet an den nationalen
Grenzen auf der Wacht steht!"

Die schmächtige Gestalt des Botschafters bog sich
in sich zusammen. Die sonst so gleichgültigen Züge
seines Gesichts arbeiteten in heftiger Erregung —
schlaff hing sein Arm mit dem verhängnißvollen Papier
herab.

„Nach einer solchen Erklärung aber," sagte Graf
Bismarck, — „würden die zornig entflammten Gefühle
beider Nationen sich gegenüber stehen, und welche
Möglichkeit bliebe dann der Diplomatie, den Gang der
Ereignisse zu beherrschen? — Eine solche Erklärung,"
fuhr er fort, — „wäre fast der Krieg — den ich nicht

will, — ebensowenig wie nach meiner Ueberzeugung
der Kaiser!"

„Wahr — wahr!" rief Benedetti, indem er in
heftiger Bewegung einige Schritte hin und her that,
während der Blick des Grafen Bismarck stolz und fest
auf ihm ruhte. — „O mein Gott, mein Gott, welche
Verantwortung, welche entsetzliche Verantwortung! Kann
ich eine Depesche, die ich offiziell erhalten, um sie zu über=
geben, unterdrücken? — Können Sie mir rathen — —"

„Ihnen einen Rath zu geben, habe ich nicht das
Recht," sagte Graf Bismarck, — „ich habe Ihnen ein=
fach gesagt, was ich erklären werde bei dem mir jetzt
bekannten Stande der Sache — und, was ich erklären
müßte, wenn ich auf offiziellem Wege anders als bis=
her über das Sachverhältniß unterrichtet würde. An
Ihnen ist es, zu thun, was Sie für die höhere Pflicht
gegen Ihren Kaiser und Ihr Land halten!"

Benedetti ging unruhig hin und her. In tiefen
Athemzügen arbeitete seine Brust — er zerknitterte
fast das Papier in seinen Händen.

„Es ist eine furchtbare Lage!" rief er, — „ich wage
meine Stellung — meine Zukunft!" rief er, — „eine
Depesche zu unterdrücken — das ist beinahe unmöglich
— wenn der Kaiser —"

„Mein lieber Botschafter," sagte Graf Bismarck

in ruhigem Tone, indem er einen Blick auf seine Uhr
warf, — „ich habe in der That keinen Augenblick mehr
zu verlieren, die Sitzung muß schon begonnen haben
— und ich möchte Sie bitten, mich nun nicht länger
zu begleiten, denn ich bedarf der Augenblicke, welche
mir die wenigen Schritte bis zum Reichstag noch übrig
lassen, um mich zu sammeln. — Erlauben Sie mir
daher nun die bestimmte Frage: „Uebergeben Sie mir
eine Depesche? Ja oder Nein?"

Benedetti stand einige Augenblicke schweigend in
mächtigem innerem Kampf, die Augen zu Boden ge=
senkt, mit zitternden Lippen. Graf Bismarck machte
eine leichte Wendung zum Ausgang des Durchganges.

„Ich nehme sie zurück," sagte Benedetti tonlos
und steckte das zerknitterte Papier wieder in seine Tasche.

Ein heller Strahl erleuchtete das Auge des Grafen
Bismarck.

„Es ist gesagt!" sprach er ernst, — „ein Wort
bleibt ein Wort!"

„Ich muß die Verantwortung tragen," flüsterte
Benedetti mit zitternder Stimme, und rasch die artig
dargebotene Hand des Ministerpräsidenten drückend,
wendete er sich und eilte gedankenvoll mit fast schwan=
kenden Schritten die Leipzigerstraße hinab.

Graf Bismarck aber ging langsam in militärisch

fester Haltung dem Reichstagsgebäude zu, freundlich
die Grüße der Vorübergehenden erwiedernd, denn jetzt
blieben sie stehen und blickten ihm nach voll Be=
wunderung und sympathischer Theilnahme, diese guten
Berliner, die früher für ihn nur Blicke voll Zorn und
Unmuth hatten. Der feudale Junker, der Anstifter
aller Unruhe und alles Unheils, der Preußen herauf=
geführt hatte an die Spitze Deutschlands, begann vor
ihren Augen emporzuwachsen zu dem mächtigen Erbauer
des neu sich einenden Reichs, und der Hauch der
Zukunft begann die Herzen zu erfüllen mit seinem
mächtigen Wehen.

„Vielleicht habe ich in diesem Augenblick den Frie=
den der Welt erhalten," sprach Graf Bismarck leise
und sinnend vor sich hin, als er die wenigen Stufen
zum Eingang des damaligen Sitzungsgebäudes des
Reichstags emporstieg. — „Ruhm und schnelle Vollendung
meiner Lebensaufgabe konnte der Krieg bringen, —
aber die Erhaltung von tausend und abertausend
Menschenleben ist wohl des Wartens werth. Gott
möge die Eiche der deutschen Macht und Herrlichkeit
erwachsen lassen, wenn es möglich ist, ohne daß sie ge=
düngt werden darf mit neuen Strömen von Blut und
Thränen!"

————

Neuntes Kapitel.

In einem freundlichen und geräumigen Hause am Friedrichswall, jener breiten Avenue, welche, vom alten Schlosse in Hannover ausgehend, an den schönen sogenannten Maschwiesen hinführt, — an einer Seite nur bebaut und an der andern von einer prachtvollen Allee alter Bäume begrenzt, — wohnte der Oberamtmann von Wendenstein, welcher mit ehrenvollem Abschied aus dem Staatsdienst den alten Amtssitz zu Blechow im Wendlande verlassen und sich in Hannover etablirt hatte. Frau von Wendenstein war noch stiller und ernster als früher, — ein wehmüthiger Zug lag auf ihrem Gesicht, — aber die sanft schmerzliche Erinnerung an das alte, kühle, hallende Haus in Blechow hinderte sie nicht, die neue vorläufige Heimat in Hannover mit liebevoller Sorglichkeit für die Ihrigen zu ordnen und zu schmücken.

Hatte sie doch alle ihre Lieben um sich, — war doch ihr Sohn gerettet und vollständig zu neuem, kräf=

tigem Leben genesen, — sollte doch bald durch ihn eine
neue Häuslichkeit erblühen, — mochten da die Ereig=
nisse der Welt noch so schmerzlich für sie sich gestal=
ten, — ihr Leben lag im Hause, und mit stiller Hoff=
nung und Freude bereitete sie Alles vor, um bemnächst
dem geliebten Sohn die heimatliche Häuslichkeit zu
gründen.

Der Oberamtmann ging ernst und schweigend ein=
her. Er gehörte der alten Zeit an, welche er seit lange
um sich her zerbröckeln — und dann in der gewaltigen,
welterschütternden Katastrophe zusammenbrechen gesehen
hatte, — er liebte die eigenartige Selbstständigkeit seines
hannöverischen Landes, schmerzlich berührte es ihn, die
neue Herrschaft zu sehen im Lande der Fürsten, denen
seine Väter gedient hatten, — aber sein klarer, prak=
tischer und verständiger Geist hielt ihn fern von jenen
bemonstrativen Aeußerungen des Unmuths, von jenem
passiven agitatorischen Widerstand, welchen ein Theil
des Volkes und ein großer Theil seiner Standesgenossen
dem preußischen Regimente entgegensetzte. Er sah die
neue Zeit und verstand sie, ohne sie lieben zu können,
— so lebte er ziemlich allein, — zurückgezogen im
Kreise seiner Familie; — von der neuen um die preu=
ßischen Elemente gebildeten Gesellschaft entfernte ihn
sein Herz und sein Stolz — von den sogenannten wel=

fischen Patrioten hielt ihn sein klarer und ruhiger Verstand zurück.

Der Lieutenant war vollständig genesen. In der
Blüte kräftiger Gesundheit schimmerten wieder seine
Wangen, und seine lange Krankheit hatte nur einen
tieferen, sinnigen Ernst in dem Blick seines Auges
hinterlassen. Schwerer als seinem Vater war es ihm
geworden, seine Stellung zu den neuen Verhältnissen
zu nehmen, — im täglichen Umgang mit seinen Kameraden und Freunden, den Offizieren der früheren hannöverischen Armee, lebte er in einer Sphäre des brennenden, mit jugendlicher Lebhaftigkeit erfaßten und idea-
lisirten Schmerzes um die Vergangenheit, der ja auch
sein ganzes Herz mit allen seinen Fasern angehörte.

Der König Georg hatte allen Offizieren erklären
lassen, daß sie auf ihren Wunsch und Antrag sofort
den Abschied erhalten würden — die Wohlhabenden
hatten diesen Abschied nicht genommen, oder waren doch
nicht in preußische Dienste getreten, eine große Anzahl von jungen Leuten, welche weder die Mittel zu
selbstständiger Existenz noch die Ausbildung zu irgend
einem andern Lebensberuf besaßen, hatten die Verhältnisse und ihre Nothwendigkeit angenommen.

Während die Kämpfe, welche die Nothwendigkeit
dieser Entschlüsse bedingten, nicht nur die Kreise der

jüngeren Offiziere, sondern auch deren Familien lebhaft
bewegten und aufregten, hatte der Hauptmann von
Abelebsen alle jüngeren Offiziere, die noch nicht in der
preußischen Armee Dienste genommen, zu einer Ver=
sammlung berufen. Dort hatte er ihnen ein Schreiben
des Königs aus Hietzing vorgelesen und gezeigt, in
welchem derselbe die Hoffnung ausdrückte, daß alle Offi=
ziere sich seiner Sache erhalten möchten, und zugleich
das Versprechen gab, daß Jeder eine Jahreseinnahme
von fünfhundert Thalern beziehen solle, sei es durch
Ergänzung der eigenen Mittel, sei es durch vollständige
Zahlung aus der Kasse des Königs. Die Offiziere
sollten ruhig im Lande leben und der Befehle des Kö=
nigs gewärtig sein, welche ihnen durch dazu bestimmte
Vertrauenspersonen zugehen würden.

Diese Botschaft des Königs hatte neue große Auf=
regung und beängstigende Zweifel in die Seelen dieser
armen jungen Leute geworfen, welche so hart und schwer
unter den mächtig daherrollenden Ereignissen zu leiden
hatten. — Viele waren der Aufforderung des Königs
gefolgt und hatten opfermuthig das gefahrvolle, traurige
Leben auf sich genommen, zu welchem das Festhalten
an dem, dem Könige Georg geleisteten Fahneneide sie
verurtheilte, sie hatten es auf sich genommen, ein Leben
von Verschwörern zu führen, immer unter der Strafe

des Hochverraths stehend, ausgesetzt allen Gefahren, — ohne die Ehren und den Ruhm, den der frische, fröhliche Kampf dem Soldaten bringt.

In tiefer Bewegung und lebhaftem inneren Kampf war der Lieutenant von Wendenstein aus jener Versammlung seiner Kameraden heimgekehrt. Sein Herz zog ihn auf die Seite Derjenigen, welche den dornenvollen Dienst von Verschwörern und Agitatoren für ihren bisherigen König und Kriegsherrn auf sich zu nehmen entschlossen waren — nicht die persönliche Gefahr, aber der Gedanke an seine Zukunft, an die Heimat, welche er begründen wollte, machte ihn zittern. Durfte er die Geliebte, welche ihr Leben an das seine gebunden, welche von ihm Schutz und Halt erwarten mußte, den Zufällen und Fährnissen eines solchen Lebens aussetzen?

Lange war er sinnend im Kampf widersprechender Gedanken und Empfindungen umhergegangen, — dann war er mit allem Vertrauen des Sohnes, mit aller Ehrfurcht des Jünglings vor dem alten, in ehrenfestem Leben bewährten Manne, zu seinem Vater gegangen und hatte ihm die Botschaft des Königs und die Kämpfe seines Herzens mitgetheilt, ihm die Entscheidung anheimstellend.

Ernst und still ging der alte Oberamtmann auf

und nieder, den Blick des treuen, klugen Auges zu Boden gesenkt.

Dann blieb er vor seinem Sohne stehen, blickte ihm voll und frei in's Gesicht und sprach mit milder, ruhiger Stimme:

„Ich danke Dir, daß Dein Vertrauen Dich zu mir geführt. — Du verlangst meine Entscheidung — ich kann sie Dir nicht geben. Ich habe meine Söhne erzogen, Männer zu sein — und in Konflikten, wie sie unsere Zeit bringt, muß der Mann der eigenen Stimme folgen, fest und unbeirrt. — Aber," fuhr er fort, indem er die Hand sanft auf die Schulter seines Sohnes legte, — „meinen Rath und meine Ansicht bin ich dem Sohne, — dem Jüngling schuldig, und ich will Dir sagen, was ich denke — frei von allen persönlichen Rücksichten, allein der Stimme der Ehre und des Gewissens folgend, — ohne daran zu denken, wie nahe Deine Entschlüsse auch mich berühren. — Wenn Du," fuhr er langsam und ruhig fort, — „jetzt mit Deinem Eide an die Fahne des Königs gefesselt bleibst, so darfst Du nicht vergessen, daß diese Fahne fortan nicht mehr diejenige der äußeren Ehre, — sondern diejenige der Empörung gegen die von Europa anerkannte Obrigkeit ist, — daß die Gefahr, der Du entgegengehst, nicht mehr der Tod auf dem Schlachtfeld ist, — sondern der

Kerker, das Zuchthaus, vielleicht das Schaffot. Der
Schlaf wird Deine Nächte fliehen, — Sorge und Angst
werden Deine Begleiter sein. — Doch davon will ich
nicht sprechen, — ich weiß," sagte er mit festem und
stolzem Ton, „daß mein Sohn keine Gefahr scheut, —
sie möge Namen haben, welche sie wolle — wenn er
ihr auf einem Wege begegnet, den seine Ehre und seine
beschworene Pflicht ihm zu gehen vorschreiben. — Aber
eine andere, eine größere Gefahr ist da. Stellst Du
Dich dem Könige zur unbedingten Verfügung, — so
darfst Du nicht vergessen, daß der unglückliche Herr
heute nicht mehr auf dem von Gesetzen und Landesrechten
umgebenen Throne sitzt, von welchem herab er nur Befehle geben kann, welche mit den Gesetzen und Rechten des
Landes übereinstimmen. Gibst Du Dich ihm jetzt zu
eigen mit dem höchsten und heiligsten Bande, das die
Erde kennt, dem Fahneneide des Offiziers, — so ist er
Dein absoluter Herr, — und kennst Du seine Umgebung, kennst Du Diejenigen, welche ohne verfassungs-
mäßige Verantwortlichkeit — und ohne persönliche Gefahr ihm rathend zur Seite stehen? Weißt Du, welche
Befehle Du erhalten kannst, kannst Du das Ende des
Weges übersehen, wenn Du den ersten Schritt thust?
Kannst Du wissen, ob nicht ein Augenblick kommt, in
welchem Dein Eid auf der einen Seite und Deine

Ehre, Dein Gewissen, Dein deutsches Blut," sagte er
mit Betonung, — „auf der andern Dich in einen furcht=
baren Zwiespalt führen können? — Und dann," fuhr
er fort, — „stehst Du nicht allein. Helene, ich weiß
es, wird Dich nicht mit einem Wort, nicht mit einem
Blick zurückhalten von dem Entschlusse, der Dir der
rechte scheinen würde, — aber ihr Herz wird vergehen
in der ewigen Sorge und Angst eines Lebens, das Dich
zum Geächteten macht!"

Der Lieutenant sah traurig zu Boden.

„Helene, arme Helene!" sagte er, die Hände faltend,
— „aber meine Kameraden, — der König!" flüsterte er.

Der Oberamtmann sah ihn lange an.

„Der König," sagte er dann, „glaubt an einen
Kampf für sein Recht, — er glaubt an eine Wieder=
gewinnung seines Thrones, — und Deine Kameraden,
welche sich ihm zur Verfügung stellen wollen, theilen
diesen Glauben. — Ich theile ihn nicht!" fuhr er nach
einer Pause fort, — „denn ich sehe in dem Charakter
des Königs und in seiner bisherigen Haltung Nichts,
was in einem so ungeheuren Kampf Erfolg versprechen
könnte, — es wird die moralische Wiederholung des
Feldzuges vom vorigen Jahre werden, — unglaubliche
Hin= und Herzüge, Aufopferung heldenmüthiger Hin=
gebung, — stetes Versäumen der richtigen Mittel und

der richtigen Augenblicke — und endlich ein trauriges
Ende in selbstgeschaffener Sackgasse, bei welchem den
einzigen schmerzlichen Ruhm die Opfer haben werden.
— Sieh, mein Sohn," fuhr der alte Herr fort, —
„das Unternehmen eines Fürsten, welcher allein mit
seinem Recht und mit wenigen Getreuen dasteht, — und
welcher so gegen eine Macht, vor welcher die Groß=
staaten Europas zittern, in den Kampf tritt für sein
Recht, das er nicht aufgeben will — hat etwas so Hel=
denhaftes, mächtig Ergreifendes, daß ich, der alte Mann,
welcher gelernt hat, seine Gefühle durch Vorsicht und
Erfahrung leiten zu lassen, - davon hingerissen wer=
den könnte. Allein — ich müßte die Möglichkeit eines
Sieges, — eines ehrenvollen Friedens, - oder eines
großen, ruhmvollen Unterganges sehen. - Eine solche
Möglichkeit aber sehe ich nicht. - Um zu siegen, —
oder um durch ehrenvollen Friedensschluß das verlorene
Recht ganz oder theilweise wieder zur Geltung zu brin=
gen — müßte der König sich furchtbar und mächtig
machen, — er müßte sich an die Spitze aller Ideen
stellen, welche in Deutschland der preußischen Herrschaft
widerstreben, damit, wenn sich je eine Bewegung gegen
dieselbe erhebt, — er von dieser Bewegung emporgetra=
gen werde, — er müßte die Möglichkeit schaffen, auch
den Kern einer von mächtigem Gedanken durchströmten

Armee bilden zu können, wenn es Noth thut, — um
dann, wenn irgend eine Erschütterung Europas die Ge=
legenheit bietet, — sein Recht zu reklamiren und es
durch Kampf oder Vertrag geltend zu machen. Dazu
fehlt aber in den bisherigen Manövern, soweit ich sie
sehe, Alles! Ueberall dasselbe schwächliche, zweideutige
Spiel, — man protestirt gegen die Annexion und möchte
doch die Domänen unter der preußischen Herrschaft be=
halten, — man will kämpfen und sieht ruhig zu, wie
die nach London geretteten Papiere, zu deren Verkauf
man so lange Zeit hatte, amortisirt werden, — überall
Negation statt der Handlungen, — der König weiß zu
befehlen, aber er versteht nicht zu herrschen! — Ich
habe hier Manches gelernt und gesehen," fuhr der alte
Herr nach einigen Schritten durch das Zimmer fort,
„das mir in der ruhigen und zurückgezogenen Thätig=
keit in Blechow verborgen geblieben war, — und ich
muß es sagen, was ich von dem Treiben in Hietzing
höre — gefällt mir nicht und flößt mir wenig Ver=
trauen ein. Der General von Knesebeck hat mir Trau=
riges mitgetheilt. Ihn hat der König unglaublich
schnöde behandelt, — ebenso ist der alte General von
Brandis fortgeschickt, — und die Personen, welche sich
hier als Vertreter des welfischen Patriotismus geriren,
in wohlfeilen Demonstrationen durch gelbweiße Kra=

vatten und gelegentliche gelbweiße Fähnchen, — glaubst
Du, daß sie die Leute sind, um im großen geistigen
und politischen Kampf Erfolge zu erringen? Mit einem
Wort — ich sehe nichts vorher, — als ruhmlose Ge=
fahren, — verfehltes Streben — und ein klägliches
Ende. Dieß ist meine Ansicht. — Doch," fuhr er fort,
— „Deinen Entschluß mußt Du selbst fassen, — und,"
fügte er mit warmem Blick hinzu, — „welchen Weg
Du auch erwählen magst, Du wirst ihn mit Ehren
gehen, — und mein Segen wird mit Dir sein."

Lange stand der junge Mann in schweigendem
Nachdenken.

„Ich bleibe hier!" sagte er dann, seinem Vater
die Hand reichend, welche dieser herzlich schüttelte. —
„Ich werde meinen Kameraden meinen Entschluß mit=
theilen, — ich will mich nicht heimlich zurückziehen, —
sollte jemals ein Augenblick kommen, in welchem der
König mit Aussicht auf Erfolg und unter günstigen
und ehrenvollen Umständen sein Recht im Felde wieder=
zuerobern versteht, — so bin ich da und werde dann
bei einem Aufruf nicht fehlen. Für jetzt werde ich meinen
Abschied nehmen."

Und erleichtert durch diesen Entschluß seufzte der junge
Mann auf, ein heiteres Lächeln erleuchtete sein Gesicht.

„Hast Du Bergenhof genau geprüft?" fragte sein

Vater nach einer Pause, — „Haus und Hofgebäude
haben mir wohl gefallen —"

„Ich habe Alles auf das Genaueste angesehen,
Boden und Kultur sind gut, — ich glaube, daß der
Preis angemessen ist," erwiederte der junge Mann.

„So laß uns in diesen Tagen noch einmal hin=
gehen," sagte der Oberamtmann, „und dann wollen
wir abschließen, — mich drängt es, wieder eine wahre,
wirkliche Heimat zu haben, — und dann — kannst
Du ja bald Deine junge Hausfrau heimführen," fügte
er freundlich hinzu und nahm den Arm seines Sohnes,
um seinen vom Podagra etwas schwerfällig gewordenen
Gang zu unterstützen.

Beide verließen das Zimmer des Oberamtmanns,
um sich in den Salon der Damen zu begeben.

Fast ähnlich waren die Zimmer der Frau von
Wendenstein in dem gemietheten Hause zu Hannover
den Räumen im alten Hause zu Blechow. Es waren
zum Theil dieselben alten Möbel, es war überall die=
selbe stille, einfache, saubere Traulichkeit, welche die
sanft waltende Hand der alten Dame um sich her ge=
schaffen hatte.

Helene war gekommen, um Einkäufe für ihre Aus=
stattung zu machen, und in diesem stillen Familienkreise
blühte inmitten der großen Katastrophe, welche die Welt

aus den Fugen riß, ein friebliches, selbstgenügendes
Glück auf, das nur leicht beschattet wurde von den
Wolken der Zeit.

Frau von Wendenstein saß in ihrem Lehnstuhl,
— freundlich lächelnd blickte sie auf die jungen Mäd=
chen, welche verschiedene vor ihnen liegende Stoffe mu=
sterten.

Mit innigem Ausdruck blickte Frau von Wenden=
stein auf ihre künftige Schwiegertochter, deren sinnende
Augen mehr inneren Bildern zu folgen schienen, als die
vor ihr ausgebreiteten Muster zu betrachten. Das
junge Mädchen war schöner als früher, ein Licht reinen
Glücks verklärte ihre zarten Züge mit duftigem Hauch,
— aber es war nicht das lachende Glück des frischen,
fröhlichen Augenblicks, — es war ein träumender Aus=
druck sinnigen Seelenlebens, der in wunderbarem Glanz
aus den klaren Tiefen ihres Auges heraufschimmerte.

Der Oberamtmann mit seinem Sohne trat ein.

Ein flüchtiges Roth überzog Helenens Wangen.
Der Lieutenant führte seinen Vater zu einem Lehnstuhl
neben seiner Mutter und küßte dann zärtlich und innig
die Hand seiner Braut, welche mit strahlendem Blick
zu ihm aufschaute.

„Nun," sagte der Oberamtmann mit heiterem Lä=
cheln, — „ich hoffe, wir werden bald mit unseren

Vorbereitungen fertig fein, — beeilt alfo bie euren, —
ich ftehe in Unterhanblung wegen bes Gutes Bergen=
hof, — nicht zu weit von unferer alten Heimat in
Blechow unb von unferem Freunbe Berger, — fobalb
ich abgefchloffen, wollen wir ben Kinbern ba ihr Neft
bauen."

Erröthenb fenkte Helene bas Haupt.

„Wir werben fertig fein," fagte Frau von Wen=
benftein mit einem leichten Anklang milben Selbft=
bewußtfeins, „Du weißt ja, baß ich gewöhnt bin, mei=
nen pünktlichen Herrn Gemahl niemals warten zu laf=
fen," fügte fie lächelnb hinzu.

„Zuweilen auch ihn zu übertreffen unb mit ihm
zu fchmollen, wenn er nicht zur rechten Zeit fertig ift,"
lachte ber Oberamtmann.

Der alte Diener öffnete bie Thüre unb melbete:
„Der Herr Kanbibat Behrmann."

Der Oberamtmann ftanb auf unb ftreckte bem ein=
tretenben Kanbibaten bie Hanb entgegen, ber fie mit
tiefer Verneigung ehrerbietig ergriff unb bann bie Da=
men unb ben Lieutenant begrüßte.

Nichts war veränbert in bem Aeußern bes jungen
Geiftlichen. Sein einfacher fchwarzer Anzug war eben
fo fauber unb glatt als bie Züge feines ruhigen Ge=
fichts, — bie niebergefenkten Augenliber unb bie würbe=

volle Bescheidenheit seiner Haltung vereinigten sich zu
einem Ausdruck geistlicher Ruhe und Zurückhaltung.

„Ich komme nach Hannover," sagte er mit leiser,
salbungsvoller Stimme, „um mir meine Ernennung zum
Abjunkten meines Oheims bestätigen zu lassen, welche
in der Unruhe des vorigen Jahres noch nicht definitiv
ausgefertigt wurde und bis jetzt immer im Zustande des
Provisoriums erhalten ist. — Es ist traurig für mich,"
fuhr er fort, „mit den Behörden der neuen Herrschaft
verhandeln zu müssen, — aber der Wunsch meines Oheims,
diese Sache regulirt zu sehen —"

„Und wie geht es dem lieben Freunde?" rief der
Oberamtmann.

„Seine Gesundheit ist vortrefflich," antwortete der
Kandidat, — „aber sein Herz ist schwer bedrückt, — —
er unterwirft sich, wie es christliche Pflicht ist, der Ob=
rigkeit, die da Gewalt über uns hat, — aber sein Herz
und seine Liebe gehören dem verbannten Könige — und
schwer trauert er über das Schicksal des Landes."

Der Oberamtmann blickte schweigend und düster
zu Boden.

„Der Oheim hat mir die herzlichsten Grüße für
den Herrn Oberamtmann und seine Familie aufgetragen,"
sprach der Kandidat, — „und mir diesen Brief für
Helene mitgegeben."

Er zog aus der Tasche seines Rocks einen Brief und reichte ihn seiner Cousine.

Das junge Mädchen hatte seit dem Eintritt ihres Vetters die Augen zu Boden geschlagen, — eine leichte Blässe überdeckte ihr Gesicht, — rasch nahm sie den Brief, den der Geistliche ihr darreichte, — ein scheuer Blick erhob sich zu ihrem Vetter und senkte sich schnell wieder vor seinem scharfen, stechenden Auge, das sich auf sie richtete.

Sie erhob sich und trat in die Nische des Fensters, um den Brief ihres Vaters zu lesen.

„Und wie geht es sonst in Blechow?" fragte der Oberamtmann — „was macht der alte brave Deyke — und Fritz

„Fri..,yke und seine junge Frau aus Langen=salza," sagt, der Kandidat, „führen die Wirthschaft des Hofes, welche der alte Deyke ihnen übergeben, der sich nur sein Ehrenamt als Bauermeister vorbehalten — und es herrscht ein neues, munteres Leben auf dem sonst so ruhigen und stillen alten Hofe. — Die junge Frau ist fromm," fuhr er mit salbungsvollem Tone fort, — „eine Beschützerin aller Armen des Dorfes, und mein Oheim hat viel Freude an ihrem Thun und Treiben, — der Alte macht sich zuweilen in einigen derben Aeußerungen über die neue Landesherrschaft Luft,

— aber ein Blick seiner Schwiegertochter bringt ihn wieder zum Schweigen. — Wenn überall die alte und die neue Zeit sich in so freundlicher Harmonie die Hand reichen, wie auf dem Bauerhofe des alten Deyke, — so wäre der Frieden bald hergestellt!"

„Nun," sagte der Oberamtmann, ernst die Hände faltend, — „Gott wird Alles fügen nach seinem Wohl= gefallen! — In Zeiten wie die unsrigen muß der ein= zelne Mensch schweigend erwarten, wohin die Vorsehung die Schicksale der Völker führt."

„Amen!" sprach der Kandidat, das Haupt neigend.

„Herr von Tschirschnitz und Herr n Hartwig!" meldete der alte Diener, und die beiden. errn, frühere hannöverische Offiziere, traten in den S

Herr von Tschirschnitz, der Sohn s früheren Generaladjutanten des Königs Georg, war ein großer, schöner Mann von hohem, kräftigem Wuchs; die aus= drucksvollen Züge seines von dunkelblondem Vollbart umrahmten Gesichts drückten Intelligenz und Energie aus; Herr von Hartwig, älter als Jener, hatte weiche, kränkliche Züge, sein Kopf war ganz kahl und seine hellen, freundlichen Augen blickten jetzt wehmüthig und traurig.

Die Herren setzten sich zu dem Tische, nachdem sie

den Oberamtmann und die Damen begrüßt und ihrem Kameraden, dem jungen Herrn von Wendenstein, herzlich die Hand gedrückt.

„Kandidat Behrmann aus Blechow," sagte der Oberamtmann vorstellend.

Die Herren verneigten sich. „Ein guter Hannoveraner?" rief Herr von Hartwig mit freiem Ausdruck, — „wie es sich ja hier von selbst versteht!" fügte er zum Oberamtmann gewendet hinzu.

Der Kandidat neigte schweigend das Haupt.

Herr von Tschirschnitz betrachtete ihn mit forschendem Blick.

„Ich habe mit tiefer Theilnahme von dem harten Schlage gehört, der Sie betroffen," sagte Frau von Wendenstein mit innigem Ausdruck, sich an Herrn von Hartwig wendend, — „wie konnte dieß schwere Unglück so schnell kommen?"

„Meine arme Frau," erwiederte Herr von Hartwig, indem eine Thräne sein Auge verdunkelte, — „war schwer erschüttert durch die Ereignisse, — man brachte mich ihr auf den Tod verwundet, die unermüdliche Pflege, die Sorge und Angst haben ihre schon schwankende Gesundheit zerrüttet — ein chronisches Brustleiden nahm eine schnell akute Gestalt an, — und als ich mich von meinem Lager erhob," fügte er mit bebender

Stimme hinzu, — „da war es — um meine Frau zu
Grabe zu geleiten."

„Welche Schmerzen, — welcher Jammer!" sagte
Frau von Wendenstein leise, — „o die Kronen der
Fürsten müßten sich nur mit Perlen schmücken, statt
mit Diamanten und Rubinen, — wie viele Thränen
haften an ihrem Glanz!"

„Aber es wird ein Tag der Rache kommen," rief
Herr von Tschirschnitz, — „und vielleicht ist er nahe!"

„Rache?" sprach der Oberamtmann ernst und sin=
nend, — „die Rache ist des Herrn, vor dessen Blick
allein Schuld und Unschuld offen liegt, — menschliche
Rache fügt nur immer weiter Ring an Ring in der furcht=
baren Kette der Leiden. — Doch," unterbrach er sich, —
„was gibt es Neues in dieser Zeit, — wie sind die Herren
zufrieden, welche in den preußischen Dienst getreten?"

„Sie werden mit aller Zuvorkommenheit behan=
delt," erwiederte Herr von Tschirschnitz, — „aber sie
fühlen selbst mehr als man es sie fühlen läßt, wie
schwer die Stellung ist, in welche die Nothwendigkeit
sie gedrängt hat, — um so mehr, als sie vielleicht bald
in der neuen Uniform in's Feld ziehen sollen!"

Der Lieutenant horchte hoch auf.

Der Kandidat warf einen schnellen Blick auf die
Offiziere.

„In's Feld ziehen?" rief der Oberamtmann, — „wie das?"

„Seit gestern," sagte Herr von Tschirschnitz, „spricht alle Welt von großen Verwickelungen, — Frankreich hat sich Luxemburg von Holland abtreten lassen, — die Zeitungen bringen die Nachricht von großen französischen Rüstungen, — auch hier sollen im Stillen Vorbereitungen getroffen werden, welche auf ernste Ereignisse schließen lassen."

„Ein Krieg gegen Frankreich?" sagte der Oberamtmann, — „das könnte ja vielleicht die neue Waffenbrüderschaft fester kitten."

Die Offiziere schwiegen.

Der Lieutenant von Wendenstein stand auf und schritt im Zimmer auf und nieder.

„Ich bitte um die Erlaubniß," sagte der Kandidat, „meinen Geschäften nachgehen zu dürfen, — meine Zeit ist gemessen und ich habe viele Gänge zu machen."

Er stand auf.

Die Herren erhoben sich ebenfalls.

„Wir müssen Euch allein sprechen," flüsterte Herr von Tschirschnitz dem Lieutenant von Wendenstein zu.

„Sogleich — wir wollen auf mein Zimmer gehen," erwiederte dieser und trat zu Helenen, welche den Brief ihres Vaters gelesen hatte.

„Ich hoffe," sagte der Oberamtmann zum Kandi=
daten, „daß wir Sie vor Ihrer Rückreise noch
sehen?"

„Ich werde nicht versäumen, mich zu empfehlen, —
und," fügte er mit einem schnellen Seitenblick auf seine
Cousine hinzu, die ihre Hände um den Arm ihres Ver=
lobten geschlungen und ihr Haupt leicht an seine Schulter
gelehnt hatte, — „und eine Antwort von Helene an
ihren Vater abzuholen."

Helene neigte den Kopf, ohne ihre Augen aufzu=
schlagen.

Der Kandidat verließ das Zimmer mit demüthiger
Verneigung, ein mildes Lächeln auf den geschlossenen
Lippen.

Als er auf die Straße gekommen war, verschwand
dieß Lächeln, ein scharfer Strahl blitzte aus seinem
Auge und ein harter, feindlicher Ausdruck legte sich auf
seine Züge. Bald aber zeigte sein Gesicht wieder seine
gewöhnliche, gleichmäßige Ruhe und mit raschen Schrit=
ten ging er nach dem Georgswalle und trat in das
große Haus dem Theater gegenüber, in welchem der
preußische Civilkommissär, Freiherr von Hardenberg,
sein Geschäftslokal eingerichtet hatte.

Ein Bureaudiener führte ihn in das Vorzimmer
des Civilkommissärs. Nach einer halben Stunde stand

er vor dem Chef der preußischen Civilverwaltung im
ehemaligen Königreich Hannover.

Herr von Harbenberg, ein Mann von etwa drei-
undvierzig Jahren, mit vornehmen, freundlich wohlwollenden Zügen von etwas nervös gereiztem Ausbruck,
saß vor seinem Schreibtisch und lud durch eine Handbewegung den Kandidaten ein, ihm gegenüber Platz zu
nehmen.

In demüthiger Haltung und mit niedergeschlagenen
Augen sprach der junge Geistliche:

„Ich bin gekommen, um Eure Excellenz zu bitten —"

„Ich bin nicht Excellenz," sagte Herr von Harbenberg kurz.

Der Kandidat verneigte sich tief. — „Mir war,"
sagte er, „von der früheren Regierung die Zusicherung
ertheilt worden, daß ich der Abjunkt meines Oheims,
des Pfarrers Berger in Blechow, — und demnächst
sein Nachfolger werden solle, — die Ausfertigung ist
in Vergessenheit gerathen und ich wollte unterthänigst
bitten —"

„Warum wenden Sie sich nicht an die Abtheilung
für Kultusangelegenheiten?" fragte Herr von Harbenberg.

„Ich habe es mehrfach vergeblich gethan," erwie-
berte der Kandidat, — „ich weiß nicht, ob der Drang
der Geschäfte oder persönliches Uebelwollen schuld sind"

— er schlug in schnellem Aufblick das Auge empor —
„ich kann jenes starre Festhalten an den früheren Zu=
ständen nicht zur Schau tragen," fuhr er fort, — „viel=
leicht daß deßhalb die hohen geistlichen Herren —"

„Sie erfassen also die neuen Verhältnisse," fragte
Herr von Hardenberg ihn forschend anblickend, — „wie
wir wünschen, daß sie erfaßt werden möchten zum Wohle
des Landes, dem wir alle unsere Sorgfalt widmen und
dem wir mit aufrichtiger Liebe entgegenkommen?"

„Gott hat gerichtet!" sagte der Kandidat die Hände
faltend, — „und dem Diener Gottes kommt es nicht
zu, dem Urtheil des Herrn zu widerstreben, — seine
Pflicht ist es, die Härten dieses Urtheils in christlicher
Gesinnung, in Ergebenheit und Liebe zu mildern."

„Ich freue mich aufrichtig, Herr Kandidat," sagte
Herr von Hardenberg, indem sein Ausdruck freundlicher
wurde, — „solchen Gesinnungen zu begegnen, — wenn
dieselben allgemein wären — wie viel leichter würde es
uns werden, dem Willen des Königs gemäß, mit schonender
und liebevoller Hand das Land in die neuen Verhältnisse
hinüberzuführen! — Leider," fuhr er fort, „theilen nicht
alle Ihre Standesgenossen diese Anschauungen, — und
gerade in den Kreisen der lutherischen Geistlichen begegnen
wir einem Widerstande, der um so bedenklicher ist, als er
sich hinter die Unantastbarkeit der geistlichen Würde stellt."

Der Kandidat schwieg einen Augenblick. — „Ich bin noch jung an Jahren und im Amte," sagte er dann, — „und mein Urtheil mag unrichtig sein, — aber — ich glaube nicht, daß diese widerstrebenden Gesinnungen sich so leicht werden beseitigen lassen" — er hielt inne.

„Und woher glauben Sie denn, daß jene Gesinnungen kommen?" fragte Herr von Hardenberg gespannt, — „doch nicht aus der bloßen Anhänglichkeit an den König Georg, — er war ja den Meisten persönlich unbekannt —"

„Wenn ich mir erlauben dürfte," sagte der Kandidat zögernd, „meine Ansicht über diese Frage, wie über die ganze Lage des Landes auszusprechen —"

„Ich bitte Sie darum!" rief Herr von Hardenberg, — „ein Wort der Aufklärung von Jemand, der in den Verhältnissen steht, kann für uns nur von größtem Nutzen sein, — und," fügte er artig hinzu, „uns zur größten Dankbarkeit verpflichten."

„Ich möchte glauben," sagte der Kandidat, indem er die Augen aufschlug und den Blick voll auf Herrn von Hardenberg richtete, — „daß die feindliche Haltung der Geistlichkeit gegen die neuen Zustände nicht politischer, sondern, um mich so auszudrücken, rein theologischer Natur ist. — Die preußische evangelische Lan=

deskirche," fuhr er fort, „beruht auf der Union, -
dieser Wiedervereinigung dessen, was der Streit der
Reformatoren geschieden, — die hannöverische Kirche
steht auf dem Boden des strengen und exklusiven Luther=
thums, welches eher noch zur katholischen Kirche zurück=
kehren würde, als den Reformirten einen Schritt ent=
gegenkommen. Die Geistlichen in Hannover sehen nun,"
sprach der Kandidat weiter, „in Preußen und allem
preußischen Wesen die Verkörperung der Union, das
heißt den Uebergang zum reformirten Bekenntniß oder
den religiösen Indifferentismus, sie finden die altluthe=
rische Kirche bedroht — und," fuhr er seufzend fort,
„um den Grad von fanatischer Erbitterung zu begrei=
fen, welchen diese Auffassung hervorruft, — muß man
innerhalb der geistlichen Kreise stehen, wie ich. — Ich
bin," sagte er nach einer kleinen Pause, -- „in dieser
Frage ein unparteiischer Beobachter. — Seit lange
schon habe ich die kirchlichen Verhältnisse in Preußen
zum Gegenstande meines Studiums gemacht und seit
lange schon habe ich jene weise Einrichtung der evan=
gelischen Landeskirche bewundert, welche auf dem Boden
der Union beider Bekenntnisse alle Gehässigkeiten, Feind=
schaften und Verketzerungen ausschließt, die das
exklusive Lutherthum mit sich bringt — dieses Luther=
thum, welches heute so weit abgeirrt ist von dem

Geist der evangelischen Freiheit und Liebe, wie er die ersten Reformatoren erfüllte."

Herr von Hardenberg hatte aufmerksam zugehört.

„In der That," sagte er, — „Sie mögen Recht haben, — aber was ist dagegen zu thun?"

„So lange die alte hannöverische Kirche besteht," erwiederte der Kandidat langsam, „wird ihr Einfluß immer den neuen Zuständen feindlich sein, — sie wird sich der Nothwendigkeit beugen, — aber die Rückkehr der früheren Verhältnisse ersehnen, — die Einführung der Union, — die Einfügung Hannovers in die preußische Landeskirche ist die einzige Möglichkeit, den Einfluß der Geistlichkeit für das Werk der Assimilirung der Bevölkerungen zu gewinnen."

„Die Einführung der Union?" rief Herr von Hardenberg, — „wenn Sie die preußische kirchliche Entwickelung verfolgt haben, so werden Sie wissen, welche gewaltsame Erschütterungen die Einführung der Union in Preußen selbst hervorrief, — und zwar in den ruhigsten Zeiten, — unter einer absoluten Regierung, — sollten wir in diese gährenden, von Agitationen durchwühlten Bevölkerungen noch die furchtbaren Aufregungen werfen, welche eine gewaltsame Einführung der Union nach sich ziehen muß?"

„Gewaltsam?" fragte der Kandidat, — „das ist

meine Meinung nicht gewesen, — die gewaltsame Ein=
führung war — wenn ich mir erlauben darf, es aus=
zusprechen, — auch in Preußen ein Fehler, — man
müßte ganz langsam und unmerklich vorgehen, — wie
denn ja überhaupt der Prozeß, der sich hier vollzieht,
ein langsamer ist, der nur allmälig durch geschickte Be=
handlung der Gährungen zur Abklärung führen kann."

„Und wie würde sich dieß unmerkliche und lang=
same Vorgehen praktisch zu gestalten haben?" fragte
Herr von Hardenberg, der mit immer lebhafterem In=
teresse zuhörte.

„Die jüngere Geistlichkeit," sagte der Kandidat,
„neigt sich in großer überwiegender Mehrzahl denjeni=
gen Anschauungen zu, welche ich mir aus dem unbe=
fangenen Studium der kirchlichen Verhältnisse gebildet
habe, — sie sehen in der Union einen großen, wirklich
reformatorischen und protestantischen Gedanken von se=
gensreichem, mächtigem Einfluß sowohl für die politische
Stellung, als für die innere freie Entwickelung der
Kirche, -- sie Alle würden mit Freuden eine kirchliche
Einigung des ganzen Nordens, — des ganzen prote=
stantischen Deutschlands begrüßen, — eine Einigung,
der die politische Zerrissenheit bisher im Wege stand.
— Man müßte also," fuhr der Kandidat nach einer
augenblicklichen Pause fort, — „überall, wo und je

nachdem die Verhältnisse es möglich machen, jüngere, —
der kirchlichen Unionsidee ergebene, — und damit na=
türlich auch der politischen Assimilirung günstige Geist=
liche an die Stelle der alten exklusiven Vertreter des
starren Lutherthums bringen, — und auf diese Weise
ohne alle scheinbare Absicht und ohne schroffe Ueber=
gänge den geistlichen Einfluß der neuen Ordnung der
Dinge gewinnen und sichern. — Der Erfolg," fügte er
hinzu, „kann nicht ein plötzlicher sein, — aber ich möchte
dafür bürgen, daß er ein sicherer sein wird."

„Sie sehen die Verhältnisse klar und unbefangen
an," sagte Herr von Hardenberg, — „ich freue mich,
daß mir Gelegenheit geworden ist, mich mit Ihnen zu
unterhalten. Sie selbst," fuhr er fort, den Kandidaten
fixirend, „würden ohne Zweifel in der von Ihnen an=
gedeuteten Richtung zu wirken bereit sein?"

„Ich bin Adjunkt meines Oheims und kam hieher,
um Ihre Bestätigung dafür zu erbitten."

„Ich werde sogleich das Nöthige veranlassen," sagte
Herr von Hardenberg, — „Ihr Oheim —"

„Der Pastor Berger in Blechow," sagte der Kan=
didat, — Herr von Hardenberg notirte die Namen auf
ein Blatt Papier, — „mein Oheim," fuhr der Kandi=
dat fort, — „gehört der allerstrengsten und exklusiv=
sten lutherischen Richtung an, — er thut gewiß nichts,

um Agitationen zu befördern, — aber er wird niemals
die neuen Verhältnisse freundlich ansehen."

„Aber er ist alt?" fragte Herr von Hardenberg,
— „und es würde vielleicht seine Emeritirung möglich
sein?"

„Herr Baron," sagte der Kandidat mit leiser
Stimme, — „es ist mein Oheim, den ich wie einen
zweiten Vater liebe, — sein Vermögen setzt ihn freilich
in den Stand, sorgenfrei zu leben, — doch liebt er
sein Amt und seine Gemeinde."

Herr von Hardenberg schwieg einen Augenblick. —
„Seien Sie versichert, Herr Kandidat," sagte er dann,
„daß ich für die Erfüllung Ihres Wunsches Sorge
tragen werde. Ich hoffe, daß Sie zur Beruhigung des
Landes nach Kräften mitwirken werden, und es wird
mich immer freuen, Sie wieder zu sehen."

„Ich bin glücklich," erwiederte der Kandidat, „daß
meine Bemerkungen Ihnen nicht mißfallen haben, —
und es würde mir zur größten Befriedigung gereichen,
wenn ich durch dieselben hätte dazu beitragen können,
das nach der göttlichen Weltlenkung unabwendbare
Schicksal meines Landes einer freundlicheren und ver-
söhnenden Zukunft entgegenzuführen, — um so mehr,
als auch auf anderen Gebieten Gefahren drohen —
und vielleicht noch manche Opfer einer verderblichen

Agitation zu verfallen bestimmt sind," fügte er seufzend hinzu.

Herr von Hardenberg horchte hoch auf.

„Da Sie mit so scharfem Blick," sagte er, — „die Verhältnisse auf dem kirchlichen Gebiete beobachtet und verfolgt haben, — sollten Sie sonst nicht auch gesehen haben, was nützlich — oder gefährlich sein könnte?"

„Ich habe hier gehört," sagte der Kandidat ein wenig zögernd, — „daß in Angelegenheiten Luxemburgs eine Verwickelung mit Frankreich in der Luft schwebe, — ich fürchte fast, daß die Agitation, welche von dem Könige Georg oder dessen Umgebung ausgeht, in großer Thätigkeit ist — und daß vielleicht irregeleitete junge Leute — Offiziere zu bedenklichen Zwecken gemißbraucht werden könnten, — wodurch viele Familien in Bekümmerniß versetzt werden würden."

Herr von Hardenberg blickte in höchster Spannung auf das gleichmäßig ruhige Gesicht des Kandidaten.

„Wissen Sie etwas Näheres darüber?" fragte er lebhaft, — „können Sie mir einen Anhaltspunkt für meine Wachsamkeit geben, — können Sie mir Personen bezeichnen?"

Der Kandidat machte eine abwehrende Bewegung mit der Hand.

„Herr Baron," sagte er, „ich kann wohl warnen, — aber nicht benunziren."

„Die Sache ist ernst!" erwiederte der Civilkom= missär. mit Betonung, — „ich hätte ein Recht nach Ihrer Andeutung, Sie nach bestimmten Angaben zu fragen, — indeß ich will Sie nur darauf aufmerksam machen, daß eine Mittheilung, die Sie mir machen könnten, keinen benunziatorischen, keinen gehässigen Cha= rakter haben würde. Auch ich habe Grund zu glauben, daß in den welfischen Kreisen etwas vorgeht, — im Interesse der jungen Leute selbst, welche verführt und gemißbraucht werden könnten, wünschte ich dringend, Präventivmaßregeln treffen zu können, — bevor etwas geschehen ist, — denn jedes wirkliche feindliche Vor= gehen gegen uns in diesem Augenblick würde mit der vollsten und rücksichtslosesten Strenge der Gesetze ge= ahndet werden müssen."

„Das wäre schrecklich!" rief der Kandidat mit dem Ausdruck eines lebhaften Erschreckens, — „wenn diese so würdige Familie —! Herr Baron," sagte er, die Hand wie in unwillkürlicher Bewegung auf den Arm des Civilkommissärs legend, — „wenn es sich um Prä= ventivmaßregeln handelt — achten Sie auf den Lieu= tenant von Wendenstein!"

„Von Wendenstein?" fragte Herr von Hardenberg,

— „der Sohn des Oberamtmanns, der seit dem vorigen Jahre hier wohnt?"

„Derselbe," sagte der Kandidat, — „ich fürchte, er verkehrt viel mit sehr preußenfeindlich gesinnten Offizieren, — Herr von Tschirschnitz, — Herr von Hartwig —"

„Herr von Hartwig?" rief der Civilkommissär lebhaft, — „das ist ja —" er unterbrach sich — „und Herr von Hartwig ist hier bei dem Herrn von Wendenstein gewesen, — das könnte auf eine Spur führen," murmelte er, — „wenn es gelänge, die Fäden zu entdecken —"

„Ich bitte Sie aber um Gotteswillen, Herr Baron," rief der Kandidat, „mit Vorsicht zu verfahren — und mich nicht zu kompromittiren — vergessen Sie nicht, daß ich in der besten Absicht gehandelt habe!"

„Seien Sie unbesorgt, mein Herr," sagte Herr von Harbenberg, — „und rechnen Sie auf meine Dankbarkeit für Ihren wohlmeinenden Eifer, uns nützlich zu sein!"

Er stand auf.

Der Kandidat erhob sich und verließ, sich tief verneigend, mit niedergeschlagenen Augen das Kabinet.

„Wenn es gelingt," flüsterte er, — „diese nahe Hochzeit aufzuschieben, — so habe ich noch ein weites

Feld vor mir und kann das Verlorene wiedergewinnen.
— Alles gestaltet sich günstig, — soll ich das Vermö=
gen des Oheims verlieren, weil es einem nichtsbedeuten=
den Offizier gefällt, einen Roman mit meiner Cousine
zu spielen? Wir werden sehen!"

Und mit einem triumphirenden Lächeln auf seinen
dünnen Lippen verließ er das Haus.

Herr von Hardenberg hatte inzwischen einige Zeilen
auf ein Papier geschrieben, das er faltete und versiegelte.

„Dieß sogleich dem Herrn Polizeidirektor Stein=
mann!" befahl er dem auf den Schall der hastig gezo=
genen Glocke eintretenden Bureaudiener.

Zehntes Kapitel.

In dem großen, hellen Kabinet des Palais am
Ballhofplatze in Wien saß in seinem Lehnstuhl vor dem
breiten Schreibtisch, den Rücken der Eingangsthüre zu-
gewendet, der Minister des kaiserlichen Hauses und des
Aeußern Freiherr von Beust.

Das leicht ergrauende und etwas dünn gewordene
Haar war sorgfältig frisirt und fiel· in zwei gleich-
mäßigen Seitenlocken neben der hohen, weißen Stirn
herab. Den an der einen Seite etwas herabhängenden
Mund umspielte ein leichtes Lächeln, das im Verein
mit dem heiteren Blicke der Augen dem ganzen ausdrucksvollen Gesicht des Ministers den Stempel ruhiger
Zufriedenheit aufdrückte.

Herr von Beust war bequem in seinen Stuhl zurückgelehnt und durchflog mit aufmerksamem Blick einen
Bericht; den ihm der Sektionschef von Hofmann, welcher
zur Seite des Schreibtisches dem Minister gegenüber
saß, so eben gereicht hatte.

Herr von Hofmann, eine trockene, bureaukratische Gestalt mit ziemlich unbedeutenden, faltigen Gesichts= zügen, älter erscheinend als er war, beobachtete mit auf= merksamen Blicken das bewegliche Mienenspiel in dem Gesichte seines Chefs, der bei seiner Lektüre mehrmals mit dem Kopfe nickte, als wolle er seine Billigung mit dem, was er las, ausdrücken.

„Ich bin sehr erfreut," sagte er endlich, indem er den durchgelesenen Bericht auf den Tisch warf, „daß der Fürst Michael sich geneigt zeigt, seine weitgehenden For= berungen zurückzuziehen und sich mit der Räumung der serbischen Festungen von türkischem Militär zu begnügen — dieser Prinz von Hohenzollern auf dem rumänischen Fürstenstuhl ist eine böse Sache für uns, man hat ihm durch den französischen Einfluß in Konstantinopel so große Vorrechte zugestanden, daß nun die anderen tri= butären Fürsten unruhig werden und uns mit ihren Querelen über Nacht die orientalische Frage über den Hals bringen können. — Das ist das Pulverfaß an unseren Grenzen," fuhr er fort, indem der heitere Aus= bruck seines Gesichts einem nachdenklichen Ernst Platz machte, — „an welchem Preußen durch seinen Alliirten in Petersburg fortwährend die Lunte hält und das uns in jeder unabhängigen Aktion, in jeder freien Wahl unserer Allianzen behindert!" —

„Dank der Geschicklichkeit Eurer Excellenz wird es aber gelingen, diese Gefahr zu beseitigen," sagte Herr von Hofmann, — „Oesterreich tritt ja jetzt wieder in die Reihe der Staaten, welche wirklich durchdachte und geniale Politik machen, und der Geist vergangener großer Tage weht wieder durch die Räume der alten Staats= kanzlei."

Das Lächeln kehrte auf die Lippen des Herrn von Beust zurück.

„Wir müssen nun," sagte er, die Spitze seines zierlichen Stiefels betrachtend, welche unter dem weiten Beinkleid hervorspielte, — „wir müssen allen unseren Einfluß aufbieten, um die Pforte zu bestimmen, diese Räumung zu bewilligen. Lassen Sie schleunigst eine Instruktion in diesem Sinne an den Internuntius ab= gehen, — er soll auf schnelle Antwort dringen, damit diese serbische Frage definitiv geordnet werde."

Herr von Hofmann verneigte sich.

„Doch wir müssen weiter gehen," sagte Herr von Beust, — „diese orientalische Frage muß für lange Zeit ihres gefährlichen Charakters entkleidet werden, — und zugleich," fuhr er langsamer und nachdenklicher fort, — „können wir sie benutzen, um die Verbindung Rußlands mit Preußen zu lösen, — diese Verbindung, welche uns in jeder Bewegung lähmt. Rußland hält fest zu Preußen,

weil es eine Rückendeckung für seine Politik im Orient
bedarf, — kommen wir ihm unsererseits entgegen, —
zeigen wir ihm, daß es hier Eingehen auf seine Wünsche
findet, so wird es vielleicht gelingen, jene enge Verbin=
dung zu lockern. Ich habe schon mit Gramont darüber
gesprochen, daß es nöthig wäre, durch eine gemeinsame
Vorstellung der Großmächte in die Pforte zu bringen, daß
sie die gerechten Anforderungen ihrer christlichen Unter=
thanen in Candia, Thessalien und Epirus durch genaue
Ausführung des Hat Humaym befriedige. — Außer=
dem aber möchte eine Revision des pariser Traktates
von 1856 behufs Abänderung einiger Rußland zu stark
beschränkender Bestimmungen desselben anzuregen sein,
— man wird uns in Petersburg für eine solche An=
regung danken, — wollen Sie eine vertrauliche In=
struktion in diesem Sinne an den Fürsten Metter=
nich entwerfen, — ich werde ausführlich mit Gramont
sprechen."

„Ich bewundere den genialen Scharffinn Eurer Ex=
cellenz," sagte Herr von Hofmann, „Ihr Blick umfaßt
das ganze Schachbrett der europäischen Politik und weiß
jeden Stein an die richtige Stelle für die große Kom=
bination zu bringen!"

„Ich muß," sagte Herr von Beust lächelnd, „die
Studien und Beobachtungen, welche ich gemacht und als

sächsischer Minister nicht verwerthen konnte, jetzt für
Oesterreich nutzbar machen. — Dem Kaiser Napoleon
traue ich nicht ganz," fuhr er fort, — „ich fürchte, er
spielt ein doppeltes Spiel und möchte, wenn er einige
Kompensationen zur Beruhigung des französischen Na=
tionalgefühls erlangen kann, sich mit Preußen und Ruß=
land vereinigen und diese Trias als europäischen Areopag
konstituiren, — mit Preußen allein wird er sich nicht
zu eng verbinden, — auch aus diesem Grunde ist die
Trennung Rußlands von dem berliner Kabinet nöthig
und wir bewerkstelligen sie am besten durch die geschickte
Benutzung des Punktes, welcher sie gebildet, — die
orientalische Frage. Dieß ist eine Giftpflanze für Oester=
reich," fügte er lächelnd hinzu, — „machen wir sie nicht
nur unschädlich — sondern ziehen wir aus ihr Honig,
wie die geschickte Biene."

Ein Kanzleidiener trat ein und stellte vor den Mi=
nister eine große schwarze Mappe auf den Schreibtisch.

Herr von Beust öffnete dieselbe mit einem kleinen
Schlüssel und zog einige Papiere daraus hervor, welche
er eifrig durchflog.

Ein Ausdruck von Erstaunen und Schreck über=
flog sein Gesicht.

„Da sehen Sie," rief er, „wie Recht ich hatte, der
französischen Politik zu mißtrauen! — Graf Wimpffen

berichtet, man sei in Berlin plötzlich über eine projek-
tirte Abtretung Luxemburgs an Frankreich unterrichtet,
— die öffentliche Meinung sei auf's Aeußerste erregt,
eine Interpellation im Reichstage werde morgen stattfinden, und trotz der äußeren, fast gleichgültigen Ruhe
des Grafen Bismarck müsse die Situation als eine
äußerst gespannte und bedenkliche angesehen werden.
— Da haben wir," fuhr er fort, indem er den
Bericht, den er so eben gelesen, Herrn von Hofmann
reichte, — „da haben wir den Schlüssel zur französischen
Politik! — Für die Abtretung Luxemburgs — demnächst vielleicht die Erwerbung Belgiens — will er die
ernste Anerkennung der preußischen Herrschaft in Deutschland, die Allianz mit Preußen und Rußland geben, —
Oesterreichs Zukunft preisgeben! — Glücklicherweise,"
fuhr er fort, „täuscht sich dieser schlaue Spieler in seiner
Kombination, — Graf Bismarck ist kein Faktor, mit
dem er zu rechnen versteht, — er wird ihm den Preis
nicht zahlen — dieser Mann," fügte er mit unmuthigem
Tone hinzu, — „mit welchem eine regelmäßige vorberech-
nende Politik gar nicht möglich ist! — Aber," sagte er
nach einer Pause, während Herr von Hofmann aufmerksam den Bericht des Grafen Wimpffen durchlas, —
„wenn dieser Konflikt zu einem kriegerischen Zusammenstoß führte, — vielleicht wäre das in Berlin gar nicht

so unerwünscht, — was würde die Folge sein? — Je=
denfalls eine definitive Konstituirung der europäischen
Zustände, — und ohne Oesterreichs Mitwirkung, denn
wir sind im Chaos der Uebergänge, — wir können nicht
handeln! Damit wäre," fuhr er sinnend fort, — „Oester=
reich verurtheilt, für immer unter den Folgen des Schla=
ges vom vorigen Jahre zu bleiben, — das große Ziel,
welches nur durch eine wohlvorbereitete, kunstvoll und
vorsichtig eingeleitete Aktion der Zukunft erreicht werden
kann, — wäre für immer verloren. Die große Auf=
gabe der österreichischen Politik ist es, — ohne den An=
schein davon zu haben, — jede definitive Konstituirung
und Konsolidirung der europäischen, insbesondere der
deutschen Zustände zu verhindern, durch das Spiel der
entgegengesetzten Interessen Zeit zur inneren Kräftigung
und zu richtigen Allianzkombinationen zu gewinnen, da=
mit dann," fuhr er fort, indem sein Auge mit lichtem
Blick sich weit öffnete, — „dann, wenn die Kraft des
neuen Blutes die habsburgische Monarchie durchströmt,
wenn der Bann der Isolirung Oesterreichs gebrochen ist,
— dann das Verlorene wieder eingebracht und neue,
glänzende und feste Macht gewonnen werden könne!"

Er schwieg einen Augenblick, das Auge wie auf
eine innere Vision gerichtet.

„Doch," sagte er dann, — „bis dahin ist noch ein

weiter Weg zu machen, — für jetzt gilt es, die dunklen
Wege Napoleon's zu durchkreuzen, — er darf Lurem=
burg nicht erhalten, darf auf dieser Basis nicht zur Ver=
ständigung mit Deutschland kommen, — aber es darf
auch kein Krieg aus dieser Frage entstehen, der Oester=
reichs Neugestaltung hemmen und die Politik der Zu=
kunft abschneiden würde."

„Glauben Eure Excellenz, daß man in Frankreich
bis zum Aeußersten vorgehen würde?" fragte Herr von
Hofmann.

„Wer weiß?" sagte der Minister, — „bei Napo=
leon muß man immer mit der Möglichkeit eines coup
de tête rechnen."

Und er durchblätterte die Papiere, welche er vor=
her aus der Mappe genommen hatte.

„Da ist ein Bericht von Metternich!" sagte er, leb=
haft einen Bogen ergreifend, — „wir werden sehen, was
in Paris vorgeht."

Er durchflog das Papier.

„Man ist in Paris sehr aufgeregt," fuhr er fort,
— „der Kaiser ist entrüstet über die plötzliche Enthül=
lung seiner Pläne, — Moustier drängt zu festem Vor=
gehen, — eine starke chauvinistische Bewegung umgibt
den Kaiser — das ist schlimm, — um jeden Preis muß
ein Bruch vermieden werden, — doch," sagte er erleichtert

aufathmend, indem er den Schluß des Berichtes las und denselben dann Herrn von Hofmann reichte, — „die Kaiserin arbeitet auf das Lebhafteste für den Frieden — das ist ein Stützpunkt, den man benützen muß — wir müssen alle Thätigkeit aufbieten, um diesen Schlag zu pariren. — Telegraphiren Sie sogleich an Metternich," sagte er nach einem augenblicklichen Nachdenken, „daß er auf das Lebhafteste unsern Wunsch, den Frieden zu erhalten, betonen und unsere bons offices nach jeder Richtung anbieten solle, — ich werde ihm selbst sogleich persönlich schreiben, damit er seinen ganzen Einfluß auf= biete, die Gefahr zu beschwören. Eine gleiche Instruk= tion muß an Wimpffen abgehen. — Dann," fuhr er fort, „müssen wir mit England eine gemeinsame Ver= mittlung vorbereiten, — eine Konferenz vorschlagen, — das wird man von beiden Seiten kaum ablehnen kön= nen, — und," sagte er lächelnd, „haben wir die Sache erst am grünen Tisch, so wird sich das Echauffement abkühlen, — wollen Sie eine Instruktion an den Gra= fen Apponyi aufsetzen und mir vorlegen!"

Herr von Hofmann verbeugte sich.

„Ich müßte die Sachen wohl mit dem Unterstaats= sekretär von Meysenbug verabreden?" sagte er.

„Gewiß," erwiederte Herr von Beust mit leichtem Lächeln, — „ich wünsche nicht, daß er übergangen oder

verletzt werde, es ist gut, bei dem neuen Bau einige alte
Stützen stehen zu lassen — bis wir weiter vorgeschritten
sind, — sprechen Sie sogleich mit ihm, — er wird übri=
gens in diesem Falle ganz einverstanden sein."

Herr von Hofmann stand auf. Der Minister zog
einen über seinem Schreibtisch hängenden Glockenzug.

„Wer ist im Vorzimmer?" fragte er den eintreten=
den Bureaudiener.

„Der Herzog von Gramont," antwortete dieser.

„Das ist gut," sagte Herr von Beust, — „da kann
ich sogleich den Anfang machen!" —

„Und dann," sagte der Diener, — „ein Herr,
welcher mir diese Karte und diesen Brief für Eure Ex=
cellenz gegeben hat."

Herr von Beust ergriff die Karte.

„Reverend Mr. Douglas," las er mit dem Aus=
druck des Erstaunens, — „kennen Sie den Namen?"

Herr von Hofmann zuckte die Achseln.

Der Minister öffnete das Billet.

„Graf Platen empfiehlt mir Mr. Douglas," sagte
er, — „es würde mir von Interesse sein, ihn zu spre=
chen, er kenne die englischen Verhältnisse genau und der
König von Hannover interessire sich besonders für ihn
— ich begreife nicht recht, — aber hören will ich ihn.
-- Bitten Sie den Herrn, einen Augenblick zu warten,"

sagte er zu dem wartenden Diener, „und führen Sie
den Herzog herein!"

Herr von Hofmann verließ das Kabinet, in der
Thür den französischen Botschafter begrüßend, welchem
der Minister entgegentrat.

„Guten Morgen, mein lieber Herzog," sagte er,
ihm die Hand reichend, in französischer Sprache, — „es
ist mir sehr lieb, daß Sie kommen, — ich hatte Sie
um eine Unterredung gebeten, — ich sehe Sturm auf
dem Barometer Europas und wir müssen uns vereini=
gen, um ihn zu beschwören."

Der Herzog, im schwarzen Ueberrock, die große
Rosette der Ehrenlegion im Knopfloch, richtete seine
hohe, militärische Gestalt gerade empor, sein fein ge=
schnittenes Gesicht mit dem leicht gekräuselten Haar, dem
kurzen, aufwärts gedrehten Schnurrbart überflog ein
stolzes Lächeln, und indem er den Händedruck des Herrn
von Beust erwiederte, sprach er:

„Es wird vielleicht leichter sein, dem Sturme zu
trotzen, als ihn zu beschwören."

Herr von Beust neigte leicht den Kopf zur Seite,
ein fast unmerklicher Schimmer feiner Ironie glitt über
seine lächelnden Lippen, und indem er sich vor seinen
Schreibtisch setzte, lud er den Botschafter ein, ihm gegen=
über Platz zu nehmen.

„Den Stürmen zu trotzen," sagte er, „ist kühn —
und klug, wenn es keinen andern Weg gibt, um ein
großes, vorgestecktes Ziel zu erreichen, — aber gegen
den Sturm zu kämpfen, wenn dadurch das Ziel nicht
erreicht — ja seine spätere Erreichung für immer ge=
fährdet werden kann, — das möchte ich nicht als die
Aufgabe der Staatskunst anerkennen können. — Doch,"
fuhr er fort, „sprechen wir ohne Metapher, — Sie
sehen mich erstaunt, lieber Herzog, und — ich muß es
sagen — bekümmert über die Nachrichten, welche ich
so eben von Berlin und Paris zugleich in Betreff einer
Abtretung Luxemburgs erhalte, — man scheint in Berlin
nicht geneigt, dieselbe ruhig geschehen zu lassen — "

„Dann muß man Ernst zeigen!" sagte der Herzog
das Haupt emporwerfend, „man muß die gebieterische
Stimme Frankreichs vernehmen lassen, welche schon zu
lange geschwiegen hat."

Herr von Beust schüttelte leicht den Kopf.

„Sie wissen, mein lieber Minister," fuhr der Her=
zog von Gramont fort, „wie sehr ich es persönlich be=
klagt habe, daß der Kaiser sich nicht hat entschließen
wollen im vorigen Jahre, im Augenblick der großen
Bedrängniß Oesterreichs ein energisches Veto einzulegen
und mit fester Hand in die Ereignisse einzugreifen, —
Sie wissen, wie sehr ich zu solcher Politik gerathen

habe, — indeß," fuhr er fort, indem er leicht die Ach=
seln zuckte, — „sie ist nicht beliebt worden und mir
als Vertreter des Kaisers steht es nicht zu, bedauernde
kritische Rückblicke auf Das zu werfen, was geschehen
ist. Nachdem dieß aber geschehen, muß Frankreich thun,
was es sich selbst, seiner Sicherheit und Machtstellung
und dem europäischen Gleichgewicht schuldig ist. Das
vergrößerte Preußen, an der Spitze der deutschen kon=
zentrirten Militärmacht, hat kein Recht, Positionen zu
behalten, welche dem inoffensiven deutschen Bunde zuge=
standen waren, und Frankreich muß zur Sicherheit seiner
Grenzen neue militärische Positionen als Garantie ver=
langen. Eine solche Position ist Luxemburg, — und
wenn man sie uns verweigert," sagte der Herzog mit
stolzem Ton, — „so werden wir sie nehmen!"

Herr von Beust wiegte den Kopf hin und her und
blickte unter den leicht gesenkten Augenlidern zu dem
Herzog, welcher rasch und lebhaft gesprochen hatte,
hinüber.

„Sie haben so eben," sagte er dann mit ruhiger
Stimme, „die Passivität Frankreichs gegenüber der deut=
schen Katastrophe als einen Fehler bezeichnet, Herr Her=
zog, — ich darf also keinen Anstand nehmen, diesen
von Ihnen selbst gegebenen Ausgangspunkt zu accep=
tiren. — Glauben Sie aber," fuhr er mit leichtem Lä=

cheln fort, — „daß es den Fehler verbessern hieße,
wenn Frankreich, das im rechten Augenblick nicht
schlug, nun im unrechten Augenblick schlagen würde?"

Der Herzog blickte ihn ein wenig betroffen an.

„Warum wäre es ein unrechter Augenblick?" fragte
er. „Wenn Preußen diese wahrlich bescheidene und höchst
berechtigte Kompensation uns verweigert, so wird das
französische Nationalgefühl mächtig entflammen, und in
seiner zornigen Erregung wird Frankreich unbesiegbar
sein, — außerdem ist jetzt die Unisikation Deutschlands
noch sehr wenig vorgeschritten, die neuerworbenen Länder
sind voll Erbitterung, in Süddeutschland regt sich ge=
waltig der antipreußische Geist, die Wunden, welche der
Krieg Preußen selbst geschlagen, sind noch nicht geheilt,
— kann es eine bessere Gelegenheit geben, dieser neuen
preußischen Großmacht eine Lektion zu geben und uns
die so berechtigte Genugthuung zu nehmen?"

Herr von Beust schüttelte abermals, immer lächelnd,
den Kopf.

„Und wenn Sie nun siegen, — wenn Frankreich
eine entscheidende Schlacht gewinnt," fragte er, — „was
haben Sie dann erreicht?"

„Wir haben das erreicht, was wir forderten!" rief
der Herzog in etwas erstauntem Tone, — „vielleicht
noch ein wenig mehr, — wir haben Preußen gezeigt,

daß der Augenblick noch nicht gekommen ist, um Frank=
reich von oben herab zu behandeln und seine Stimme
zu überhören, — wir haben feste Garantieen für die
Sicherheit unserer Grenzen."

„Wollen Sie, lieber Herzog," sagte Herr von Beust
mit ruhiger Stimme, „mir eine Frage beantworten, —
aufrichtig nach Ihrer Ueberzeugung?"

„Gewiß!" sagte der Herzog. „Sie wissen, daß ich
mit meiner persönlichen Ansicht nicht zurückhalte, auch
wenn sie nicht vollständig mit Dem übereinstimmt, was
ich als Vertreter meiner Regierung aufrecht halten
muß."

„Nun wohl," sagte Herr von Beust, — „meine
Frage betrifft Italien. Sie haben Savoyen und Nizza
erworben, — um Ihre Grenzen zu sichern der militä=
rischen Konzentration Italiens gegenüber, — glauben
Sie, daß diese Sicherung dauernder und fester sei, als
wenn Sie an der Ausführung des Vertrags von Zürich
festgehalten und ein föderatives Italien hergestellt hätten,
welches in der Ruhe seines inneren Gleichgewichts nie=
mals hätte daran denken können, Ihnen durch eine
offensive Expansion gefährlich zu werden?"

Der Herzog von Gramont sagte nach einem augen=
blicklichen Schweigen: „Ich habe stets die Grundsätze
des Vertrags von Zürich für die beste und weiseste

Politik gegenüber Italien gehalten und bedaure, daß es unmöglich war, sie durchzuführen."

„Nun," sagte Herr von Beust, — „in ähnlicher Lage sind Sie heute Deutschland gegenüber — nur mit dem Unterschiede, daß die physische Kraft Deutschlands mächtiger ist als diejenige Italiens, daß Deutschland, in preußischer Militäreinheit konzentrirt, Ihnen viel gefähr= licher werden kann als jemals Italien. Machen Sie es mit dem Prager Frieden nicht wie mit dem Vertrage von Zürich."

Der Herzog blickte nachdenklich zu Boden.

„Erlauben Sie mir, ausführlicher zu sein," sagte Herr von Beust, „und Ihnen meinen ganzen Gedanken auszusprechen, — denn wir stehen vielleicht an einem ernsten Wendepunkt, von dem die künftige Gestaltung Europas und," fügte er mit einem scharfen Blick auf den Herzog hinzu, „die künftigen Beziehungen zwischen Frankreich und Oesterreich abhängen."

. „Frankreich und Oesterreich sind durch gemeinsame Interessen verbunden," sagte der Herzog mit verbind= lichem Kopfneigen.

„Zunächst durch einen gemeinsamen Gegner," be= merkte Herr von Beust ruhig, — „das ist viel, — aber es ist ein negativer Boden — und," fuhr er fort, „po= litische Gegnerschaften können zuweilen wechseln. — Ich sehe indeß," sagte er nach einer augenblicklichen Pause," „eine große Anzahl positiver Verbindungspunkte, welche, richtig klar gestellt und formulirt, die Grundlage einer festen und dauernden Verbindung werden können, — einer Verbindung, welche für beide Länder vom bedeu= tendsten und glücklichsten Einfluß zu werden bestimmt zu sein scheint."

Die Züge des Herzogs drückten die gespannteste Aufmerksamkeit aus.

„Wenn Sie jetzt Kompensationen fordern," fuhr Herr von Beust fort, — „wenn Sie dieselben mit den Waffen in der Hand erzwingen wollen, — so beginnen Sie einen Krieg — verzeihen Sie, daß meine Ansicht der vorhin von Ihnen geäußerten diametral entgegensteht — einen Krieg unter den ungünstigsten Chancen im aller= schlechtest gewählten Moment. — Denn Sie greifen Preußen wegen einer Sache an, welche vollkommen ge= eignet ist, das deutsche Nationalgefühl zu entflammen, — wegen der Abtretung deutschen Gebietes, — und wenn die süddeutschen Regierungen auch keine Neigung haben, preußische Interessen zu verfechten, so wird diese deutsch=nationale Erregung der Bevölkerungen sie um so mehr auf die Seite Preußens treiben, als sie nirgends einen Halt sehen und die traurigen Schicksale der entthronten Fürsten ihnen noch lebendig vor Augen

stehen. — Wir unsererseits," fuhr Herr von Beust achsel=
zuckend fort, — „sind vollständig außer Stande, uns
auch nur zu regen, — und wollten wir trotz unserer
unfertigen, im Werden begriffenen Zustände wirklich
eine Aktion wagen, so würde Rußland und Italien es
uns unmöglich machen — Sie würden sich also ohne
alle Bundesgenossen der deutschen Nationalaufregung und
der mehr oder minder aktiven Gegnerschaft Rußlands
und Italiens gegenüber befinden, — was Italien be=
trifft, so werden Sie selbst ermessen, welche Folgen ein
isolirtes Engagement Frankreichs gegen Deutschland auf
die römische Frage haben müßte —"

„Ich verkenne das Alles nicht," sagte der Herzog
ein wenig zögernd, — „aber," rief er dann in heftigem
Tone, — „soll man denn diesem unersättlichen, rück=
sichtslosen Ehrgeize Preußens gegenüber immer nachgeben,
— immer zurückweichen, sollen denn alle Großmächte Eu=
ropas sich beugen vor diesem berliner Kabinet?"

Herr von Beust blickte mit ruhigem Lächeln in das
erregte Gesicht des französischen Diplomaten.

„Wissen Sie," sagte er dann, leicht mit dem Finger
auf dem Tisch trommelnd, — „wissen Sie, mein lieber
Herzog, welches unsere schärfste und wirksamste Waffe
dieser preußischen Macht gegenüber ist? — die Ge=
duld!"

„Das ist eine Waffe," rief der Herzog, „welche Frankreich wenig gewöhnt ist zu führen!"

„Und doch," sagte Herr von Beust ruhig, „kann ich nur bringend rathen, zu dieser Waffe zu greifen, — denn sie sichert uns nach meiner Ueberzeugung den Sieg, — die endliche Erreichung des Zieles. — Sie werden überzeugt sein," fuhr er fort, „daß ich nicht nur eine negative Geduld, eine indolente Zurückhaltung empfehlen will, — aber ich wünsche die Aktion so ernst und so folgerichtig vorzubereiten, daß der Erfolg so sicher als möglich ist — ich wünsche den Fehler zu vermeiden, den man in Oesterreich begangen hat, — und dessen Folgen ich jetzt wieder gut zu machen berufen bin. — Diese vordrängende preußische Macht," sagte er, indem seine Züge sich belebten und der Schimmer einer leichten Röthe auf seinem bleichen Gesicht erschien, „kann nur mit Erfolg angegriffen werden, wenn man sie isolirt und ihr eine Koalition entgegenstellt, welche sie von allen Seiten übermächtig umzingelt. Jetzt ist die Lage umgekehrt. Preußen ist von starken Allianzen flankirt — Oesterreich ist ohnmächtig — Frankreich steht also allein. Unsere erste Aufgabe muß sein, Italien von Preußen zu trennen. Frankreich, Oesterreich und Italien bilden eine starke Macht, noch bedeutungsvoller dadurch, daß sie Süddeutschland in eisernem Ringe umfassen und von der Einigung mit dem Norden zurückhalten können. — Wird es nun möglich sein, Italien einer österreichisch-französischen Allianz einzufügen? — Ich glaube, ja. Der König Viktor Emanuel wünscht bringend die Anbahnung eines besseren Verhältnisses mit unserem Kaiserhaus, — der französische Einfluß ist mächtig in Florenz — das Ministerium wird diesen Einfluß unterstützen — und mit einigen Konzessionen in der römischen Frage kann man, ohne das Prinzip aufzugeben, die öffentliche Meinung günstig stimmen. Ist dieß erreicht, so stehen wir schon auf einer festen, ernsten Basis. Dann aber muß Rußland von Preußen getrennt werden, — und das scheint mir nicht so sehr schwer. Kommt man Rußland ein wenig im Orient entgegen, so fällt der Grund seiner festen Anlehnung an Preußen fort, — Sie wissen, daß ich schon eine Revision des Pariser Traktats angeregt habe, und ich bemerke in Folge dessen bereits eine fühlbare Verbesserung unseres Verhältnisses zu dem St. Petersburger Kabinet. Gehen wir vorsichtig und geschickt auf diesem Wege weiter, so werden wir, wie ich hoffe, diese kompakte Verbindung der nordischen Mächte lockern, welche für die Politik Oesterreichs so lähmend und erdrückend ist. — Das ist," fuhr Herr von Beust aufathmend fort, „die diplomatische Aufgabe, welche wir uns zu stellen haben. Zugleich aber müssen wir un-

ausgesetzt und sorgfältig daran arbeiten, alle antipreu=
ßischen Elemente in Deutschland in ihrem Widerstande
zu bestärken, sie zu sammeln und zu organisiren, um,
wenn der Augenblick des Handelns kommt, auf die
schwankenden Regierungen einen starken Druck ausüben
zu können. Aber auch dazu ist Zeit nöthig. Wir
haben hier den König von Hannover und den Kurfür=
sten von Hessen und damit die Fäden der Agitationen
in jenen Gebieten, Sie werden auf die katholische Presse
in Bayern wirken können, — die unangenehmen Be=
rührungen der preußischen Centralisationsbestrebungen
werden das Ihrige thun und so bin ich überzeugt, wird
die Zeit, anstatt wie Sie fürchten, das unvollendete
Werk des vorigen Jahres zu konsolidiren, dasselbe viel=
mehr zerbröckeln."

. „Ich bewundere in der That die weite und tiefe
Kombination, welche sich in Ihren Worten vor mir öff=
net," sagte der Herzog von Gramont.

Herr von Beust lächelte.

„Um nun dieß Alles vorbereiten und ausführen zu
können," fuhr er fort, „ist vor Allem nöthig, daß die
Grenze zwischen Nord= und Süddeutschland scharf auf=
recht gehalten wird, und statt Kompensationen zu suchen
und zu fordern, sollte die französische Politik sich mit
der österreichischen zur festen Aufrechthaltung des Prager

Friedens verbinden, und die in diesem Traktat vorge=
sehene und völkerrechtlich stipulirte Herstellung eines
Südbundes anstreben, welcher ja unter unsern beider=
seitigen Einfluß fallen würde — darin liegt der Schlüssel
der Zukunft."

„Aber der Prager Frieden ist ja bereits verletzt!"
rief der Herzog von Gramont, — „die Militärverträge
mit den süddeutschen Staaten, welche so eben bekannt
gemacht werden —"

Herr von Beust lächelte sein.

„Gerade diese Verträge," sagte er, „mischen unsere
Karten. Preußen hat den Prager Traktat schon ver=
letzt, und wir haben den Konflikt ganz fertig zur Hand,
— wenn der Moment gekommen sein wird, wo wir
seiner bedürfen. Wenn aus dieser Frage ein Konflikt
entsteht, so greift Preußen ein von ihm selbst geschaf=
fenes Vertragsrecht an, — und wir sind die Verthei=
diger desselben, — das ist sehr wichtig, insbesondere für
Frankreich, — denn wenn Frankreich sich in die Ange=
legenheiten Deutschlands mischt, so muß es geschehen zur
Vertheidigung deutscher Rechte, nicht um aus deutschem
Gebiet Kompensationsobjekte zu nehmen. — Da haben Sie,"
fuhr er fort, „in großen Zügen die Ideen, welche nach
meiner Ueberzeugung für die Zukunft maßgebend sein
müssen, die näheren Modalitäten ihrer Ausführung wer=

ben sich Schritt vor Schritt ergeben, wenn wir uns ent=
schließen, gemeinsam und im Einverständniß auf diesem
Wege vorzugehen, welcher zwar für jetzt uns große Zu=
rückhaltung und Vorsicht auflegt, — aber dafür mit
Sicherheit endlich zum Ziele führt."

Herr von Beust hatte lebhaft gesprochen — sein
Gesicht zeigte die Erregung seines Geistes, — erwar=
tungsvoll blickte sein helles Auge auf den Herzog.

Dieser saß einige Augenblicke stumm, der feine,
zierlich geschnittene und fast immer lächelnde Mund war
ernst zusammengepreßt — sein Blick zu Boden gerichtet.

„Ich glaube, Sie haben Recht," sagte er endlich.
— „Sie sind der wahre Staatsmann, welcher von per=
sönlichen Gefühlen, Neigungen und Erregungen abzu=
sehen versteht und ruhig und fest Alles dem großen Ziel
unterordnet und dienstbar macht. Ich erkenne die Weis=
heit Ihrer Bemerkungen, die Größe und Klarheit Ihrer
Ideen an, — wenn sich auch," fügte er mit leichtem
Kopfschütteln hinzu, — „mein militärisches Gefühl un=
gern dem System der Geduld unterwirft."

„Seien Sie ruhig, mein lieber Herzog," sagte Herr
von Beust lächelnd, — „auch Ihre Zeit wird kommen,
— wir haben eine starke Festung zu besiegen, — nach
der stillen und mühsamen Arbeit der Ingenieure in den
Laufgräben kommt der Augenblick für die stürmenden

Bataillone. — Für jetzt also," fuhr er fort, „billigen Sie meinen Plan und theilen meine Ansicht?"

„So sehr," erwiederte der Herzog, „daß ich mir alle Mühe geben werde, Ihre Anschauungen in Paris zur Geltung zu bringen, — Sie erlauben mir, über unsere Unterredung ausführlich zu berichten?"

„Sie werden mich dadurch verpflichten," sagte Herr von Beust, — „ich werde den Fürsten Metternich veranlassen, in gleichem Sinne zu sprechen, — vor Allem vergessen Sie nicht, auf das Bestimmteste zu betonen, daß, wenn der Kaiser meine Anschauungen, welche vollkommen von Seiner apostolischen Majestät getheilt werden, nicht zu den seinigen machen könnte, — wenn demnach aus dieser luxemburger Frage ein ernster kriegerischer Konflikt entstehen sollte, — eine Unterstützung Oesterreichs in keiner Weise zu erwarten sei, — es ist meine Pflicht, mich darüber sehr klar und bestimmt auszudrücken, — in keiner Weise, Oesterreich würde die absoluteste und vorsichtigste Neutralität zu beobachten gezwungen sein, — man darf darüber in Paris keinen Augenblick im Zweifel sein."

Der Herzog verneigte sich leicht.

„Doch," fuhr Herr von Beust fort, „die Sache ist von so großer Wichtigkeit, daß es vielleicht noch besser wäre, wenn Sie sich entschließen könnten, selbst nach

Paris zu gehen, — Sie kennen die Situation hier ge=
nau und das mündliche Wort, die persönliche Einwir=
kung sind einflußreicher als alle Berichte —"

„Ich bin vollkommen dazu bereit," sagte der Herzog,
„und wenn Sie es wünschen, will ich sogleich abreisen."

„Warten Sie noch einige Tage," sagte Herr von
Beust, „bis ich Mittheilungen über den weiteren Ver=
lauf der Sache in Berlin und über die Auffassung des
englischen Kabinets habe, — damit ich meine Ansicht
in genauer Erwägung aller einschlagenden Verhältnisse
formuliren kann, — vielleicht wird sich dann auch in
Paris die erste Erregung etwas gelegt haben."

„Sie werden selbst die Güte haben zu bestimmen,
wann Sie für meine Reise den Augenblick für den rich=
tigsten halten," erwiederte der Herzog, indem er auf=
stand, — „ich werde inzwischen sogleich meinen Bericht
absenden und meine Ankunft ankündigen."

Herr von Beust begleitete den Herzog zur Thüre
und verabschiedete sich von ihm mit herzlichem Hände=
druck.

„Wie schwer wird es sein," rief er seufzend, „die
Ruhe zu erhalten, bis das Werk der Wiedergeburt
Oesterreichs vollendet ist, — bis alle diese so heterogenen
Elemente in eine dem gemeinsamen lenkenden Willen ge=
horchende Maschinerie vereinigt sind!"

Er stand einen Augenblick sinnend still.

„Doch es wird gelingen!" rief er dann lächelnd, indem der Ausdruck freudiger Zuversicht auf seinem Gesicht aufleuchtete, — „alle diese Faktoren, aus denen sich die politische Welt zusammensetzt, sind lenkbar durch den Geist, — durch die Kombination, durch die geschickte Leitung des Widerspiels der Kräfte, — es gilt nur, den vorzeitigen Ausbruch der rohen Gewalt zu verhüten, — versuchen wir muthig, was der Geist und die geschickte Staatskunst vermögen!"

Er trat zu seinem Schreibtisch und bewegte den Glockenzug.

„Lassen Sie den Herrn eintreten, der mir vorhin die Karte gesendet," sagte er dem Bureaudiener, und erwartungsvoll blickte er dem Eintretenden entgegen.

Reverend Mr. Douglas, wie er sich durch seine Karte angemeldet, ein breitschulteriger, kleiner, untersetzter Mann von etwa fünfzig Jahren, war eine jener Erscheinungen, welche man schwer wieder vergißt, sobald man sie einmal gesehen.

Sein großes, stark markirtes Gesicht mit hoher, breiter Stirn, von glatt herabhängendem Haar umgeben, von einzelnen Narben zerrissen, trug einen aus Energie und Schwärmerei gemischten Ausdruck; die Augen, so stark schielend, daß es unmöglich war, jemals ihren

Blick zu erfassen, bildeten im Verein mit dem großen, breiten Mund, den starken Kinnbacken und der mächtig hervortretenden, etwas schief im Gesichte stehenden Nase ein Bild von so ungemeiner Häßlichkeit, wie es schwer zum zweiten Male zu finden gewesen wäre. Dennoch entbehrte dieß auf den ersten Anblick fast erschreckende Ensemble nicht einer gewissen Anziehungskraft durch das Licht geistigen Lebens, welches diese so absonderlich ge= bildeten Züge durchschimmerte.

Mr. Douglas, in einfachem schwarzen Rock, trat in ruhiger Haltung herein, verneigte sich und blieb mit jener den englischen Geistlichen eigenthümlichen würde= vollen Zurückhaltung vor dem Minister stehen.

Herr von Beust blickte ihn erstaunt und betroffen von der eigenthümlichen Erscheinung an.

Er deutete artig auf den Stuhl, welchen der Herzog von Gramont so eben verlassen, und setzte sich vor seinen Schreibtisch.

„Graf Platen schreibt mir," sagte er, als Mr. Douglas ihm gegenüber Platz genommen, im reinsten Englisch, — „daß Sie von England kommen und mir manches Interessante mitzutheilen haben."

Mit einer sonoren Stimme, deren Ton ein wenig an die Gewohnheit kirchlicher Vorträge erinnerte, erwie= derte Mr. Douglas:

„Ich bin beglückt, den großen Staatsmann zu
sehen, dessen Name uns Engländern sympathisch ist,
dessen Geist ich lange bewundert habe und von dem ich
überzeugt bin, daß er die Ideen, welche mich bewegen,
verstehen und würdigen wird."

Herr von Beust neigte lächelnd den Kopf. „Es
freut mich sehr," sagte er, „wenn mein Name in Eng=
land einen guten Klang hat, — ich bin meinerseits
stets ein aufrichtiger Bewunderer des Geistes der eng=
lischen Nation gewesen."

„Wir verfolgen in England," sagte Mr. Douglas,
„mit gespanntem Interesse Alles, was Eure Excellenz
thun, um die große Aufgabe zu erfüllen, welche Ihnen
übertragen ist, — und," fügte er hinzu, „welcher Nie=
mand in dem Grade gewachsen wäre, als Sie. — Ich
insbesondere," fuhr er fort, „habe meine Blicke voll
Aufmerksamkeit auf Ihr Werk gerichtet, weil ich dasselbe
in Verbindung bringe mit einem größen Gedanken, der
mich erfüllt und mächtig bewegt, — so mächtig, daß ich
mich aufgemacht habe aus meiner Heimat, um auszu=
ziehen zur Ausführung dessen, was mit der leuchtenden
Gewalt der Wahrheit mein Inneres durchdringt."

Herrn von Beust's erstaunte Blicke drückten die
Spannung aus, mit welcher er den Mittheilungen entgegen=
sah, die dieser eigenthümlichen Einleitung folgen sollten.

„Ich habe," fuhr Mr. Douglas fort, „die Ge=
schichte Europas, wie sie sich in den letzten Jahren ge=
staltet und entwickelt hat, genau und aufmerksam ver=
folgt — und ich habe zugleich in Folge meines geist=
lichen Amtes die heiligen Schriften eingehend studirt,
und aus dieser doppelten Beobachtung habe ich die
Ueberzeugung gewonnen, daß die Offenbarungen des
großen Evangelisten sich erfüllen und daß der Streit
mit dem großen Drachen geführt werden muß, welcher
gegen den Himmel anstürmt, damit die endliche Herr=
schaft des Reiches Gottes vorbereitet werde!"

Mit großen Augen sah Herr von Beust diesen
Mann an, der da vor ihm saß, das scharf markirte
Gesicht durchzittert von dem Ausdruck fanatischer Ueber=
zeugung, die rechte Hand erhoben mit zwei ausgestreckten
Fingern, die linke auf die Brust gelegt. — Er wußte
in der That nicht, was er mit dieser merkwürdigen
Persönlichkeit anfangen sollte.

„Der Drache," sprach Mr. Douglas weiter, „ist
Preußen, das die Grundsätze des Rechts zerstört, das
die Heiligkeit des Glaubens, des Christenthums mit
Füßen tritt, Thron und Altar zu Boden wirft und dem
Unglauben, dem Heidenthum die Welt überantworten
möchte. Die aber von ihm niedergeworfen und erwürgt
sind, die Männer in den weißen Kleidern, das sind

Diejenigen, die am Recht, am Glauben, an der Reli=
gion festhalten, das sind Diejenigen, die sich vereini=
gen müssen, um dem Erzengel Michael beizustehen in
dem großen Kampfe gegen den Drachen der Finsterniß."

Ein eigenthümliches Lächeln zuckte um die Lippen
des Herrn von Beust. Schweigend und mit immer
wachsender Verwunderung betrachtete er den sonderbaren
Interpreten der Apokalypse.

Mr. Douglas ließ die Hand sinken, der Ausdruck
der begeisterten Erregung schwand von seinem Gesicht
und im Tone ruhiger Konversation fuhr er fort:

„Das Alles habe ich gefunden in der sorgsamen
Verfolgung der Geschichte und dem Studium der Offen=
barungen, — es ist mir immer klarer geworden, seit
ich eingedrungen bin in die Geheimnisse des Spiritis=
mus, — ich habe Verkehr gehabt mit den hervorragend=
sten Geistern der Vergangenheit, — und alle ihre Mit=
theilungen haben mir bestätigt, daß der Augenblick ge=
kommen sei, um den gemeinsamen Kampf gegen den
großen Drachen zu beginnen."

Herr von Beust schwieg immerfort.

„Diejenigen aber, welche berufen sind, diesen Kampf
aufzunehmen, sich zu demselben in engem Bunde zu ver=
einigen, das sind diejenigen Mächte in Europa, welche
jede in ihrer Weise am positiven Christenthume fest=

halten, welche das weiße Kleid der Auserwählten tra=
gen: das ist England, die Vertreterin der reinen Hoch=
kirche, — das ist Oesterreich und Frankreich, die katho=
lischen Mächte, — das ist Rußland, welches in seiner
Hand das griechische Kreuz trägt, dem der Osten hul=
digt. Was bedeutet," fuhr er fort, „der Unterschied,
welcher die englische Hochkirche, den Katholizismus und
den griechischen Kultus von einander trennt, im Ver=
gleich zu dem Abgrunde, welcher alle diese Vertreter des
christlichen Glaubens von jener Macht trennt, welche
das Recht mit Füßen tritt, die Fürsten von den Thro=
nen wirft und die Kirche zu einer Institution der Staats=
raison macht? Die großen christlichen Mächte müssen
sich also vereinigen, um Preußen und seinen Satelliten
Italien niederzuwerfen, das Recht, die Autorität und
den Glauben auf Erden wiederherzustellen."

Herr von Beust machte eine leichte ungeduldige
Bewegung.

„Ich glaube nicht recht," sagte er mit einem kaum
merkbaren Lächeln, „daß diese der geistlich=kirchlichen An=
schauungsweise entnommenen Gesichtspunkte geeignet sein
möchten, die Politik der Kabinette Europas zu bestim=
men, — welche sehr weltlich gesinnt sind," fügte er mit
leichtem Achselzucken hinzu.

Mr. Douglas lächelte mit überlegener Würde.

„Die weltlichen Interessen stimmen vollkommen mit
den Bedingungen der vorbezeichneten Entwickelung der
christlichen Weltordnung überein, — wie es ja über=
haupt das Wesen der Religion ist, daß ihre Wahrheiten
auch Diejenigen beherrschen und lenken, welche sie nicht
erkennen. Betrachten Excellenz," fuhr er fort, „die
Stellung und die nothwendigen Aufgaben der europäi=
schen Mächte, — Sie werden finden, daß sie in ihrem
eigenen, rein politischen, rein weltlichen Interesse han=
deln müssen, — wie sie nach meiner Auffassung der
Weltlage handeln sollen. Sie, Excellenz, stehen an der
Spitze des österreichischen Staates, — welcher nieder=
geworfen ist von dem gemeinsamen Feinde, beraubt seiner
heiligsten und unantastbarsten Rechte, dem Verfall und
Untergang preisgegeben, wenn er sich nicht aufrafft zu
ernstem, rücksichtslosem Kampf. Sie sind bedroht von
Italien, dem Bundesgenossen Ihres Feindes, — Sie
sind angewiesen auf die Allianz Frankreichs, das nur
bestehen kann, wenn es sich fest stützt auf die Religion
und das Recht, denn in seinem Innern gährt schon die
Revolution, und die Kraft der Religion, das ewige
Recht allein kann die aus dem Krater heraufdrängenden
bösen Geister bannen. — Die beiden anderen Mächte,"
fuhr Mr. Douglas seufzend fort, „welche berufen wären,
an dem großen Kampfe theilzunehmen, stehen leider ab=

seits — England, mein Vaterland, — weil es ver=
sunken ist in Materialismus, — aber es schläft nur,
es kommt darauf an, den alten englischen Sinn zu
wecken, und England wird von Neuem seine ganze Kraft
einsetzen, um das heilige Recht zur Geltung zu bringen.
Rußland — ich bin überzeugt, daß man dort mit Be=
sorgniß den Umsturz alles dessen sieht, was als heilig
und ehrwürdig jahrhundertelang dagestanden hat, —
aber Rußland ist von Denen, welche mit ihm gemein=
sam handeln müßten, zurückgestoßen, man hat ihm den
Weg seiner naturgemäßen Entwickelung verschlossen, statt
sich mit ihm zu vereinigen, um die Heiden aus der
alten Hauptstadt Konstantin's des Großen zu vertreiben,
— dadurch hat man Rußland gewaltsam zu Preußen
gedrängt und die Kraft des allgemeinen Feindes mächtig
verstärkt."

Herr von Beust hatte immer aufmerksamer zuge=
hört.

„Sie würden also, um Ihre Ideen, — die mich
sehr interessiren, zur Ausführung zu bringen —" fragte
er mit forschendem Blick.

„Rußland vor Allem, diese christliche Macht, den
Bannerträger des Christenthums im Osten, von Preußen
trennen; durch eine richtige Behandlung der orienta=
lischen Frage würde das sehr leicht sein, — England

aufrütteln aus seiner Lethargie, — durch zahlreiche
Freunde, welche denken wie ich, durch kräftige Benutzung
der Presse würde auch das bald geschehen können, —
und dann," fuhr er fort, abermals die Hand mit den
emporgerichteten Fingern erhebend, „den Vernichtungs=
kampf des großen europäischen Bundes für das christ=
liche Recht gegen das Heidenthum in Staat und Kirche
beginnen. Der Sieg kann nicht fehlen."

Herr von Beust sann einen Augenblick nach.

„Haben Sie schon mit Jemand über Ihre Ideen
und Ihre Pläne gesprochen?" fragte er.

„Ganz im Allgemeinen mit einigen gleichgesinnten
Freunden in England," erwiederte Mr. Douglas; —
„eingehender und was die Durchführung der Gedanken
betrifft, die mich bewegen — noch nicht, als hier. —
Es ließ mir keine Ruhe," fuhr er fort, „Tag und Nacht
bewegte mich der immer mächtiger und klarer in mir
sich emporarbeitende Gedanke, ich fühlte die Mission in
mir, seine Ausführung den Mächtigen der Erde zu
predigen, — aber wie sollte meine Stimme, die Stimme
eines einfachen Geistlichen, der bisher in stiller Zurück=
gezogenheit seinen Studien und den Pflichten seines
Amtes gelebt, dahin bringen, wo die Macht wohnt, in
die Geschicke der Welt einzugreifen? — Da gab mir
Gott, den ich anrief, ein," fuhr er fort, „mich an den

König von Hannover zu wenden, — er ist geborener
Prinz meines Landes, er ist hart und schwer von dem
mächtig durch die Welt schreitenden Unrecht getroffen, —
er mußte besonders berufen sein, mir meinen Weg zu
öffnen. Ich erhielt von einer Dame ein Einführungs=
schreiben an die Königin Marie, welche in trauriger
Einsamkeit auf der Marienburg leidet, — ohne Besorg=
niß ließen die preußischen Wachen mich, den einfachen
Geistlichen, zu der hohen Frau, und ich brachte ihr Trost
und Stärkung, ich erweckte in ihr den Glauben und
das Vertrauen auf die göttliche Hülfe und deutete ihr
an, wie durch die Macht des christlichen Gedankens die
Mächte Europas erweckt werden müßten, um alles Recht
und auch das ihrige wieder aufzurichten. — Die Kö=
nigin verstand mich und sendete mich an ihren erhabenen
Gemahl nach Hietzing, welchem ich in großen Zügen den
Gedanken entwickelte, der mich erfüllt. Der König,"
fuhr er fort, „ergriff meine Ideen mit großem Interesse,
er begriff vollständig sowohl die christlich=religiösen Prin=
zipien, von welchen ich ausging, als auch die politischen
Kombinationen, durch welche ich die Erreichung meines
großen Zieles möglich machen wollte, — und er befahl
sogleich, mir den Weg zu Eurer Excellenz zu öffnen,
,denn,' sagte Seine Majestät zu mir, ,dort werden Sie
den großen Geist finden, um Ihre Gedanken zu erfassen,

und die geſchickte Hand, um Ihnen den Weg zu ihrer
Ausführung zu zeigen und zu öffnen.'"

Herr von Beuſt hatte nachdenkend zugehört.

„Ich bin in der That frappirt von Ihrer Auffaſ=
ſung," ſagte er, als Mr. Douglas ſchwieg, — „Sie
faſſen mit weitem Blick die ganze Geſammtlage Euro=
pas zuſammen und bezeichnen ſo ſcharf und treffend die
Punkte, welche die Situation beſtimmen, — daß ich
lebhaft bedauern würde, wenn dieſe Gedanken lediglich
private Reflexionen blieben. Ich freue mich meinerſeits,
Ihre Ideen gehört zu haben, — allein," fügte er achſel=
zuckend hinzu, „ich vertrete nur Eine europäiſche Macht,
und zwar eine Macht, welche in dieſem Augenblicke ſehr
wenig mächtig iſt, — um Ihren Gedanken ernſte, prak=
tiſche Folgen zu geben, müßten dieſelben in Paris und
St. Petersburg gehört und erfaßt werden."

„Ich wünſche nichts mehr," rief Mr. Douglas,
„als dort Gehör zu finden! — Der König von Han=
nover hat mir verſprochen, mich ſowohl beim Kaiſer
Napoleon einzuführen als auch in St. Petersburg, wo
er und beſonders die Königin, mit der ich darüber ſchon
ſprach, beſonders nahe Beziehungen hat. — Ich möchte
indeß," fuhr er fort, — „nicht ausſchließlich als Ver=
fechter der ganz beſonderen Rechte des Königs von Han=
nover baſtehen, — ich möchte eine Macht wenigſtens

zur Seite haben, deren Zustimmung und Unterstützung meinen Worten größeres Gewicht geben würde."

„Ich bin vollständig bereit, mein lieber Mr. Douglas," sagte Herr von Beust, „Sie auf jede Weise in Ihrem Werke zu unterstützen, — in der Weise natürlich, in der das möglich ist, denn Sie werden begreifen, daß, so sehr ich Ihre Gedanken bewundere und billige, ich sie nicht offiziell als die Formel der österreichischen Politik aufstellen kann, — das würde Ihnen den Eingang erschweren und vorzeitige Publizität und Wachsamkeit der Gegner hervorrufen. — Ich würde es indeß," fuhr er fort, „für höchst wichtig und bedeutungsvoll halten, wenn Sie persönlich mit der eindringenden Beredsamkeit, deren Wirkung ich so eben empfunden," — er verneigte sich mit verbindlichem Lächeln — „Ihre Kombinationen dem Kaiser Napoleon, sowie dem Kaiser Alexander und dem Fürsten Gortschakoff entwickelten. — Ich glaube nun," sagte er nach einem kurzen Nachdenken, „daß es das Beste wäre, wenn Sie sich zunächst durch die Beziehungen des Königs von Hannover, dessen Sache mir am Herzen liegt und gegen welchen Oesterreich eine Ehrenverpflichtung hat, — einführen ließen. Ich werde die Vertreter Oesterreichs anweisen, Sie in jeder Weise zu unterstützen und Ihnen überall, wo Sie es nöthig finden, den Zugang zu erleichtern. Zunächst müßten Sie nach Paris gehen, lassen Sie sich einen Brief vom Könige von Hannover geben, — ich werde Ihnen eine Einführung an den Fürsten Metternich mitgeben, — demnächst müßten Sie dann Ihr Werk in St. Petersburg beginnen."

„Ich danke Eurer Excellenz von ganzem Herzen für dieß freundliche Entgegenkommen und diese wirksame Unterstützung," sagte Mr. Douglas, — „auf welche ich bestimmt hoffte, — und werde sogleich mit dem Könige von Hannover sprechen, — er wird sehr erfreut sein, daß ich bei Eurer Excellenz so volles Verständniß gefunden."

„Jedenfalls werde ich Sie noch sehen," sagte Herr von Beust, — „kommen Sie Abends zu mir, — da werde ich stets für Sie zu Hause sein, wenn keine drängenden Geschäfte mich mehr stören, — ich werde mich freuen, mit Ihnen noch eingehender und ausführlicher mich zu unterhalten. Ich hoffe, daß Sie mich von Paris und demnächst von St. Petersburg aus fortlaufend und genau über Ihre Unterhaltungen und Ihre Erfolge unterrichten werden."

„Ich stehe von diesem Augenblick an ganz zu Eurer Excellenz Disposition!" sagte Mr. Douglas aufstehend, — „verfügen Sie vollständig über mich und seien Sie überzeugt," fügte er die Hand erhebend hinzu,

„daß ich Alles aufbieten werde, um die Leitung be-
europäischen Politik in Ihre Hände zu legen."

„Haben Sie mit dem Grafen Platen über Ihre
Ideen gesprochen?" fragte Herr von Beust.

„Wenig," antwortete Mr. Douglas achselzuckend,
„ich hielt es kaum für nöthig."

Herr von Beust nickte lächelnd mit dem Kopf.

„Auf Wiedersehen also!" sagte er aufstehend und
reichte Mr. Douglas die Hand, welcher sich darauf lang=
sam und ruhigen Schrittes entfernte.

„Though this be madness, — yet there is me-
thod in't!" rief Herr von Beust, indem er sich wieder
in seinen Lehnstuhl setzte und nachdenklich vor sich hin
blickte. — „Lassen wir diesen sonderbaren Schwärmer
als ballon d'essai die Stimmung der Kabinette son=
diren, jedenfalls wird er Manches sehen und hören, was
dem Blick der Diplomatie verborgen bleibt und mir als
Information von hohem Nutzen sein kann. — Und
wenn er auch von dem Standpunkt theosophischer Schwär=
merei ausgeht, — seine politischen Gedanken passen
vollständig in meinen Plan, — der Kaiser Napoleon
ist zugänglich für schwärmerische Mystik, — und in
Petersburg, — wer weiß, — auch Frau von Krüdener
hatte einst großen Einfluß, — und sie zog aus ihren
dunklen Prämissen nicht so klare Konsequenzen als dieser

eigenthümliche Mensch. Je mehr Fäden, je besser — und am besten und wirksamsten ist oft derjenige, welcher in verborgener Dunkelheit sich hinzieht."

Er warf einen Blick auf seine Uhr und zog die Glocke.

„Sagen Sie meinem Diener," befahl er dem eintretenden Bureaubeamten, „daß er mein Pferd vorführen lasse, — ich will ausreiten!"

Elftes Kapitel.

In dem Hause der Rue Notredame de Lorette, dessen Beletage auf der einen Seite von Mademoiselle Julia, der Freundin des Herrn von Grabenow, bewohnt wurde, saß auf der andern Seite, an deren Eingangs= thüre man auf einem Schild von Porzellan den Namen las: Romano, Maler, — in einem ziemlich geräumigen, unvollständig möblirten Salon ein Mann über einen großen Zeichentisch gebückt, eifrig beschäftigt mit einer Zeichnung in schwarzer Tusche.

Er trug einen schwarzen, verschossenen Sammet= rock, sein lang an den Schläfen herabhängendes schwar= zes Haar war dünn geworden und zeigte hie und da ergrauende Stellen, ja einzelne Silberfäden, — obgleich die Züge seines Gesichts auf kaum mehr als ein Alter von vier= bis fünfundbreißig Jahren schließen ließen. Dieß Gesicht war von schönem, edlem Schnitt, unter der Stirn, zu hoch geworden durch das frühzeitig ausgefallene Haar, glänzten, von schön gezeichneten dunklen Brauen überwölbt, tiefschwarze Augen, deren Blick in fieberhaftem Glanz leuchtete, die griechische Nase trat scharf aus dem mageren Gesicht hervor und um den feinen Mund, dessen Lippen sich fest aufeinander preßten, zuckten in peinlichem Nervenspiel jene eigenthümlichen Linien, welche tiefer Seelenschmerz dem Menschenantlitz eingräbt.

Neben dem andern Fenster stand ein altes Kanape mit zerrissenem Ueberzug, daneben eine Staffelei und ein Tisch mit einer Palette, Pinseln und einem Blech=kasten voll Oelfarben. Auf der Staffelei sah man ein großes Bild, die Auferstehung Christi darstellend, — die Konturen waren genial gezeichnet, einzelne Particeen fast vollendet, andere kaum angefangen, das Ganze trug den Stempel des Unvollendeten, Zerrissenen, — der künstlerischen Unsicherheit.

Neben dem Kamin, in welchem die letzten Funken eines erlöschenden Feuers verglühten, hing ein lebens=großes Bild einer jungen Frau in weißer, idealischer Gewandung, welche der jungen Julia sprechend ähn=lich sah.

Der Maler Romano starrte trübe auf seine Zeich=nung — schlaff sank die magere, von blauen Adern durchzogene Hand auf das Papier nieder, das brennende große Auge starrte blicklos auf die Konturen. Dann plötzlich erhob er sich in rascher Bewegung, warf den

Stift, den seine Hand mechanisch gehalten, fort und
schritt im Zimmer auf und ab.

„Welch' ein Dasein," rief er, — „welch' ein jam=
mervolles Hinsiechen dieser athmenden Maschine, welche
bestimmt war zur edlen Wohnung des nach Gottes
Ebenbilde geschaffenen Geistes, — und welche nichts
weiter mehr ist als das öde und jammervolle Gefäng=
niß einer gebrochenen, zerrütteten Seele, die ihren irdi=
schen Kerker nur verlassen wird, — um dem Abgrund
der ewigen Qual zu verfallen!"

Er warf sich auf das alte Kanape und starrte
düster vor sich hin.

„Wie oft," flüsterte er, „habe ich die durstigen
Lippen geöffnet, um das Ende dieses entsetzlichen Da=
seins im erlösenden Gift zu trinken, — wie oft habe
ich den breitschneidigen Dolch nach diesem verzweifelten
Herzen gezückt, um seinen bangen Schlägen für immer
Halt zu gebieten, — aber meine Lippen haben sich
angstvoll geschlossen, — meine Hand ist zitternd herab=
gesunken bei dem Gedanken, daß ich die Qual dieses
Lebens nur verlassen würde, um vor dem wetterflam=
menden Thron des ewigen Richters zu erscheinen! —
Mein Verbrechen ist groß — ungeheuer," rief er schmerz=
lich die Hände ringend, — „aber meine Leiden und
meine Reue sind eben so groß, eben so furchtbar! Wenn

die Liebe Gottes wägte, — nicht die unerbittliche Ge=
rechtigkeit, — meine Schuld könnte gesühnt sein, —
aber habe ich ein Recht an die Liebe, — ich, der ich
das Vertrauen der treuesten Liebe so schmählich getäuscht?
— Er zwar," sagte er leise, indem eine Thräne in
seinem brennenden Auge schimmerte, „er, mein verrathe=
ner Bruder, — er würde verzeihen mit seinem großen
Herzen voll Erbarmen und Milde, und oft habe ich
mich aufmachen wollen, um ihn aufzusuchen und zu sei=
nen Füßen seine Vergebung zu erflehen — aber die
Scham, die Verzweiflung halten mich zurück!"

Er blickte lange auf das unvollendete Gemälde
auf der Staffelei.

„O du heilige, göttliche Kunst," rief er, indem ein
träumerisch weicher Schimmer seinen Blick erleuchtete, —
„wie habe ich dich geliebt, wie rankte sich meine Seele
empor an den erhabenen Vorbildern der großen Ver=
gangenheit, wie glühte mein Herz von schöpferischem
Drange, — o ich hätte Großes und Schönes schaffen
können, denn mein Auge war geöffnet dem Heiligthum
der ewigen Schönheit, und meine Händ war geschickt,
die Gesichte meines Innern zu verkörpern, — aber seit
ich gefrevelt an der Treue und dem Vertrauen meines
Bruders, seit ich der gebenedeiten Jungfrau die Züge
des sündigen Weibes gab und sündige Gedanken bei dem

heiligen Werk meine Seele mit Schlangenringen umzogen,
— seitdem verschließt sich die Harmonie der Schönheit
meinem Auge und meine Hand hat die Schöpfungskraft
verloren, — sie kann nur sklavisch wiedergeben die Bil=
der des gemeinen Lebens! — Ich wollte die Auferstehung
des Heilandes malen," murmelte er finster, die brennen=
den Blicke auf die Leinwand gerichtet, — „ich hoffte
Trost zu finden in dem gnadenreichen Bilde des Er=
lösers, der aus dem irdischen Grabe zum Throne des
Vaters emporsteigt, die Schuld der ganzen Menschheit
in seinen reinen Händen tragend, um sie mit dem hei=
ligen Blute, das er am Kreuz vergossen, zu sühnen vor
dem Stuhle des Richters, — aber," rief er die Zähne
zusammenpressend und die Hände ringend, — „mich be=
rührt der Strahl der Gnade nicht, — trat auch zu=
weilen das von Erbarmen leuchtende Antlitz des Hei=
landes vor mein inneres Auge, — ich konnte es nicht
wiedergeben, — es nahm unter meinem Pinsel die Züge
des erbarmungslosen, strengen, unerbittlichen Richters
an, — oder die Dämonen, welche meinen Geist um=
schwebten, ihn erwartend für die ewige Verdammniß,
entstellten des Erlösers himmlisches Antlitz zur teuf=
lischen Fratze!"

Er sank ächzend in sich zusammen und ließ den
Kopf in die Seitenkissen sinken.

Lange lag er so still und unbeweglich, — man
hörte nichts als die tiefen Athemzüge, welche in schmerz=
lichen Seufzern aus seiner Brust hervordrangen.

Die Thüre des Nebenzimmers öffnete sich, — man
sah einen reich möblirten Salon, aus demselben trat in
das Zimmer des Malers eine Frau von hoher, üppiger
und voller Gestalt in einem weiten Kleide von schwerem,
rauschendem, dunklem Seidenstoff, das volle schwarze
Haar in großen Flechten zu einer jener sonderbaren
Coiffuren verschlungen, welche jene Zeit in so vielen
Formen hervorbrachte, Formen, die keiner Epoche, keinem
Geschmack angehörten und höchstens an die Bewohnerin=
nen ferner, von der Civilisation noch unberührter Kü=
stenstriche erinnern konnten.

Man sah auf den ersten Blick, daß diese Frau das
Urbild des über dem Kamin hängenden Porträts sein
mußte, — es waren dieselben edlen, klassischen Züge, —
dieselbe Wölbung der Augenbrauen, dieselbe frappante
Aehnlichkeit mit der Geliebten des jungen Herrn von
Grabenow.

Aber über das Gesicht dieser Frau waren die Jahre
mit ihrer zerstörenden Macht dahingezogen, und mehr,
als die Jahre es vermocht, hatte die zersetzende Kraft
gewaltiger Leidenschaften die ursprünglichen Formen durch=
wühlt und ihrem natürlichen Adel den Stempel sinn=

licher Niedrigkeit aufgebrückt. Man sah, daß diese Frau
vor der Zeit gealtert war, die tiefen Linien des Ge=
sichts, obwohl bedeckt durch geschickte Auflegung von
Roth und Weiß, das starre, ungraziöse Lächeln, welches
zuweilen den von Natur so schön geformten Mund um=
spielte, standen nicht im Einklang mit den noch weichen
und elastischen Bewegungen ihrer Gestalt.

Diese Frau blieb in der Thüre stehen und ließ
ihren Blick durch das einfache, ärmliche Gemach schwei=
fen, das einen eigenthümlichen Kontrast bildete mit
dem luxuriös ausgestatteten Salon, den sie geöffnet
hatte.

Endlich haftete ihr Auge auf dem bewegungslos
in der Ecke des Kanapes daliegenden Maler. Ein Aus=
druck von Hohn und Verachtung blitzte in ihrem
Auge auf, mit einem bitteren Lächeln zuckte sie die
Achseln.

„Ist Julia hier?" fragte sie mit einer Stimme,
deren ursprünglich voller, melodischer Klang scharf und
rauh geworden war.

Beim Tone dieser Stimme fuhr der Maler em=
por und blickte wie erschrocken in eine fremde Welt zu=
rückkehrend zu ihr hin.

„Ich suchte Julia hier," sagte sie kalt und scharf,
— „ich habe mit ihr zu sprechen und glaubte sie hier

zu finden. Mr. Mireport wird in einer halben Stunde hier sein, um sie singen zu hören."

Der Maler stand auf. Der trostlos apathische Ausdruck seines bleichen Gesichts machte einer unwilligen Erregung Platz, — eine feine Röthe erschien auf den eingesunkenen Wangen, ein krankhafter Glanz entzündete sich in seinen dunkeln, tiefliegenden Augen.

„Du hast also die Idee nicht aufgegeben, sie auf das Theater zu bringen?" fragte er.

„Wie sollte ich?" sagte sie kurz und scharf. „Ich muß an die Zukunft denken, — an die Existenz des Kindes und an die unserige; bis jetzt habe ich dafür gesorgt, — wenn ich alt werde, muß ich diese Sorge auf meine Tochter übertragen."

„Unsere Existenz?" fragte er, — „ich habe Dich für die meinige nie in Anspruch genommen!" fügte er mit einer Aufwallung edlen Stolzes hinzu, „meine Arbeit hat mir stets meine Existenz verschafft!"

„Die Arbeit eines Zeichners für die illustrirten Journale," sagte sie spöttisch die Achseln zuckend, — „eine Existenz wie diese!"

Und sie ließ ihren Blick verächtlich über die ärmliche Ausstattung des Zimmers gleiten.

„Ich ziehe sie der Deinigen vor," sagte er ruhig, — „mein einziger Trost in der Pein meiner Gewissens-

angst ist diese Einfachheit und Armuth, — an welcher
wenigstens die Sünde keinen Antheil hat, — und die
Schande nicht haftet."

Ein Lächeln voll kalten Hohnes zuckte um ihre
Lippen.

„Das sind Phrasen, die ich nicht verstehe,"
sagte sie in gleichgültigem Tone, „und die keinen Ein=
druck auf mich machen, — ich meinerseits lege an die
Forderungen und Bedürfnisse meines Lebens einen an=
dern Maßstab und werde auch in meiner Weise für die
Zukunft meiner Tochter sorgen. — Hättest Du," fuhr
sie in schneidendem Tone fort, „Dein reiches Talent
angewendet, um Bilder zu schaffen, aus dem vollen, hei=
tern Leben gegriffen, voll Lust, Kraft und Wahrheit,
Du hättest Deine Leinwand und Deine Farben in Gold
verwandeln können, genügend, um uns Allen eine frohe
und sorgenfreie Existenz zu schaffen, — statt dessen brü=
test Du träumend über idealen Heiligenbildern, die Dir
nicht gelingen, — und zeichnest, Du, der Du unter den
Ersten der Kunst stehen könntest, — elende Holzschnitte
für die blöde Menge."

Er seufzte tief.

„Du hast die Schlange gerufen in den blühenden
Garten meines Daseins," sagte er mit schmerzlichem
Lächeln, — „Du hast mir die berauschende Frucht der

Sünde gereicht, — verhöhne jetzt den vom Fluche Ge=
troffenen! — Doch," sagte er nach einem kurzen Schwei=
gen, — „Du weißt, daß Julia das Auftreten auf diesen
Bühnen verabscheut, welche nichts weiter sind als eine
Ausstellung der Schönheit, eine Konkurrenz um den
höchsten Preis für dieselbe, sie will den Weg nicht gehen,
zu welchem diese Bühnen der erste Schritt sind, und ich
werde mich widersetzen, daß man sie zu diesem ersten
Schritt überredet!"

„Du?" rief sie höhnisch, — „mit welchem Recht?
— Wer gibt Dir die Befugniß, in das einzugreifen,
was ich über die Zukunft meiner Tochter bestimme?
— Den ersten Schritt?" fuhr sie mit einer verächtlichen
Handbewegung fort, — „hat sie ihn vielleicht nicht ge=
than, — ist sie nicht, wie das ganze Quartier weiß,
die Geliebte dieses kleinen, langweiligen Deutschen, der
mich mit seiner Sentimentalität zur Verzweiflung bringt?"

„Schlimm genug, daß es so ist!" rief er seufzend,
— „ich konnte es nicht hindern, da Du ihr alle Frei=
heit und Gelegenheit gabst, — aber sie ist nicht inner=
lich gefallen, — es ist die Liebe, die wahre, reine Liebe
ihres jungen Herzens, der sie gefolgt ist, — die Welt
mag urtheilen wie sie will, das Verhältniß der beiden
Kinder ist ein gutes — ein reines — und vielleicht —"
sagte er leise und sinnend.

„Das ist Alles sehr schön und gut," rief sie, ihn
rauh unterbrechend, — „aber wie lange soll das dauern,
— wohin soll das führen? Dieser junge Mann wird ab=
reisen, zurückkehren in seine ferne Heimat, — ist er
unabhängig, um ihr eine sichere Existenz für das Leben
zu schaffen? — Nein, — er wird sie vergessen, — und
sie wird darauf angewiesen sein, für sich zu sorgen.
Dazu muß ich ihr den Weg öffnen — einen Weg, den
so Viele gehen, welche die Welt bewundert, einen Weg,
auf welchem Ruhm, Gold und Diamanten spielend zu
gewinnen sind, und welcher sie zur Unabhängigkeit und
zu sorgenfreiem Alter führt."

„Und wenn Er eines Tages wiederkäme," rief der
Maler mit glühendem Blick, „wenn mein Bruder vor
Dich hinträte und fragte: ‚Lukretia, was hast Du aus
meiner Tochter gemacht?' — glaubst Du ihm dann
diesen Ruhm, dieß Gold und diese Diamanten zei=
gen und ihm sagen zu können: ‚so habe ich für Dein
Kind gesorgt?'"

Ein leichtes Zittern lief durch die Glieder der Frau.
Sie schlug die Augen nieder und schwieg.

„Ich aber," fuhr er fort, — „will nicht ablassen
in der Mühe, sein Kind vor dem unrettbaren Fall in
den Abgrund zu bewahren, so viel ich kann, — Du
weißt," sagte er düster, „daß nur diese Pflicht, die ich

mir vorgesteckt habe als die heiligste Aufgabe meines
Lebens, mich bisher an Deine Wege gefesselt hat, —
wie an das Leben," fügte er mit dumpfer Stimme hin=
zu, — „ich werde suchen, sie zu erfüllen bis zum letzten
Augenblick, — und sollte ich dazu nicht mehr allein im
Stande sein, so werde ich meine Scham, meine Angst
überwinden, — ich werde ihn suchen, — ihn zu Hülfe
rufen — und Er wird die Macht haben, sein Kind zu
retten!"

Ein feindlicher, scharfer Blick schoß aus ihrem Auge
zu ihm herüber. Schnell verbarg sie diesen Blick unter
den gesenkten Lidern, ein gezwungenes Lächeln erschien
auf ihren Lippen und mit ruhigem, fast sanftem Tone
sprach sie:

„Du weißt, daß ich meine Tochter liebe und für
ihr Glück und ihre Zukunft sorgen will, — in meiner
Weise freilich, die nach meiner Ueberzeugung die beste
ist. — Uebrigens," fuhr sie fort, — „ist sie frei —
und ich kann sie nicht zwingen, — sie muß ihren end=
lichen Entschluß selbst fassen."

Bevor er antworten konnte, hörte man die Thüre
des ersten Salons sich öffnen, — mit leichtem, elasti=
schem Schritt schwebte die schlanke Gestalt Julia's über
den weichen Teppich und erschien hinter ihrer Mutter
in dem Rahmen der Thüre.

Das junge Mädchen trug einen einfachen Anzug von leichter violetter Seide, in dem einfach geordneten, glänzenden Haar eine Schleife von gleicher Farbe, ein kleines goldenes Kreuz an schwarzem Bande um den von einer leicht gekräuselten Spitze eingefaßten Hals.

Es war ein eigenthümliches Bild, diese beiden sich so ähnlichen und doch so verschiedenen Frauengestalten da neben einander zu sehen. Trauer und Wehmuth mußte es erregen, zu denken, daß die Mutter einst gewesen, wie die Tochter jetzt war; bange Furcht mußte der Gedanke erwecken, daß die Tochter einst der Mutter gleichen könne.

Julia blieb in der Thüre stehen, ein wenig erstaunt, wie es schien, ihre Mutter hier zu finden, welche sie sonst nicht gewohnt war, häufig in dem einfachen Wohnzimmer des Malers zu begegnen. Sie ging auf ihre Mutter zu und küßte ihr in ehrerbietiger Weise die Hand, wobei der Blick der älteren Dame wohlgefällig über die schlanke, biegsame Gestalt des jungen Mädchens hinglitt. Dann aber eilte diese schnell zu dem Maler hin und bot ihm mit reizendem Lächeln die Stirn, auf welche er mit inniger Zärtlichkeit seine Lippen drückte.

„Wie geht es meinem theuren Vater heute?" fragte Julia mit ihrer reinen, weichen Stimme.

Der Maler senkte den Blick vor dieser einfachen
Frage und antwortete, ohne das junge Mädchen anzu=
sehen:

„Mir ist stets wohl, wenn ich die liebe Stimme
meiner theuren Julietta höre."

„Noch immer hast Du keinen weiteren Strich an
diesem ewigen Bilde gemalt," sagte Julia, einen Blick
auf die Staffelei werfend, — „ich kenne das nun schon
seit Jahren, — warum ist der Kopf des Heilands da
immer in einer Wolke von Grau verborgen? Du wür=
dest ihn doch so schön malen können, lieber Vater, —
o ich wollte, ich könnte Dir das Bild zeigen, das in
mir lebt, — ich weiß ganz genau," sagte sie, den tiefen
Blick mit treuherziger Kindlichkeit auf den Maler rich=
tend, — „wie er aussehen müßte der gütige Heiland,
als er nach der Erlösung der Menschheit zum Himmel
zurückkehrte, um dem Vater zu sagen: ‚Ich habe der
Welt Sünde auf mich genommen, ich habe die vergan=
genen und kommenden Geschlechter der Menschen in mei=
nem Blute rein gewaschen von ihrer Schuld, — ich
habe dem Tode seinen Schrecken, der Hölle ihren Sta=
chel genommen!'"

Und wunderbare Begeisterung, glaubensvolle An=
dacht strahlte von ihrem frischen Gesicht.

Der Maler hatte die Hände gefaltet und mit angst=

‚voller Spannung blickte er in die erregten Züge des
jungen Mädchens, als hoffe er, das Bild des verzeihen=
den, alle Sünde und Schuld hinwegnehmenden Christus,
das sie beschrieb, solle auch seinem heißen, dürstenden
Blicke sichtbar werden.

„Was macht Dein Freund," fragte Madame Lu=
kretia in leichtem Tone, — „war er heute noch nicht da?
Gehst Du nicht aus?"

Das junge Mädchen senkte den Blick, ein weh=
müthiger Zug legte sich um ihre Lippen, während eine
flüchtige Röthe ihre Wangen färbte.

„Er war noch nicht hier," sagte sie, — „ich er=
warte ihn später, — es ist mir so peinlich, so angst=
voll, in die Welt zu gehen, eine stille Spazierfahrt am
späten Abend, wenn man Niemand mehr in den Alleen
des Bois de Boulogne begegnet, macht mir mehr Freude!"

Ihre Mutter schüttelte den Kopf. „Das sind
träumerische Phantasieen, die Du ablegen mußt, mein
Kind," sagte sie, „im Gegentheil, Du solltest Dich zei=
gen, wenn das ganze elegante Paris sich Rendezvous
an den Seen gibt, — Du hast in der That keine Ur=
sache, Dich zu verbergen," fügte sie mit einem wohlge=
fälligen Blick auf ihre Tochter hinzu, „und Dein Freund
kann wahrlich stolz sein, mit Dir vor den Blicken der
schönen Welt zu erscheinen!"

Ein glühendes Roth stieg in das Gesicht Julia's, ein tiefer Seufzer hob ihre Brust. Sie antwortete nichts auf die Bemerkung ihrer Mutter.

„Für heute," sagte diese, „ist es mir übrigens lieb, daß Du zu Hause geblieben bist, — ich erwarte einen Freund, dem ich von Deiner Stimme gesprochen habe und der begierig ist, Dich zu hören, — ich glaube, da ist er schon," fügte sie hinzu, auf ein Geräusch horchend, welches sich vor der Thüre des ersten Salons vernehmen ließ.

Rasch trat sie in diesen Salon zurück, während Julia mit erschrockenem Blick ihr nachsah.

„Ich habe mit Dir zu sprechen, mein Kind," sagte der Maler zu dem jungen Mädchen herantretend, — „wenn Du einen Augenblick zu ungestörter Unterhaltung frei hast, so komm zu mir — oder laß mir sagen, daß ich Dich besuchen könne."

„O ich komme lieber zu Dir, mein Vater," sagte das junge Mädchen lebhaft, — „hier bin ich so gern, — alle diese einfachen, kleinen Dinge erinnern mich an meine stille, glückliche Kindheit, — welche für immer dahin ist!" fügte sie seufzend hinzu.

„Julia!" rief ihre Mutter aus dem andern Zimmer.

Das junge Mädchen folgte dem Ruf und trat in den reichen, mit dunkelrothen Seidenmöbeln fast zu voll gestellten Salon ihrer Mutter.

Der Maler schloß die Thüre hinter ihr.

Madame Lukretia saß auf einer schräg vor dem Kamin stehenden Causeuse — vor ihr lehnte in einem kleinen, weiten und bequemen Fauteuil ein Mann von fünfzig bis sechzig Jahren, nach der neuesten Mode gekleidet, das frisirte Haar und den kleinen spitzen Schnurrbart glänzend schwarz gefärbt. Seine dunkeln, stechenden Augen blickten scharf und lauernd umher, die verwitterten Züge des gelblichen Gesichts kontrastirten merkwürdig mit seiner jugendlichen Haltung und Kleidung, die scharf gebogene Nase erinnerte an den Schnabel eines Raubvogels, der große Mund mit etwas hervorstehender Unterlippe ließ bei dem häufigen, fast mechanischen Lächeln eine Reihe glänzender Zähne sehen, welche eben so sorgfältig gearbeitet waren als die übrigen Gegenstände seiner Toilette. Der starke Geruch eines durchdringenden Moschusparfüms umgab wie eine Atmosphäre diese eigenthümliche und durchaus nicht sympathische Erscheinung.

„Herr Mireport, ein großer Freund der Musik,“ sagte Madame Lukretia, den Fremden ihrer Tochter vorstellend, —. „ich sprach mit ihm von Deiner Stimme, — und er ist begierig, Dich singen zu hören, — willst Du so gut sein, uns irgend etwas vorzutragen, —

aber," fügte sie lächelnd hinzu, „nimm Dich zusammen, denn Herr Mireport ist ein feiner Kenner."

Herr Mireport erhob sich ein wenig zu einer kur= zen Verbeugung, wobei er aus seinen schwarzen, funkeln= den Augen einen prüfenden Blick auf das junge Mäd= chen warf, der dessen ganze Gestalt umfaßte, — einen Blick, wie ihn etwa ein Pferdehändler auf ein Pferd werfen würde, das man ihm zum Kauf anbietet.

Julia senkte die Augen unter diesem Blick und verneigte sich leicht.

„Ich bin höchst erfreut, Ihre Bekanntschaft zu ma= chen, mein Fräulein," sagte er mit etwas heiserer Stimme, indem ein zufriedenes Lächeln seine Lippen umspielte, — und sich zu der Mutter wendend fügte er halblaut hinzu: „Ich wette, die Kleine wird Furore machen, wenn sie nur ein wenig Stimme hat und ihre Blödigkeit ablegt."

„Mein Gesang ist nicht gemacht, um die Prüfung eines Kenners zu bestehen," sagte Julia · in ziemlich kaltem Tone, der sehr wenig Neigung verrieth, den ihr antipathischen Fremden zum Richter über ihre Stimme zu machen.

„Falsche Bescheidenheit, falsche Bescheidenheit, meine Kleine," sagte Herr Mireport, — „das müssen Sie ablegen, — denn das macht befangen und hindert die

Entwickelung der Kraft und Geschmeidigkeit der Stimme, — fürchten Sie übrigens nicht," sügte er lächelnd hinzu, „daß ich ein strenger Richter sein werde, — bei so viel Schönheit und Anmuth ist das Urtheil schon zum Voraus bestochen."

„Singe nur, mein Kind," sagte Madame Lukretia in bestimmtem Tone, — „wir sind ja ganz unter uns und ich habe den Herrn gebeten, mir ein Urtheil über Deine Fähigkeit zu geben."

Auf diese Aufforderung ihrer Mutter ging das junge Mädchen langsam zu einem in der Nähe des Fensters stehenden Pianino, Herr Mireport folgte aufmerksamen Blickes ihren Bewegungen.

„Viel Elastizität im Gange," sagte er mit halber Stimme, — „schöne Bewegung der Hüften, — sie wird Furore machen, ich sehe schon alle jungen Herren in Ekstase, — eine Ernte von Diamanten."

Julia hatte sich vor das Pianino gesetzt, richtete einen Augenblick das Auge sinnend empor und begann mit ihrer klangvollen Stimme zu singen:

„Quand je quittais ma Normandie —"

Herr Mireport hörte aufmerksam zu, — anfangs etwas betroffen über die Wahl dieses einfachen, in wehmüthiger Träumerei anklingenden Liedes, das er nach seinem Gespräch mit der Mutter wohl nicht erwartet haben mochte, schien er immer mehr die Biegsamkeit und den Wohllaut der Stimme und den seelenvollen Vortrag zu bewundern.

Julia hatte vergessen, daß sie Zuhörer hatte, sie folgte dem Liede, das mit ihrer Stimmung harmonirte, und sang mit tief wehmüthiger Wahrheit:

„Il est un âge dans la vie
Où chaque rêve doit finir
Un âge où l'ame recueillie
A besoin de se souvenir —"

„Bravo, bravo!" rief Herr Mireport, lebhaft in die Hände klatschend, — „eine reizende Stimme, — wenn sie stärker und kräftiger wäre, würde das Fräulein eine Zierde der großen Oper werden, — aber ich fürchte, dazu möchte der Klang nicht ausreichen — doch seien Sie sicher," sagte er, sich zu Madame Lukretia wendend, „Ihre Tochter wird eine glänzende Zukunft haben, — ich sehe sie schon auf der Höhe der Bewunderung von ganz Paris, und werde mich glücklich schätzen, bei der Entdeckung dieser Perle betheiligt gewesen zu sein."

Julia hatte bei der lauten Beifallsäußerung des Herrn Mireport plötzlich ihren Gesang unterbrochen und sich nach der Seite gewendet, wo ihre Mutter mit dem Fremden saß. Sie hörte dessen Bemerkungen, der weiche,

träumerifche Ausbruck, welchen ihr Gesicht während der
letzten Strophe des Liedes wiedergestrahlt hatte, ver=
schwand von ihren Zügen, eine feste, entschlossene Ruhe
erfüllte ihren Blick, rasch stand sie auf und indem sie
sich leicht gegen Herrn Mireport verneigte, sagte sie mit
kalter Höflichkeit:

„Ich danke Ihnen, mein Herr, für Ihr freundliches
Urtheil, — ich weiß am besten, wie wenig mein ein=
facher Gesang diesen Beifall verdient, den Sie so gütig
waren ihm zu spenden, — meine Lieder sind die Freude
meines stillen, eigenen Lebens und niemals werde ich
das, was mir eine Quelle des Glückes und des Trostes
im Kummer ist, der Kritik der gaffenden Menge preis=
geben.“

Herr Mireport sah erstaunt die Mutter des jungen
Mädchens an, — dann sagte er mit einem überlegenen
Lächeln, indem er leicht den kleinen schwarzen Schnurr=
bart emporbrehte:

„Das Fräulein wird von diesem grausamen Ent=
schluß zurückkommen, die Blumen sind nicht gemacht,
um einsam zu verblühen, — und so viel Reiz und
Schönheit darf sich der Bewunderung der Welt nicht
entziehen.“

„Es ist natürlich,“ sagte Madame Lukretia ruhig,
„daß meine Tochter, welche bisher in der Stille des

Hauses aufwuchs, einige Scheu empfindet bei dem Ge=
danken, einmal vor die Oeffentlichkeit zu treten, — das
ist eine Scheu, die wohl alle Künstlerinnen empfunden
haben, — übrigens," fügte sie mit einem bedeutungs=
vollen Blick auf Herrn Mireport hinzu, — „ist diese
ganze Erörterung vielleicht verfrüht, — meine Tochter
hat ja vollkommen Zeit, ihre Entschlüsse zu überlegen,
die sie dann ganz nach ihrem freien Ermessen zu fassen
haben wird."

„Gewiß, gewiß," sagte Herr Mireport, — „ich
habe nur meine Gedanken ausgesprochen und meinen
Rath gegeben, — wie ich ihn nicht anders geben kann!
— Jedenfalls aber hoffe ich," fuhr er fort, „daß das
Fräulein nicht die Bitte abschlagen wird, — wenigstens
in einem privaten Kreise vor einigen Kunstfreunden und
Kennern eine Probe ihres merkwürdigen Talentes ab=
zulegen. Ich werde Sie um die Erlaubniß bitten, Ma=
dame," sagte er zu Frau Lukretia gewendet, — „Sie
und Ihre Tochter in einigen Tagen in die Salons
einer Freundin von mir, einer sehr distinguirten Dame,
der Marquise de l'Estrada, einzuführen, dort wird Ihre
Tochter Gelegenheit haben, einen kleinen und gewählten
Kreis zu entzücken."

Julia hatte die Augen niedergeschlagen und die
Lippen zusammengepreßt.

Als er geendet, erhob sie den Blick mit kaltem, ablehnendem Ausdruck zu ihm und schien eine Antwort geben zu wollen.

Da öffnete sich die Thüre, die Dienerin des jungen Mädchens blickte hinein und sagte mit einem bedeutungs= vollen Wink:

„Man erwartet Mademoiselle in ihrem Salon."

Ein helles Roth flog über das Gesicht Julia's.

„Du erlaubst," sagte sie zu ihrer Mutter, „daß ich sehe, was es ist" — und mit einer leichten, kalten Verbeugung gegen Herrn Mireport, der ihr überrascht und mit einem forschenden Blick aus seinen stechenden Augen nachsah, verließ sie das Zimmer, eilte schnell über den Korridor nach der andern Seite der Etage und trat in ihren Salon.

Herr von Grabenow blickte ihr mit strahlenden Augen entgegen und breitete die Arme nach ihr aus.

Sie eilte zu ihm hin, warf sich an seine Brust, lehnte den Kopf an seine Schulter und brach in lautes Weinen aus.

Erschrocken rief der junge Mann: „Um Gottes= willen, was fehlt Dir, mein geliebtes Leben?"

„O nichts," flüsterte sie, „wenn ich hier bei Dir bin, — hier an Deiner Brust habe ich wenigstens für den Augenblick das Gefühl der Sicherheit, des Schutzes!

— Eine schöne Täuschung," sagte sie noch leiser, — „denn für mich gibt es keine Sicherheit — und Niemand kann mich schützen!"

„Mein Gott, was ist geschehen?" rief er angstvoll, — „ich bitte Dich — sage mir —"

„Jetzt nicht," rief sie, sich aufrichtend und den Kopf schüttelnd, als wollte sie die Nebelschleier finsterer Gedanken von ihrem Scheitel entfernen, — „Du weißt, ich habe oft trübe Stimmungen, es ist nichts Unmittelbares, — vielleicht kommt der Augenblick, wo ich Dir sagen kann, was mich quält, — wenn der Schatten der Zukunft zum Körper sich verdichten sollte, — jetzt laß uns dem Augenblick leben, der Augenblick ist schön, — verlieren wir ihn nicht, — wer weiß, wie kurz er ist!"

Leicht hauchte sie in ihr Spitzentuch und drückte es auf die Augen.

Dann sah sie mit einem reizenden Lächeln zu ihrem Geliebten empor, den Blick leicht befeuchtet vom Duft der Thränen.

„Hast Du Deinen Wagen hier?" fragte sie, — „laß uns in's Freie — ich sehne mich nach Luft, — nach den Blumen des Frühlings, — nach dem frischen Grün der treibenden Blätter!"

„Wohin willst Du, — nach dem Bois de Boulogne, — nach den Kaskaden?"

„Nein," sagte sie, ihn groß anblickend, — „laß uns nach dem Bois de Vincennes fahren, — dort werden wir Niemand begegnen, — wir können die Welt vergessen, — wir werden allein sein mit der erwachen= ben Natur!"

„Süße Julia!" rief er, sie in seine Arme schließend.

Sanft machte sie sich los, warf einen dunkeln Mantel von schwarzem Sammt um und setzte einen kleinen Hut auf, dessen dichter, fast undurchsichtiger Schleier das ganze Gesicht verhüllte.

„Immer dieser Schleier," sagte er lächelnd, „un= durchsichtig wie die Maske einer Venetianerin, — soll ich auf dem ganzen Wege Dein liebes Gesicht nicht sehen?"

„Wirst Du so schnell vergessen, wie es aussieht?" sagte sie in schalkhaftem Tone, — „draußen, wo uns Niemand mehr sieht, will ich den Schleier ablegen."

Sie legte ihren Arm in den seinen und Beide stie= gen die Treppe hinab und in das unten wartende Coupé des Herrn von Grabenow, Julia lehnte sich in die Ecke und in raschem Trabe eilte der Wagen die Rue Notre= dame de Lorette hinab.

An der Ecke der Rue Lafayette hatte ein großer Lastwagen eine augenblickliche Stockung der Kommuni= kation verursacht, — die hin und her fahrenden Equi=

pagen waren gezwungen, einen Augenblick zu halten.
Herr von Grabenow sah plötzlich neben sich die leichte
offene Viktoria des Grafen Rivero, dessen großes, feu=
riges Pferd ungeduldig über die Verzögerung schnaubte
und zitterte.

Der Graf warf einen kurzen, forschenden Blick in
das Coupé und grüßte dann lächelnd Herrn von Gra=
benow mit der Hand.

Dieser beugte sich etwas vor und verdeckte das in
die Ecke zurückgelehnte junge Mädchen.

„Ich danke diesem ungeschickten Frachtfuhrmann,"
sagte der Graf, „das Vergnügen, Sie einen Augenblick
begrüßen zu können," und abermals lächelnd legte er
den Finger auf den Mund.

Ehe noch Herr von Grabenow, welcher mit einiger
Verlegenheit den Gruß des Grafen erwiedert hatte, Zeit
zu einer Antwort gefunden, war das Hinderniß des
Verkehrs beseitigt, das ungeduldige Pferd legte sich
mächtig in's Geschirr und mit dem Ruf „auf Wieder=
sehen!" rollte der Graf Rivero pfeilschnell davon, wäh=
rend das Coupé des Herrn von Grabenow in die Rue
Lafayette einbog.

„Wer war das?" fragte Julia mit tiefem Athemzug.

„Ein Landsmann von Dir, meine Freundin," sagte
Herr von Grabenow, — „ein italienischer Graf Rivero."

„Eine eigenthümliche Erscheinung," sagte das junge
Mädchen nach einem augenblicklichen Schweigen, — „der
Blick, welchen er hier in den Wagen warf, fiel wie ein
Lichtstrahl auf mich und der Ton seiner Stimme be=
rührte mich wie ein elektrischer Schlag! Es ist thöricht,"
rief sie, — „aber es war, als ob eine Stimme in mei=
nem Herzen rief, daß dieses Mannes Hand tief in mein
Leben einzugreifen bestimmt sei, — den Blick seines
Auges, obgleich ich ihn nur durch meinen Schleier ge=
sehen, werde ich nie vergessen!"

„Der Graf hat einen wunderbaren Einfluß auf
Alle, die ihm begegnen," sagte Herr von Grabenow, —
„auch ich habe den sympathischen Strom empfunden, der
von ihm ausgeht, — aber," sagte er lächelnd, — „ich
möchte nicht, daß er mit Dir zu viel in Berührung
käme, — das könnte mich eifersüchtig machen."

„Eifersüchtig?" fragte sie, „welche Thorheit! — das
ist es nicht, — aber ich kann den Eindruck nicht los
werden, — dieser Mann wird in mein Leben greifen!"

Sie legte ihre Hand in die des jungen Mannes und
lehnte schweigend den Kopf in die Kissen der Rücklehne.

Bald waren sie aus der innern Stadt und in einer
halben Stunde empfingen sie die schönen, vom ersten
leichten Grün überschimmerten einsamen Alleen des Bois
de Vincennes.

Julia schlug den Schleier zurück, — der Wagen
hielt und die jungen Leute stiegen aus, um sich Arm
in Arm in die Wege des Parks zu vertiefen. Sonnen=
helle Freude strahlte vom Gesicht Julia's, — wie ein
fröhliches Kind lief sie hierhin und dorthin, um ein
duftiges Veilchen, eine gelbe Schlüsselblume oder eine
kleine Marguerite zu pflücken; mit strahlendem Blick
folgte der junge Mann den anmuthigen Bewegungen
des schönen Mädchens, — hell und lieblich ertönte ihr
glockenreines Lachen durch die Gebüsche und hin und
wieder ließ sie im fröhlichen Jauchzen einen langgehal=
tenen Triller erschallen, — wie die Nachtigall in der
Fülle ihres frühlingssüßen Liebesglücks.

Zwölftes Kapitel.

Die Kaiserin Eugenie saß in ihrem Salon in
den Tuilerieen, ein halbgeöffneter Fensterflügel ließ die
frische Luft einbringen, welche über die großen, im ersten
Grün leuchtenden Bäume des Tuilerieengartens hinge=
strichen war und sich mit allen Aromen des erwachen=
den Frühlings erfüllt hatte.

Der Kaiserin gegenüber saß in einfacher, dunkler
Toilette ihre Vorleserin, Fräulein Marion, eine hübsche
Erscheinung von bescheidener Haltung, mit stillen, an=
muthigen Zügen, — vor ihr lagen einige geöffnete Briefe.

Die Kaiserin hielt in der Hand zwei jener eigen=
thümlich gekrümmten Metallstäbchen, welche man durch
geschickte Bewegung ineinanderfügen und wieder trennen
mußte, ohne eine Gewalt anzuwenden, ein Problem, mit
welchem sich damals ganz Paris beschäftigte und welches
man „la question romaine" getauft hatte.

Fräulein Marion sah lächelnd zu, wie die schönen
Finger ihrer Gebieterin sich vergeblich bemühten, die ver=

schlungenen Enden der gekrümmten Stäbe auseinander-
zubringen.

Ungeduldig warf die Kaiserin die „question" auf
den Tisch.

„Ich werde niemals dahin kommen," rief sie, „diese
römische Frage zu lösen!"

„Und doch kommt es nur darauf an, einmal die
richtige Bewegung erfaßt zu haben," sagte Mademoiselle
Marion mit sanfter Stimme, „dann ist die Sache sehr
leicht. Ich bitte Eure Majestät, genau herzusehen."

Sie ergriff die Stäbchen und löste sie mit einer
leichten Drehung von einander. Die Kaiserin folgte
aufmerksam der Bewegung ihrer Hände, dann ließ sie
den Blick sinnend durch das Zimmer schweifen und
sprach mit einem kleinen Seufzer:

„Das ist wieder einmal der rechte Geist der Pariser, — die ernsteste und schwerste Frage, welche je die
Welt bewegt hat, verwandeln sie in ein Spielzeug! —
Ich glaube wirklich," sagte sie lächelnd, — „wenn einer
unserer Unterthanen in der guten Stadt Paris den
kleinen Kunstgriff gelernt hat, der diese Stäbchen bindet
und löst, — so ist er glücklich und glaubt den Schlüssel
zur ‚römischen Frage' gefunden zu haben!"

„Ist es nicht besser, Madame," sagte Fräulein
Marion, — „daß die Pariser sich mit dieser römischen

Frage beschäftigen, — als wenn sie sich die Köpfe er=
hitzten über die große wirkliche Frage, welche die Kabi=
nette in Spannung erhält? Man muß daraus lernen,
diesen großen Kindern stets zur rechten Zeit ein hüb=
sches Spielzeug zu geben, — sie werden dann von ge=
fährlicheren Aufregungen fern bleiben."

Die Kaiserin blickte vor sich hin, — ihre schönen
Züge nahmen einen ernsten Ausdruck an.

„Also mein liebenswürdiger Vetter im Palais Royal
predigt jetzt den Krieg?" fragte sie langsam.

„Ich höre es von allen Seiten," sagte Fräulein
Marion, „Seine kaiserliche Hoheit soll sich sehr zornig
über die bisherige Nachgiebigkeit gegen Preußen aus=
sprechen und den Kaiser bestürmen, fest und energisch
aufzutreten."

Die Kaiserin lächelte.

„Nun das mag er thun!" sagte sie achselzuckend,
— „wenn es einen Eindruck macht, so dürfte es der
entgegengesetzte sein. — Es ist aber wahrlich traurig,"
fuhr sie nach einer kleinen Pause fort, „daß dieser Prinz,
der uns eine Stütze sein sollte, Alles thut, um das
Kaiserreich zu diskreditiren und zu kompromittiren. Fast
möchte man glauben, es läge eine böse Absicht dabei zu
Grunde!"

„O Madame," sagte Fräulein Marion, — „wie

sollte das möglich sein? — der Prinz hat doch der
Wiederaufrichtung des Kaiserthums nicht wenig zu
danken!"

„Er sieht sich als den eigentlichen Erben des ersten
Kaisers an," sagte die Kaiserin in ernstem Sinnen vor
sich hin blickend, — „er hat meinem Gemahl vielleicht
verziehen, daß er den Thron eingenommen, — aber er
verzeiht ihm seine Heirath — und meinen Sohn nicht!
— Es ist merkwürdig," fuhr sie fort, „wie stolz diese
Kinder Jérôme's darauf sind, daß eine wirkliche pur=
purgeborene Prinzessin, eine deutsche Königstochter, ihre
Mutter war, — zwar meine Cousine Mathilde ist eine
geistreiche Frau vom vortrefflichsten Herzen, sie beob=
achtet alle Déhors, — aber sie liebt mich nicht, — ich
verstehe das," fügte sie leise hinzu, — „der Prinz aber,
wo er kann, läßt er mich fühlen, wie feindlich er mir
gesinnt ist, — und bei jeder Gelegenheit markirt er die
königliche Geburt seiner Gemahlin, — der guten Clo=
tilde, — die daran gar nicht denkt. — Es liegt etwas
darin," sagte sie seufzend, — „der Sohn des Prinzen
hat eine Mutter und eine Großmutter aus jener Fa=
milie der Könige, welche sich für Wesen anderer Art
halten, — mein Louis hat nur die Namen Montijo und
Beauharnais in seinem mütterlichen Stammbaum,
an den Höfen Europas vergißt man das nicht!

Aber," rief sie, indem ihre Lippe sich stolz über den
weißen Zähnen kräuselte und ein flammender Strahl in
ihrem Auge aufblitzte, — „ist das Blut der Guzman
von Alfarache nicht eben so edel, edler als das Blut
so mancher Könige?"

„Eure Majestät folgen da Gedanken, welche wohl
Niemand zu hegen wagt," sagte Fräulein Marion lä=
chelnd.

„Wer weiß," flüsterte die Kaiserin, „heute viel=
leicht nicht, — aber es könnte eine Zeit kommen —.
Jedenfalls," sagte sie, den Kopf emporwerfend, „ist es
traurig, daß dieser Prinz immer Verwirrung und Un=
ruhe in die Familie und in das Land bringt, — der Kai=
ser sollte strenger gegen ihn sein, — aber er ist von
einer merkwürdigen Schwäche diesem Tollkopf gegenüber,
— er hat eine abergläubische Verehrung vor dem Blut
des großen Kaisers und die Aehnlichkeit des Prinzen
mit seinem Oheim entwaffnet ihn, wenn er noch so
zornig ist. — Ich weiß," rief sie lebhaft, „daß die
beißendsten Bemerkungen über mich und meine Umge=
bung im Palais Royal stets willkommen sind, — es
genügt, daß ich etwas wünsche, damit mein lieber Cousin
das Gegentheil will, — ich bin überzeugt, daß nur,
weil ich die Erhaltung des Friedens wünsche, er mit
aller Macht zum Kriege drängt!"

„Aber ist das nicht natürlich?" fragte Mademoi=
selle Marion, „ebenso wie Eure Majestät die Vertreterin
des Friedens sind, als Frau, als die erste der Mütter
Frankreichs, — ebenso muß der Prinz die kriegerische
Ehre und den Ruhm vertreten, als Mann, als Sol=
dat —"

„Ein Soldat — er?" rief die Kaiserin, die Ach=
seln zuckend, — „o," sagte sie, den schönen Hals hoch
emporstreckend und den Kopf zurückwerfend, „handelte
es sich um einen Krieg, bei dem wirklich für Frankreich
Ruhm und Ehre zu gewinnen wäre, — meine Stimme
würde die erste sein, welche laut dazu drängte, — aber
hier ist nur ein neuer Fehler zu machen, und alle Feinde
des Kaisers und unseres Hauses, welche sich ja stets um
den Prinzen sammeln, benutzen ihn, um diesen Fehler
begehen zu lassen. — Dazu die Krankheit meines Soh=
nes, — die Luft von St. Cloud hat noch nicht viel
Besserung gebracht, — o meine liebe Marion," rief sie
mit tief schmerzvollem Tone, die Hände faltend, —
„wenn dieß Kind stürbe, — was wäre ich?!" —

Mademoiselle Marion erhob sich rasch, ließ sich zu
den Füßen der Kaiserin niedersinken und drückte ihre
Lippen auf die Hand ihrer Gebieterin.

„Madame," rief sie, „welche Gedanken!"

„Du bist ein treues Herz," sagte die Kaiserin sanft

und freundlich, — „wie viele solche Herzen habe ich um
mich," fuhr sie mit dumpfer Stimme fort, — „wo wür=
den sie sein, Alle, die sich vor mir neigen und mich mit
den glühendsten Worten ihrer Ergebenheit versichern, —
wenn jemals ein Tag des Unglücks erschiene? —"

Und in schweigendem Sinnen strich sie sanft mit
der Hand über das Haar ihrer Vorleserin.

Ein Schlag ertönte gegen die Thüre. Der Kam=
merdiener Ihrer Majestät trat ein.

„Seine Excellenz der Staatsminister."

Die Kaiserin neigte den Kopf, Mademoiselle Ma=
rion stand auf.

„Das ist auch einer der wirklich Treuen und Er=
gebenen," flüsterte sie, während der Kammerdiener Herrn
Rouher die Thüre öffnete.

„Weil er mit uns fallen würde," murmelte die
Kaiserin fast ohne die Lippen zu bewegen.

Der Staatsminister näherte sich mit ehrfurchtsvoller
Verbeugung der Kaiserin, während Fräulein Marion
geräuschlos durch eine innere Thüre verschwand.

Die große, volle Gestalt des Herrn Rouher, der
einen schwarzen Ueberrock mit der großen Rosette der
Ehrenlegion trug, war weder anmuthig noch imponirend,
und auch sein Gesicht hatte auf den ersten Anblick wenig
Außergewöhnliches, der Mund lächelte freundlich, unter

der breiten Stirn blickte das klare Auge scharf hervor, die Züge verschwanden fast in der glatten Rundung des Gesichts, — dieser Mann, dessen Wort so lange die Kammer des Kaiserreiches mit souveräner Ueberlegen= heit beherrschte, machte den Eindruck eines Advokaten oder Bureauchefs, nicht den eines leitenden Staatsmannes.

Nur wenn er ·zu sprechen begann, zeigte sich auf seinem Gesicht die feste und stolze Sicherheit dieses außergewöhnlichen Geistes, der mit seiner Arbeits= und Rezeptionskraft ohne Gleichen alle, auch die verwickelt= sten Fragen zu durchbringen, zu beherrschen und in licht= vollem Vortrag so darzustellen verstand, wie er wollte, wie sie den Hörern erscheinen sollten; — das Auge leuchtete nicht in dem warmen Schimmer der Begeiste= rung, sondern im klaren, scharfen Licht des durchbrin= genden, analysirenden Geistes, seine Worte reihten sich aneinander regelrecht und zusammenhängend, wie die Steine eines Baues, oder drangen scharf und schneidend im dialektischen Kampf gegen die Gegner vor, — nie= mals gewann er das Herz der Hörer, — er unterwarf ihren Verstand.

Die Kaiserin streckte, ohne aufzustehen, Herrn Rouher ihre schlanke weiße Hand entgegen, welche dieser ehrerbietig an die Lippen zog. Dann setzte er sich auf einen Wink der Kaiserin ihr gegenüber.

„Eure Majestät haben mich wissen lassen," sagte
er, „daß Sie mir erlauben wollen, vor meinem Vortrag
bei dem Kaiser Ihnen meine Ehrfurcht zu bezeigen, —
ich danke aufrichtigst für diese Gnade."

Die Kaiserin sah ihn lächelnd an.

„Einem andern Manne gegenüber," sagte sie, „würde
ich einen Vorwand suchen, um zu Dem zu kommen, was
ich eigentlich sagen wollte, — Ihnen gegenüber, mein
lieber Herr Rouher, nützt das nichts, Sie würden mich
doch sogleich durchschauen, — also will ich Ihnen ohne
Umschweife sagen, weßhalb ich Sie habe rufen lassen!"

„Eure Majestät sehen mich glücklich," sagte Herr
Rouher, „daß ich Ihnen in irgend etwas nützlich sein
kann."

„Sie wissen, mein lieber Minister," fuhr die Kai=
serin fort, „daß die ganze politische Welt wieder in
Unruhe versetzt ist, — diese unglückliche luxemburgische
Sache, ich höre es mit Entsetzen, droht eine böse Wen=
dung zu nehmen und uns in einen furchtbaren Krieg
zu stürzen. — Ich habe eine große Scheu, mich in die
Politik zu mischen, — das ist nicht die Sphäre, in
welcher mir die Pflicht bestimmt ist, Frankreich zu nützen,
— aber es ist gewiß die allgemeine Politik der Frauen,
für die Erhaltung des Friedens zu arbeiten, und ich
möchte meine Stimme erheben so laut ich kann, um diese

Kriegsgefahr zu beschwören. — Ich habe den Kaiser
inständigst gebeten, die Sache nicht auf die Spitze zu
treiben, — und," fügte sie mit einem graziösen Lächeln
hinzu, indem sie die rosigen Spitzen ihrer Finger aneinander legte, — „ich möchte nun auch Sie noch besonders bitten, Sie, die festeste Stütze des Kaisers, —
seinen treuesten Rathgeber, — helfen Sie mir den Frieden erhalten, werfen Sie Ihr gewichtiges Wort in die
Wagschale, damit Frankreich, das noch aus den alten
Wunden blutet, — nicht von Neuem einem so grausamen Kampf entgegengeführt werde."

Der Staatsminister hatte die Kaiserin bei ihren
ersten Worten ein wenig betroffen angesehen, dann hatte
er mit dem unbeweglichsten Ausdruck ehrerbietigster Aufmerksamkeit sie bis zu Ende angehört.

„Es ist natürlich," sagte er in verbindlichstem
Tone, „daß Eurer Majestät edles Herz vor den Schreck-
nissen eines Krieges zurückbebt, — obgleich ich weiß,
daß Sie auch mit tapfern und stolzen Wünschen die
Fahnen Frankreichs begleiten, wenn sie für den Ruhm
des Vaterlandes in die Ferne getragen werden —"

Die Kaiserin drückte die Zähne leicht in die Unterlippe, sie senkte einen Augenblick das Auge zu Boden.

„Auch ich," fuhr Herr Rouher ohne Unterbrechung
fort, „gehöre gewiß nicht zu Denen, welche in chauvini-

ftischer Ueberreizung das Heil Frankreichs nur in ewigen
Kriegen, in einer unendlichen Anhäufung blutiger Ruh=
mestrophäen erblicken, — aber," sagte er mit festem
Tone, „ich habe es niemals verhehlt, weder vor dem
Kaiser noch vor den Vertretern des Landes, daß dieser
alle Dämme des europäischen Vertragsrechts nieder=
reißende Sieg Preußens bei Sadowa mir patriotische
Beklemmungen verursacht hat. — Ich habe lebhaft da=
von abgerathen," fuhr er fort, „daß der Kaiser sich da=
mals zwischen die erhitzten Gegner stürzen möge, —
wie Viele verlangten, — man muß die Finger nicht in
siedendes Wasser thun, — ich finde auch nicht, daß die
Form Deutschlands, welche als Endresultat des Krieges
von 1866 übrig geblieben ist, für Frankreich absolut
nachtheilig ist, — es lassen sich vielmehr aus den jetzi=
gen Zuständen noch manche Vortheile für unsere Politik
ziehen, — allein die Gleichgewichtsverhältnisse in Mittel=
europa sind so wesentlich gestört, dieser preußische Degen,
dessen Spitze, wie Herr Thiers früher schon sagte, gegen
die Brust Frankreichs gerichtet wurde, — ist so viel
stärker und schärfer geworden, daß in der That eine
Nothwendigkeit da ist, die Spitze etwas abzustumpfen,
um das Gleichgewicht durch eine entsprechende Kompen=
sation wiederherzustellen. Beides wird durch die Ab=
tretung Luxemburgs erreicht. Luxemburg in preußischen

Händen ist die Spitze des Degens, — in den unsrigen ist es ein starker Schild. — Ich fürchte übrigens nicht," sagte er nach einem augenblicklichen Schweigen, „daß es zum Kriege kommt, man scheut in Berlin vor dem Aeußersten zurück, und wenn wir nur fest auftreten und nicht zurückweichen —"

„Glauben Sie das nicht!" rief die Kaiserin leb= haft, — „die preußische Zurückhaltung und Mäßigung ist nur Schein, man bereitet eine mächtige und allge= meine Aufwallung des deutschen Nationalgefühls vor, — die Interpellation in der Versammlung des Reichs= tags ist das Losungswort gewesen, und wenn dieß ge= lungen ist — so wird man anders sprechen. Ich bin sicher, daß man zum Kriege entschlossen ist. — Haben Sie den Grafen Goltz gesprochen?" fragte sie.

„Nein," sagte der Staatsminister.

„Nun," rief die Kaiserin, — „ich habe ihn gestern gesehen, — Sie wissen, wie tief er es beklagt, daß im vorigen Jahre keine endliche volle Verständigung zwi= schen Frankreich und Preußen hergestellt ist, — wie sehr er die Erhaltung der guten Beziehungen wünscht, — welche gesichert wären," fügte sie nachdenklich mit lei= serer Stimme hinzu, — „wenn er die preußische Politik leiten könnte, — er ist überzeugt, daß man in Berlin zum Aeußersten entschlossen ist, und hat mich beschworen,

dahin zu wirken, daß man hier den Konflikt nicht auf
die Spitze treiben möge."

„Nun," sagte Herr Rouher mit ruhigem Tone, —
„und wenn es zum Kriege käme? — wir würden schnell
Luxemburg besetzen, — die widerstrebenden Elemente in
Deutschland würden Preußen große Verlegenheiten bereiten und man würde zuletzt in Berlin froh sein, nachdem die Degen gekreuzt sind, um den mäßigen Preis
von Luxemburg die unbestrittene Führung in Deutschland, — die definitive Anerkennung der Erfolge von
1866 erkaufen zu können."

„Aber wir haben keine Allianzen!" rief die Kaiserin, — „während Preußen Italien hat, — Rußland,
— das heimliche Wohlwollen dieser materiellen englischen Politik —"

„Die Geschichte zeigt," sagte der Staatsminister,
„daß das ängstliche Suchen nach Allianzen Frankreich niemals weder Stärke noch Vortheil gebracht hat, — Napoleon I. hatte keine Allianzen, — seine Allianzen waren
die Folge seiner Siege —"

„Napoleon I.!" rief die Kaiserin mit einem unbe-
schreiblichen Ausdruck. — „O ich sehe es wohl," sagte
sie dann traurig mit tiefem Seufzer, „mein Wort findet
nirgends Gehör, — und doch," fuhr sie fort, das Auge
emporrichtend und die Hände faltend, — „doch habe ich

nie tiefer und sehnlicher gewünscht, die Schrecken des
Krieges beschwören zu können, — die Gefahr, welche
das Leben des kaiserlichen Prinzen bedrohte und
welche noch immer nicht vorüber ist — läßt mich
tiefer als je empfinden, was es heißt, seine Söhne der
Todesgefahr auf den Schlachtfeldern entgegenzuschicken,
und mehr als je fühle ich mich als Vertreterin der Angst
und der Besorgnisse aller Mütter Frankreichs. — Außer=
dem," fuhr sie mit einem langen Blick auf das ruhig
unbewegliche Gesicht des Staatsministers fort, — „außer=
dem sehe ich weiter, — und die Konsequenzen dieses
Krieges würden gefährlich zurückwirken auf unsere in=
neren Zustände."

„Ich glaube, ein festes Auftreten nach Außen
würde nur zur Befestigung der inneren Verhältnisse bei=
tragen und alle widerstrebenden Elemente zum Schwei=
gen bringen," sagte der Staatsminister ruhig.

„Wenn man im Innern ebenfalls fest bleibt," er=
wiederte die Kaiserin, — „aber leider haben Diejenigen,
welche dem Kaiser zum Kriege rathen, ganz besondere
Absichten, die ich genau sehe — und die," fügte sie
seufzend hinzu, „vielleicht nicht ohne Aussicht auf Er=
folg sein möchten."

„Welche Absichten könnte man haben, die man
durch einen Krieg zu erreichen hoffte?" fragte Herr

Rouher, indem ein leichter Strahl von erhöhter Auf=
merksamkeit in seinem Auge erglänzte.

„Mein Gott," sagte die Kaiserin, indem sie leicht
mit dem einen Stäbchen der question romaine spielte,
welches vor ihr auf dem Tische lag, — „Sie wissen,
ich sehe so Manches und muß Manches sehen, weil die
Interessen von allen Seiten sich an mich drängen und
meine Feinde durch ihre Bosheit, meine Freunde durch
ihren Eifer dafür sorgen, daß mir nichts entgeht, —
so sehe ich denn auch jetzt eine starke Pression, die man
gegen den Kaiser ausübt, um die Zügel der Regierung
zu lockern und ein System des Parlamentarismus ein=
zuführen, — es ist da eine lange Linie zum Angriff
aufgestellt, — an ihrer Spitze steht mein Vetter Napo=
leon, — im Hintergrunde rückt Herr Ollivier heran —"

„Emile Ollivier?" rief Herr Rouher, indem er
fast einen Sprung auf seinem Stuhle machte, — „dieser
Träumer, — dieser eitle Geck, dessen Kopf voll Phrasen
und Widersprüchen und dessen Herz voll kraftlosen Ehr=
geizes ist? — Ich kenne ihn," fuhr er mit höhnischem
Lächeln fort, — „ich weiß, was dieser Spartaner werth
ist, — aber wie hängt er mit der Kriegsfrage zu=
sammen?"

„Sehr einfach," sagte die Kaiserin mit einem schar=
fen Blick, der schnell unter den leicht gesenkten Augen=

libern hervorblitzte, — „man sagt dem Kaiser, daß nun, nachdem das Kaiserreich fast zwanzig Jahre besteht, das System der straffen Konzentrirung der Gewalt nicht mehr nöthig sei, es erbittere die Gemüther, entfremde sie der Dynastie und lasse den Thron vor den Augen Europas als unsicher erscheinen, — man müsse jetzt ein neues parlamentarisches System inauguriren und die Kräfte der Opposition in die Regierungssphäre hinein= ziehen, um für den kaiserlichen Prinzen eine Institution zu schaffen, welche unabhängig von der persönlichen Ueberlegenheit des Souveräns die Dynastie zu tragen und zu stützen geeignet sei."

Herr Rouher zuckte die Achseln.

„Um aber das System des persönlichen Regiments aufzugeben," fuhr die Kaiserin in fast gleichgültigem Tone fort, — „muß — so sagt man dem Kaiser — dieß System auf der Höhe seines Prestige stehen, — weil sonst das Volk nicht an ein freies Geschenk glau= ben und dafür danken, sondern glauben würde, einen Tribut der Schwäche zu empfangen."

„Solche Konzessionen sind immer Schwäche!" rief der Staatsminister, indem eine zornige Röthe sein Ge= sicht überflog.

„Nun ist aber das Prestige des persönlichen Regi= ments schwer erschüttert," fuhr die Kaiserin immer in

demselben Tone fort, „durch die Zurückhaltung Frank=
reichs der deutschen Katastrophe gegenüber —"

„Schon vorher durch den kläglichen Ausgang der
mexikanischen Expedition!" rief Herr Rouher in brüs=
tem Tone.

Ein jäher Blitz sprühte aus dem Auge der Kai=
serin, sie drückte das Metallstäbchen, das sie in der
Hand hielt, so heftig, daß ein rother Streif ihre weißen
Finger färbte, aber kein Zug ihres Gesichts änderte sich,
— in noch ruhigerem Tone als bisher fuhr sie fort:

„Man hat zum ersten Male gesehen, daß eine
solche Erschütterung der europäischen Verhältnisse sich
vollzieht, ohne daß Frankreich gefragt oder gehört wird,
— dieser Eindruck muß beseitigt werden, — wenn aber
Frankreich das Prestige wieder hergestellt hat, — wenn
der Kaiser die Kompensationen, welche wir bedürfen,
dem französischen Volk und seinem Selbstgefühl geboten,
wenn er dasteht an der Spitze siegreicher Heere, —
wenn sein Wort wieder gehört wird in Europa, —
dann — so sagt man — sei der Augenblick gekommen,
um die neuen Institutionen zu begründen, welche einst
den Thron unseres Sohnes sichern sollen. — Ich," fuhr
sie seufzend fort, — „kann in diesen Institutionen kein
Heil erblicken, — ich finde, daß das Kaiserreich der
ernsten, festen, konzentrirten Gewalt bedarf, um diese un=

ruhigen Franzosen zu beherrschen, — ich habe beßhalb
nach allen Kräften gegen diese Ideen angekämpft —
und auch aus diesem Grunde Alles gethan, um den
Kaiser vom Kriege abzuhalten, — indeß," sagte sie
achselzuckend, „vielleicht täusche ich mich, — ich bereue
schon, daß ich meinem Prinzip untreu geworden bin,
mich jemals, auch in der besten Absicht, in die Politik
zu mischen —"

„Und der Kaiser?" fragte Herr Rouher, welcher
mit immer steigender Aufmerksamkeit den Worten der
Kaiserin gefolgt war, — „der Kaiser? — was sagt er
zu diesen Träumereien?" ·

„Der Kaiser?" sagte die Kaiserin, — „mein Gott,
Sie kennen ihn ja, — er sagt nichts, — er hört zu,
— indeß bemerke ich, daß er lange und aufmerksam
zuhört — Sie wissen ja, welchen Einfluß auf ihn große
liberale und civilisatorische Ideen stets haben, — ich
glaube — soll ich sagen ich fürchte — daß er im Her=
zen zu jenen Leuten hinneigt, welche das Kaiserreich zu
einer großen parlamentarischen Apotheose führen möch=
ten, — doch," unterbrach sie sich, „lassen wir das, —
ich überschreite den Kreis, den ich mir mit bestimmten
Grenzen vorgezeichnet habe, — außerdem habe ich einen
peinlichen Gegenstand berührt," fügte sie mit dem Aus=
druck der Verlegenheit hinzu, „denn bei allen diesen

Erörterungen kommt ja auch Ihre Person sehr wesent=
lich in Frage! — Also, mein lieber Minister," sagte sie
mit einem reizenden Lächeln, „vergessen Sie, daß ich
mit Ihnen Politik gesprochen, nehmen Sie meine Aeuße=
rungen für nichts Anderes, als für die ängstlichen Auf=
wallungen einer Frau, — die," sagte sie mit leichter
Neigung des Hauptes, „einen so starken Geist wie den
Ihrigen, der so lange gewohnt ist, die Politik zu über=
sehen und zu beherrschen — nicht einen Augenblick irre
machen sollen. — Ich fürchte und verabscheue diesen
drohenden Krieg, — deßwegen spreche und handle
ich dagegen, so viel ich kann, — Sie sehen ihn anders
an, — der Kaiser wird entscheiden und der Stern
Frankreichs wird Alles zum Guten führen."

Und sie lächelte mit einer Miene, welche deutlich
sagte, daß dieß Gespräch nunmehr zu Ende sein solle.

„Haben Sie schon gesehen," fragte sie, die beiden
kleinen Stäbe emporhebend, „auf welche Weise die guten
Pariser jetzt die römische Frage lösen? — Sehen Sie,
dieß kleine Spielzeug hat man die question romaine
getauft, es kommt darauf an —"

„Ich bitte Sie, Madame," sagte der Staatsmini=
ster, ohne die question romaine der Kaiserin zu be=
achten, — „ich bitte Sie, meine Aeußerungen vorhin
nicht so aufzufassen, als ob ich den Kaiser wegen

dieser luxemburgischen Frage zum Kriege drängen wolle,
— der Krieg ist das Aeußerste und Letzte, und wenn
Frankreich sich selbst auch eine feste Haltung schuldig
ist, — so darf man die Dinge darum doch noch nicht
bis zur Grenze des blutigen Konflikts treiben. — Eure
Majestät können überzeugt sein —"

„O ich bitte Sie, mein lieber Herr Rouher," rief
die Kaiserin, „lassen wir das, — Sie dürfen Ihre Ansichten in keiner Weise durch meine vielleicht recht thö-
richten Befürchtungen beeinflussen lassen, — vergessen
Sie das Alles, — ich bitte darum! — Sehen Sie,"
sagte sie, die Stäbchen ungeduldig hinwerfend, — „auf
diese Weise durch geschmeidiges Ineinanderfügen kann
ich die römische Frage nicht lösen. — Niemals, niemals, niemals!" rief sie, mit feinem Lächeln in das
erregte Gesicht des Staatsministers blickend.

„Madame," rief Herr Rouher aufstehend, — „Eure
Majestät mögen überzeugt sein, daß, wenn immer die
Lage der Dinge eine friedliche Lösung möglich macht,
ich Alles thun werde, was in meinen Kräften steht, um
Ihre so natürlichen und edlen Wünsche zu unterstützen
und den Frieden nach Außen zu erhalten."

„Der Friede nach Außen," sagte die Kaiserin mit
anmuthigem Lächeln, — „das ist die starke Regierung
im Innern, — dann sind wir ja Alliirte, mein lieber

Minister, — ich hatte das kaum gehofft, — aber ich bitte Sie nochmals, nur nach Ihrer Ueberzeugung zu handeln, — nichts um meinetwillen —"

„Eure Majestät haben die Gnade gehabt, mich als Ihren Alliirten zu bezeichnen," sagte der Staatsminister, — „ich hoffe, daß meine erhabene Alliirte auch hier im Innern mir zur Seite stehen wird gegen die Feinde, welche die starken und festen Institutionen des Kaiserreichs zerbröckeln möchten —"

„Wenn die Zweige des Oelbaums Europa beschatten," sagte die Kaiserin mit feinem Lächeln, — „so bedürfen wir keinen Ollivier im heimischen Garten Frankreichs!"

Und mit anmuthigem Lächeln sich erhebend reichte sie dem Staatsminister die Hand; dieser führte sie an die Lippen und verließ, sich tief verneigend, den Salon.

Die Kaiserin blickte ihm lächelnd nach.

„Die Einen lenkt man mit der Hoffnung," sagte sie leise, — „die Andern mit der Furcht. — Dieser hat nichts mehr zu wünschen, — man muß ihn fürchten lassen!"

*

Während dieß im Salon der Kaiserin vorging, saß Napoleon III. in seinem Kabinet, ihm gegenüber

der Marquis de Mouſtier, welcher verſchiedene Papiere
auf den Schreibtiſch des Kaiſers gelegt hatte.

Napoleon ſah ſinſter und erregt aus, — in ſich
zuſammengeſunken ſaß er da, ſein Schnurrbart, den er
immer von Neuem in ungeduldiger Bewegung durch die
Finger gleiten ließ, hing weniger ſorgfältig geordnet als
ſonſt über die Lippen herab, er hielt eine Cigarrette in
der Hand, — aber ſie war ausgegangen, das Auge des
Kaiſers blickte trübe und verſchleiert zu Boden.

„Benedetti hat eine große Verantwortung auf ſich
geladen," ſagte der Marquis de Mouſtier mit leicht er=
regter Stimme, „indem er die Depeſche, welche ich ihm
über den Vertrag mit Holland geſendet, zurückhielt.
Sie jetzt noch abzugeben, würde eine faſt birekte Kriegs=
erklärung ſein, nachdem die Interpellation im deutſchen
Reichstag ſtattgefunden, — aber jedenfalls müßte,"
fuhr er mit einbringlichem Ton fort, „der Botſchafter
ernſtlich getadelt werden, — es ſcheint mir überhaupt
zweifelhaft, ob wir einen Vertreter in Berlin laſſen
können, der ſo unter dem perſönlichen Einfluß dieſes
Grafen Bismarck ſteht. —"

' „Laſſen Sie die Sache auf ſich beruhen," ſagte der
Kaiſer, — „Benedetti hat vielleicht Frankreich einen
großen Dienſt geleiſtet," fügte er ſinnend hinzu.

Der Marquis verneigte ſich ſchweigend mit unzu=

friedener Miene, welche deutlich ausdrückte, daß er die
Auffassung seines Souveräns nicht theile.

„Es ist ein böses Spiel," sagte der Kaiser nach
einer kleinen Pause in dumpfem Ton, — „das uns
diese Indiskretion des Königs von Holland da gemischt
hat, — eine so einfache, natürliche Sache, die so leicht
zu ordnen schien, bei der ich so wenig ernsten Wider=
stand voraussetzen durfte, ist da hinaufgeschraubt wor=
den zu einem gewaltigen Konflikt, zu einer europäischen
Frage — bis an die Grenzen des Krieges, — o wenn
ich das gewußt hätte," rief er seufzend, „ich hätte die
ganze Sache nicht angerührt, — wenigstens jetzt nicht!"

„Aber glaubten denn Eure Majestät wirklich,"
fragte der Marquis verwundert, „daß die Erwerbung
von Luxemburg ganz ohne Widerspruch von Seiten des
berliner Kabinets vor sich gehen könne?"

„Ich glaubte es," sagte der Kaiser, — „oft habe
ich früher Andeutungen über diese Sache machen lassen,
— ich habe nie eine bestimmte Antwort erhalten, —
aber eben dieß ließ mich glauben, daß man in Berlin
geneigt sei, diese Konzession zu machen, um eine defini=
tive Verständigung zu erreichen, — ich habe angenom=
men, man wolle nicht ausdrücklich zustimmen, aber man
würde zufrieden sein, das fait accompli acceptiren zu
können — und nun —?"

„Aber halten denn Eure Majestät," fragte der
Marquis, „diesen jetzigen Widerstand für ernst? — ich
glaube," sagte er lächelnd, — „man will durch einiges
Sträuben, durch einige Schwierigkeiten den Werth der
Konzession nur größer machen!"

Der Kaiser schüttelte langsam den Kopf.

„Sie täuschen sich," sagte er dann, — „dieser Wi=
derstand ist ernst. Die Interpellation im Reichstag
würde nicht stattgefunden haben, wenn Graf Bismarck
sie ernstlich nicht gewollt hätte, — und daß er die
Frage auf diesen Weg bringt, beweist mir unwiderleg=
lich, daß er fest entschlossen ist, nicht nachzugeben, denn
das deutsche Nationalgefühl wird sich mehr und mehr
erhitzen — und das deutsche Nationalgefühl, wenn es
einmal aufgeregt wird, ist eine furchtbare Waffe in der
Hand eines Mannes, wie dieser preußische Minister. —
Wissen Sie, mein lieber Marquis," sagte er nach einer
kleinen Pause, indem er sich etwas emporrichtete und
mit großem, starrem Blick den Minister ansah, —
„wissen Sie, was mich an dieser ganzen Sache so pein=
lich, — ich möchte sagen, unheimlich berührt, — das
ist nicht die fehlgeschlagene Kombination, nicht die Hin=
dernisse, welchen ich in dieser speziellen Frage begegne, —
man könnte ja leicht eine andere Kombination, ein an=
deres Arrangement finden, — aber," fuhr er mit dum=

pfem Tone fort, — „ich begegne hier abermals jenem festen,
kalten, trotz der ruhigsten Form so rücksichtslos abweisen=
den Widerstand, den dieser preußische Minister allen
meinen Schritten entgegensetzt, um zwischen dem neuen
Deutschland und Frankreich ein festes, freundliches Ver=
hältniß herzustellen, — eine Allianz zu knüpfen, welche
nach meiner Ueberzeugung die Welt beherrschen müßte! —
Er betont stets seinen Wunsch, mit mir in den besten
Beziehungen zu leben, — aber jedesmal, wenn ich die
Basis dazu schaffen will, weist er mein Entgegenkom=
men zurück. — Wohin soll das führen? Kann Frank=
reich ruhig, ohne seinerseits sich zu stärken, dieses über=
mächtige Anwachsen der deutschen Macht ansehen? —
Das muß endlich zu einem harten, furchtbaren Kampfe
führen, zu einem Kampf der Rassen, — in welchem
nicht nur die politische Macht Deutschlands und Frank=
reichs gegen einander streiten werden, sondern in welchem
gerungen werden wird zwischen der germanischen und
der lateinischen Rasse um den ersten Platz in Europa!"

„Wenn Eure Majestät überzeugt sind, daß dieser
Kampf endlich mit unvermeiblicher Nothwendigkeit kom=
men muß," sagte der Marquis de Moustier, während
der Kaiser düster vor sich hinstarrte, — „dann ist es
doch in der That richtiger, die Ereignisse zu beherrschen,
wozu sich jetzt die beste Gelegenheit bietet, statt sie später

vielleicht über uns hereinfluten zu lassen. — Halten
Eure Majestät fest, — zeigen Sie jetzt, bevor die deut=
sche Macht sich konsolidirt hat, dem preußischen Kabinet
einen ernsten Willen und einen unbeugsamen Entschluß,
— ich bin überzeugt, daß man dort zurückgehen wird —"

Der Kaiser schüttelte langsam den Kopf.

„Und wenn nicht," rief der Marquis, — „nun
so werden wir schlagen, so werden wir endlich diesen
übermüthigen Soldaten von Sadowa zeigen, daß Frank=
reich nicht Oesterreich ist —"

„Wir stehen allein," sagte der Kaiser zögernd.

„Nicht ganz, Sire," erwiederte der Marquis, —
„wir haben wirksamere Bundesgenossen, als die Kabi=
nette es vielleicht sein würden, — wir haben alle die
widerwillig unterworfenen Elemente in Deutschland, die
katholischen Parteien Süddeutschlands, welche auf ihre
Regierungen drücken werden, — wir haben Hannover,
das unter dem preußischen Zügel schäumt, — wir haben
die Bevölkerung von Luxemburg selbst, welche nicht er=
mangeln wird, vor ganz Europa eine Demonstration
zu machen."

„Sind Sie dessen gewiß?" fragte der Kaiser.

Der Marquis ergriff ein kleines Heft, welches vor
ihm auf dem Tische lag.

„Hier ist," sagte er, „ein sehr ausführlicher und

interessanter Bericht von Herrn Jaquinot über die Zu=
stände im Großherzogthum —"

„Herr Jaquinot?" unterbrach der Kaiser mit fra=
gendem Tone.

„Er ist Präfekt von Verdun, Sire," erwiederte der
Marquis, — „Sohn des Generals Jaquinot, — er
hat ein Fräulein Collart aus Luxemburg geheirathet
und die Familie seiner Frau dort oft besucht, — viel
beobachtet und seine Beobachtungen mit großem Geschick
zusammengestellt; — er konstatirt, daß die ganze Be=
völkerung des Großherzogthums französisch gesinnt ist,
— die Bemühungen, welche früher zwei Männer beson=
ders" — der Marquis blätterte suchend in dem Be=
richt, den er in der Hand hielt — „zwei Männer, Na=
mens Friedemann und Stammer, zur Verbreitung der
deutschen Sprache und Literatur gemacht, sind erfolglos
geblieben, die Handels= und Verkehrsbeziehungen ziehen
die Bevölkerung ebensosehr als Sprache und Sitten
zu uns, — man wird uns bei lauten Kundgebun=
gen in diesem Sinne nicht vorwerfen können, daß wir
deutsches Gebiet beanspruchen."

„Wollen Sie mir den Bericht hier lassen," sagte
der Kaiser, nahm das Heft aus der Hand seines Mi=
nisters und legte es auf den Tisch neben sich. — „Sie
sprachen von Hannover?" fragte er dann, „glauben Sie,

daß dort auf etwas Ernstes zu rechnen sei? — das
wäre besonders wichtig!"

„Alle Berichte lauten übereinstimmend dahin," er=
wiederte der Marquis, „daß die Bevölkerung Hanno=
vers im höchsten Grade widerwillig die preußische Herr=
schaft erträgt, — auch habe ich heute die Nachricht er=
halten, daß eine starke Anzahl früherer hannöverischer
Offiziere und Soldaten sich in Arnheim in militärischer
Ordnung sammeln —"

„In der That?" fragte der Kaiser, — „das wäre
ein wichtiger Punkt, — ein deutsches Volk auf unserer
Seite, — die Nachkommen der Soldaten von Waterloo,
— man muß sogleich Kundschafter dorthin schicken und
Baudin instruiren —"

„Zu Befehl, Sire," sagte der Marquis, — „übri=
gens schreibt der Herzog von Gramont, daß der König
von Hannover einen persönlichen Vertreter hieher senden
wolle, — man wird dann eine nähere Verbindung an=
knüpfen können —"

„Ich habe davon gehört," sagte der Kaiser, — „der
König Georg ist trotz seiner Entthronung einer der vor=
nehmsten Herren Europas, und ich kann trotz der völker=
rechtlichen Stellung zu Preußen persönliche Beziehungen
zu ihm fortsetzen, — man wird seinen Vertreter mit
den äußersten égards umgeben; — diese hannöverische

Frage ist eine Sache," sagte er lächelnd, — „die wir in einem Schubfach unseres politischen Archivs sorg= fältig bewahren müssen, — ohne uns zu engagiren, — es kann ein Augenblick kommen, wo wir sie daraus hervorziehen werden. — Ich habe," sprach er langsam, „die Veränderungen in Deutschland, die Annexionen der souveränen Staaten acceptirt, nicht anerkannt, — das ist eine Nüance," fügte er mit sarkastischem Lä= cheln hinzu, „die ich von den legitimen Kabinetten bei der Aufrichtung des Kaiserreiches gelernt habe, — sollte aus irgend einem Grunde ein Konflikt ausbrechen, so habe ich das volle Recht, die ganze deutsche Frage als eine offene zu betrachten und zu behandeln."

„Nimmt man nun," fuhr der Marquis fort, „die Zustände in Hannover, die Verhältnisse in Süddeutsch= land zusammen, — denkt man dann an den Krieg in der Weise, daß eine Armee, durch die Flotte unterstützt, von Holland aus auf Hannover hin operirt, — daß sodann die Hauptmacht, den Feldzug Moreau's wieder= holend, vom Süden heraufbringt und immer an der Grenze der süddeutschen Staaten, deren Bevölkerungen durch unsere Agenten vorbereitet werden, die Alternative stellt: Allianz oder feindliche Invasion, — so müssen mir Eure Majestät zugestehen, daß diese Chancen viel= leicht schwerer wiegen, als die Allianzen und Verspre=

chungen europäischer Höfe, — Preußen wird so viel
Truppen brauchen, um seine Feinde im Innern zu be=
wachen und niederzuhalten, daß ihm nur wenige übrig
bleiben werden, um sie unsern Armeen entgegenzustellen."

Der Kaiser lächelte. „Da ist mein Minister der
auswärtigen Angelegenheiten, der Kriegspläne macht, —
Sie haben den Marschall Niel gesprochen?"

„Ich gestehe, Sire," sagte der Marquis, „daß ich
ein wenig den Marschall sondirt habe, — indeß ergibt
sich jener Feldzugsplan ebensosehr aus politischen Ge=
sichtspunkten, wie aus militärischen."

„In der That," sprach der Kaiser mehr zu sich
selber, als zu dem Marquis, „sind das die Gedanken
Niel's, — nur für später, — er ist noch nicht fertig,
auch will er einen Winterfeldzug machen!"

„Eure Majestät sind also entschlossen," fragte der
Minister, — „ernsthaft und rücksichtslos vorzugehen?"

„Rücksichtslos?" sagte der Kaiser, — „das würde
unsere Position nicht verbessern; man muß uns nicht
vorwerfen können, die Brandfackel in das politische Ge=
bäude Europas geschleudert zu haben, — auch ist die
Situation noch nicht ganz klar. Gramont wird hieher
kommen?"

„In diesen Tagen," erwiederte der Marquis, —
„ich kann nach seiner Nachricht ihn heute schon erwarten."

„Ich bin begierig, ihn zu sprechen," sagte der Kai=
ser, — „dieser Herr von Beust macht aus Oesterreich
eine so komplizirte Maschine, daß ich fürchte, er wird
sehr bald selbst die Direktion verlieren und diesen ori=
ginellen Mechanismus nicht mehr bewegen können. —
Apropos," unterbrach er sich, — „Oesterreich spielt ein
merkwürdiges Spiel im Orient! Mich erfüllt das mit
einiger Besorgniß. Sollte Herr von Beust, der sich
zuweilen in höchst sonderbaren Gedanken und Experi=
menten gefällt, an eine Wiederaufrichtung jener alten,
sogenannten heiligen Allianz denken, — die wir mit so
vieler Mühe getrennt haben? Er macht Rußland merk=
würdige Avancen — die Revision des Vertrages von
1856 —"

„Eure Majestät sind ja selbst zu einer solchen Re=
vision bereit," warf der Marquis ein.

„Wenn ich," sagte der Kaiser lächelnd, „eine Basis
der Verständigung mit Rußland habe, so ist es darum
nicht nöthig, daß Herr von Beust sich das Verdienst
derselben aneignet, — eine östliche Koalition ist das=
jenige, was vor Allem um jeden Preis vermieden wer=
den muß, — sie könnte mit logischer Nothwendigkeit
ihre Spitze nur gegen uns kehren."

„Also würden wir uns gegen die österreichischen
Propositionen erklären müssen?" fragte der Marquis.

„Daburch würden wir gerade das hervorrufen, was wir vermeiden wollen," sagte der Kaiser, seinen Schnurr= bart drehend, — „wir dürfen weder Rußland feindlich gegenübertreten, noch auf der andern Seite dulden, daß die orientalische Frage irgendwie einer endgültigen Lö= sung oder auch nur einem vorläufigen Abkommen ent= gegengeführt werde. — Wir müssen Oesterreich über= bieten!" setzte er nach einem kurzen Nachdenken hinzu.

Der Marquis machte eine Bewegung des Er= staunens.

„Wir müssen es so weit überbieten, — daß — Alles beim Alten bleibt!" sagte der Kaiser lächelnd.

„Ah!" machte der Marquis, indem er mehrmals mit dem Kopfe nickte.

„Lassen Sie uns vorschlagen, daß Kandia, Thes= salien und Epirus, um der dortigen Unzufriedenheit ein= für allemal ein Ende zu machen, gänzlich von der Tür= kei abgetrennt und mit Griechenland vereinigt werden mögen! — das wird dann schließlich England erwecken — und es wird Alles bleiben, wie es war. — Jeden= falls darf Oesterreich kein Weg zu anderen Allianzen offen gelassen werden!"

Der Marquis verneigte sich.

„Aber," sagte er dann, „um auf die luxemburger Frage zurückzukommen, — Eure Majestät befehlen also,

daß unsere Sprache in derselben sehr fest und energisch
sein solle —"

„Ahmen wir das Beispiel unseres Gegners nach,"
sagte der Kaiser, „und hüllen wir uns zunächst in eine
kühle Zurückhaltung, — echauffiren wir uns nicht vor
der Zeit, die Sache wird ja doch vor eine europäische
Konferenz kommen, — es ist das gar nicht zu vermei=
den, engagiren wir uns also nach keiner Richtung —"

„Aber, Sire," rief der Marquis, „sollen wir denn
eine neue direkte moralische Niederlage ertragen?"

„Wir wollen Zeit gewinnen," sagte der Kaiser mit
freundlichem und verbindlichem Lächeln, — „und das
ist ein großer Gewinn."

Der Marquis biß mit unzufriedener Miene auf
seinen kleinen Schnurrbart.

„Uebrigens," fuhr der Kaiser fort, „dürfen wir
nicht versäumen, eine energische Aktion vorzubereiten, —
ich bitte Sie, mein lieber Marquis, sich mit Lavalette
zu verständigen, um durch die Presse auf die öffentliche
Meinung wirken zu lassen, damit die nationale Seite
ein wenig anklinge, — auch wird es gut sein, die mi=
litärischen Rüstungen scharf zu betreiben und einige
Truppen gegen die Grenze zu dirigiren. — Ich werde
mit dem Marschall Kriegsminister sogleich darüber
sprechen."

Die Züge des Ministers klärten sich auf.

„Lord Cowley hat die bons offices Englands an=
geboten," sagte er dann, — „er hat auch eine Audienz
bei Eurer Majestät erbeten und wird wahrscheinlich bald
hier sein."

Napoleon zuckte die Achseln.

„Wo es die Verkleisterung eines Konflikts gilt, —
sei es auch nur auf sechs Wochen, — da ist man der
bons offices Englands sicher!" sagte er, — „ich werde
ihn empfangen, um die Phrasen zu hören, die ich schon
zum Voraus genau kenne! Ich bitte Sie, sogleich wie=
der zu kommen, mein lieber Marquis," fügte er hinzu,
— „sobald Sie neue Nachrichten von Wichtigkeit haben."

Der Marquis stand auf, faltete seine Papiere zu=
sammen und entfernte sich, indem er mit tiefer Verbeu=
gung sprach:

„Ich wünsche, daß es Frankreich dießmal vergönnt
sein möge, Reparation für Sadowa zu erlangen."

Der Kaiser blickte ihm lange schweigend nach.
Sein Auge verschleierte sich tiefer und tiefer, sein Kopf
sank fast auf die Brust hinab.

„Sie haben es leicht," sagte er dumpf, „mich zum
Kriege zu drängen, — was setzen sie ein, — was
würden sie verlieren, wenn der Würfel des Krieges un=
günstig fiele? — Und halte ich den Sieg in meiner

Hand? gebiete ich dem Gott der Schlachten, wie mein Oheim? — Ich fühle," sagte er immer leiser und dumpfer, immer mehr in sich zusammensinkend, — „daß die Fäden eines bösen Verhängnisses mich dichter und dichter umziehen, — ich sehe den Kampf mit Deutschland immer mehr mit zwingender Nothwendigkeit herannahen, — diesen Kampf, den ich nicht will, von dem eine innere Stimme mir sagt, daß er verderblich sein wird für mein Haus!"

Er richtete sich empor.

„Wenn es denn aber sein muß, so sollen wenigstens alle Chancen des Sieges auf meiner Seite sein," sprach er mit festerer Stimme, „die mächtige Waffe, welche meinen Oheim niederwarf, will ich für mich benutzen, — ich will Preußen die Koalition entgegenstellen, — Italien und Oesterreich, — das ist es, — an der Spitze dieser dreifachen Macht wird es nicht mehr Tollkühnheit sein, das Spiel zu wagen, — aber besser wäre es doch," fuhr er wieder leise und sinnend fort, „wenn ich mit Deutschland mich verbinden könnte, — bei diesem Deutschland ist die Kraft, — es vereinigt und vertritt alle Ideen, welche ich als wahr und richtig erkannt habe, — sollte sich der Weg nicht finden lassen, um diese jugendlich wachsende Macht zu gewinnen, — sollte dieser Mann, den ich für leicht, für oberflächlich, für einen genialen Sonderling hielt, den ich zu lenken, zu beherrschen hoffte, — sollte er gar keine zugängliche Seite haben?"

Er versank in tiefes Nachdenken.

Der Kammerdiener trat ein und überreichte dem Kaiser ein versiegeltes Papier. Zugleich meldete er:

„Seine Excellenz der Staatsminister steht zu Eurer Majestät Befehl!"

Der Kaiser öffnete das Papier, durchflog seinen Inhalt und verbrannte es dann lächelnd an der Kerze, welche auf seinem Tische stand.

„Die Kaiserin wird ihn friedlich stimmen wollen," sagte er, — „vortrefflich, wenn es ihr gelingt! — Ich bitte den Staatsminister einzutreten!"

Herr Rouher näherte sich dem Kaiser, welcher aufgestanden war und ihm die Hand reichte.

„Sie waren bei der Kaiserin?" fragte er.

„Ja, Sire," antwortete Herr Rouher mit nicht ganz unterdrücktem Erstaunen, — „Ihre Majestät hatte mich rufen lassen," fuhr er fort, indem er den Blick klar und fest auf das verschleierte Auge des Kaisers richtete, — „um mir ihre so natürliche Besorgniß vor dem drohenden Kriege auszusprechen und mir an's Herz zu legen, durch meinen Rath für die Erhaltung des Friedens zu wirken."

„Ich finde das sehr natürlich und löblich von meiner Gemahlin," sagte der Kaiser, — „aber sie ist bei Ihnen nicht glücklich gewesen, Sie waren wenigstens nicht für eine Politik des Nachgebens."

„Gewiß nicht, Sire," erwiederte Herr Rouher, — „ebensowenig aber möchte ich auch die Verantwortung tragen für ein starres Vorgehen bis zum Aeußersten, — ich habe viel über die Frage nachgedacht, Sire," — fuhr er fort, „und ich muß Eurer Majestät sagen, daß ich mehr und mehr bedenklich geworden bin —"

„Die Kaiserin zu kontrariiren?" fragte der Kaiser lächelnd, indem er die Spitze seines Schnurrbarts drehte.

„Eure Majestät wissen," erwiederte Herr Rouher mit Aplomb, „daß ich stets bereit bin, Ihrer erhabenen Gemahlin nach allen Kräften meine Ergebenheit zu be= weisen, — ebenso wie ich Ihre Ideen, Sire, durchzu= führen und zu vertheidigen keinen Anstand nehme, — aber meine politischen Anschauungen und der Rath, den ich Eurer Majestät in den Angelegenheiten Frankreichs gebe, sind unabhängig von allen persönlichen Rück= sichten."

„Ich weiß es, ich weiß es, mein lieber Staats= minister!" sagte der Kaiser in herzlichem Tone, ihm leicht auf die Schulter klopfend, während sein Blick sich unter den tief niedersinkenden Augenlidern verbarg.

„Sie sind also der Ansicht — —?" fragte er.

„Ich habe die Ueberzeugung gewonnen, Sire," er=
wiederte der Staatsminister, „daß diese luremburgische
Affaire nicht werth ist, in diesem Augenblick fast un=
vorbereitet und ohne Allianzen einen Kampf aufzuneh=
men, bei welchem es sich um die Machtstellung Frank=
reichs und — um den Ruhm der Dynastie handeln
würde, — um so mehr —"

„Um so mehr?" fragte der Kaiser.

„Um so mehr — als ich aus allen Anzeichen sehe,
daß das Land, welches in einem seltenen Aufschwung
der Industrie emporblüht, den Krieg nicht wünscht, —
wenn es auch die unvermeidliche Nothwendigkeit mit dem
ganzen altfranzösischen Patriotismus acceptiren würde!
— Ganz insbesondere aber," fuhr er fort, — „wiegt
für mich die schon vorbereitete Weltausstellung besonders
schwer —"

Der Kaiser ließ sich, wie ermüdet, auf seinen Lehn=
stuhl sinken, indem er den Minister durch eine Hand=
bewegung einlud, sich ebenfalls zu setzen.

Herr Rouher verneigte sich, trat zu einem Fauteuil
dem Kaiser gegenüber, und indem er die linke Hand
auf dessen Lehne stützte, blieb er hinter demselben
stehen.

Mit der leicht erhobenen Rechten seine Worte durch

ruhige und würdevolle Bewegungen begleitend, fuhr er
in eindringendem Tone fort:

„Die Weltausstellung, Sire, — dieser große Ge=
danke Eurer Majestät, durch welchen Sie dem edelsten
Wettkampfe der Nationen Europas und der ganzen
Welt eine herrliche Arena eröffnen, soll unmittelbar
ausgeführt werden, — Tausende haben ihre Vorberei=
tungen getroffen, — ungeheure Werthe sind aus den
entferntesten Stätten der Kultur bereits hier angelangt,
eben so große Werthe schwimmen noch auf dem Ozean
und werden von Karawanen und Eisenbahnzügen Eurer
Majestät kaiserlicher Residenz zugeführt, — Frankreich,
insbesondere Paris erwartet jene Ströme von Fremden,
welche ebensoviel Ströme von Gold hieherführen sollen;
— wenn nun in diesem Augenblick der Brand eines
europäischen Krieges sich entzündet, — eines Krieges,
der von dem Worte und dem Willen Eurer Majestät
abhängig war, so würden alle die Werthe vernichtet —
alle diese Hoffnungen zerstört werden, und alle dadurch
Betroffenen, — das aber ist fast die ganze Welt, und
wiederum Paris vor Allem, — sie Alle würden die
Schuld davon auf Eure Majestät werfen. — Selbst
der glänzendste Erfolg eines Feldzuges aber könnte kaum
wieder gut machen, was diese Stimmung Eurer Maje=
stät schaden würde."

Der Kaiser nickte schweigend mit dem Kopf, ohne den Blick emporzurichten.

„Auf der andern Seite aber, Sire," fuhr der Staatsminister, aufmerksam den Eindruck seiner Worte auf den Kaiser beobachtend, fort, „handelt es sich bei dieser ganzen Frage in diesem Augenblick weniger um den Besitz von Luxemburg, als um das Prestige Frank= reichs. — Ich komme abermals auf die Weltausstellung — und ich glaube, daß dieselbe dieß Prestige höher heben wird, als es je gestanden, — denn, Sire, sie hat — wie ich Eurer Majestät kaum auszuführen nöthig habe — auch ihre eminent politische Bedeutung. Alle Souveräne Europas bereiten sich vor, die Wunder der Ausstellung zu sehen, — selbst der Sultan rüstet sich — eine unerhörte Neuigkeit — zur Reise hieher. — Alle diese Souveräne aber besuchen nicht nur die Ausstellung, sie besuchen Eure Majestät. Sie werden also, Sire, sich umgeben sehen von einem Parterre von Kaisern und Königen, welches weitaus dasjenige an Glanz über= strahlen wird, das Ihr großer Oheim einst in Erfurt um sich versammelte, — und das auf keiner Basis von Blut und zertretenen Existenzen ruht, sondern im Ge= gentheil errichtet ist auf dem fruchtbaren Boden der edel= sten internationalen Arbeit. — Welche Anknüpfungen können da gemacht, welcher Einfluß kann gewonnen

werben, wenn alle diese Souveräne, in deren Händen
sich die Schicksalsfäden der Welt vereinigen, der so
mächtigen Wirksamkeit der persönlichen Unterhaltung
Eurer Majestät" — er verneigte sich gegen den Kaiser
— „ausgesetzt werden, — dieser Wirksamkeit, welcher
noch Niemand widerstanden hat? Und das französische
Volk, — das den Souverän seiner Wahl umgeben sehen
wird von Allem, was die Welt an Macht und Herr=
lichkeit, an Glanz, an Reichthum, an Arbeit und Pro=
duktion umfaßt, welches sehen wird, wie seine Haupt=
stadt dem ganzen Universum eine strahlende Gastfreund=
schaft darbietet, — wird es nicht dankbar — wird es
nicht stolz sein, daß sein Kaiser ein blutiges Lorbeer=
blatt diesem rauschenden Hain der schönsten Lorbeeren
des Friedens geopfert hat? — Diese Erwägungen, Sire,"
fuhr er fort, — „bestimmen mich aus vollster Ueber=
zeugung, für den Frieden zu sprechen."

Der Kaiser erhob das Haupt, sein Blick entschleierte
sich ein wenig, mit einem anmuthig verbindlichen Lächeln
sagte er:

„Ich muß Ihnen gestehen, mein lieber Minister,
daß Ihre Worte einen mächtigen Eindruck auf mich
machten, — ich war gereizt über diese immerfort feind=
liche Haltung des berliner Kabinets, — aber ich fühle,
— ein Souverän darf persönlichen Gefühlen keine Rech=

nung tragen! Doch," fuhr er sinnend fort, — „Sie
wissen, daß nicht Alle denken und sprechen wie Sie, —
es würde nöthig sein, die großen, schönen und wahren
Ideen, welche Sie mir so eben entwickelt haben, in ge=
eigneter Weise langsam und vorsichtig in die Oeffent=
lichkeit bringen zu lassen."

„Nichts leichter als das, Sire!" rief Herr Rouher,
— „ich werde die Presse —"

„Mouftier bedarf," sagte der Kaiser, ihn unter=
brechend, „um die Sache in würdiger Weise zu führen,
einer gewissen kriegerischen Strömung, welche seine Worte
in Berlin unterstützt — Sie wissen, daß man dort sehr
aufmerksam unsere öffentliche Meinung verfolgt, —
würde sie zu laut den Frieden predigen, so könnten unsere
Gegner zu übermüthig werden. — Lassen Sie also,"
fuhr er nach einer kleinen Pause fort, „lassen Sie das
auswärtige Amt immerhin eine kleine kriegerische Cam=
pagne machen, damit man in Berlin nicht vergißt, daß
Frankreich eine militärische Nation ist, — aber sorgen
Sie dafür, daß Ihre Ideen daneben immer tiefer in
das Publikum bringen, und vor Allem — sprechen Sie
selbst dieselben bei jeder Gelegenheit mit derselben Fe=
stigkeit und Beredsamkeit aus, mit welcher Sie mir die=
selben so eben entwickelten. — Ihre Autorität —"

„Eure Majeſtät erlauben also," fragte der Staats=

minister lebhaft, — „daß ich mich persönlich enga=
gire?"

„Ich bitte Sie sogar barum," sagte der Kaiser.

Der Kammerbiener trat ein.

„Lord Cowley bittet Eure Majestät um Aubienz."

Der Kaiser nickte mit dem Kopf.

„Ich banke Ihnen für den Freimuth, mit welchem
Sie mir Ihre Ansichten entwickelt haben," sagte er
Herrn Rouher die Hand reichend.

Der Staatsminister verbeugte sich und verließ mit
erhobenem Haupte, stolze Befriedigung auf den Zügen
bas Kabinet.

„Die Kaiserin hat mir einen großen Dienst ge=
leistet, ohne es zu wollen," flüsterte Napoleon lächelnd,
— „er wird den Frieden prebigen, — vielleicht wird
mich der Strom der öffentlichen Meinung zwingen, zu
thun, was ich thun will, — und die moralische Ver=
antwortlichkeit wird auf ihn fallen, — ich werde
ben Bock der Sühne haben, ben ich schlachten kann,
wenn es nöthig wird."

In anmuthig höflicher Bewegung trat er dem eng=
lischen Botschafter entgegen, welcher in der Thüre des
Kabinets erschien.

„Guten Morgen, Mylord," sagte, ihm die Hand
reichend, der Kaiser, von bessen Gesicht jede Spur bes

trüben, präokkupirten Ausdrucks verschwunden war, —
„ich freue mich, Sie zu sehen, — haben Sie Nachrichten
über das Befinden Ihrer Majestät der Königin?"

Lord Cowley, eine vornehme Erscheinung von eng=
lischem Typus, in einfachem schwarzen Morgenanzug,
ergriff ehrerbietig, aber doch mit jener der englischen
Aristokratie eigenthümlichen, selbstbewußten Würde die
Hand des Kaisers und erwiederte in jener englischen,
durch die lange Uebung etwas verwischten, aber doch hör=
bar anklingenden besondern Aussprache des Französischen:

„Ich danke Eurer Majestät, — der letzte Kurier,
welcher gestern von London kam, brachte ziemlich befrie=
bigende Nachrichten über das Befinden Ihrer Majestät,
— doch aber glaube ich kaum, daß die Königin daran
wird denken können, wie sie es so sehr gewünscht hätte,
bie Ausstellung zu besuchen."

„Die Ausstellung!" sagte der Kaiser, seufzend die
Achseln zuckend, — „wird diese Ausstellung, dieß schöne
und große Werk des europäischen Friedens, überhaupt
stattfinden können?"

Lord Cowley sah ihn bestürzt an.

„Eure Majestät fürchten?" fragte er.

„Ich fürchte vielleicht lebhafter," erwiederte der
Kaiser, — „weil ich mit großer Liebe an diesem so
sorgsam vorbereiteten Werke hing!"

„Ich bitte Eure Majestät, überzeugt zu sein," sagte
Lord Cowley, „daß die Königin, meine erhabene Herrin,
und ihre Regierung mit nicht minderer Besorgniß die
Möglichkeit in's Auge faßt, daß der Frieden Europas
gestört werden könne, und ich habe den Auftrag, Eurer
Majestät die guten Dienste Englands zur Verständi=
gung über diese beklagenswerthe Frage Luxemburgs an=
zutragen."

„Bin ich es, der den Frieden stört?" fragte Na=
poleon mit einem leichten Anklang von Ungeduld. —
„Bei mir bedarf es sicherlich keiner vermittelnden und
beruhigenden Einwirkung, — in Berlin ist dieselbe mehr
am Platz."

„Ich kann Eure Majestät versichern," sagte Lord
Cowley, „daß auch in Berlin ernste Vorstellungen ge=
macht werden."

„Warum stellt sich das berliner Kabinet mir im=
mer feindlich entgegen?" rief der Kaiser, einige Schritte
durch das Zimmer machend. — „Trete ich ihm zu nahe,
— bin ich nicht vollständig in den Grenzen der Ver=
träge? Ist der König von Holland nach der Auflösung
des deutschen Bundes nicht freier und unabhängiger
Souverän von Luxemburg? Warum, mit welchem Recht
hält Preußen dort sein Besatzungsrecht fest, welches
nur dem deutschen Bunde zugestanden war? — Mein

lieber Ambaſſadeur," fuhr er fort, vor dem Lord ſtehen
bleibend und ihn mit einem vollen, flammenden Blick
ſeiner plötzlich entſchleierten Augen anblickend, — „ich
habe ſchweigend zugeſehen, daß man den deutſchen Bun=
desvertrag gewaltſam zerriſſen hat, — ich werde es
aber nicht dulden, daß man einen damit zuſammenhän=
genden Vertrag, ein anderes Glied aus jener 1815 ge=
ſchmiedeten Kette, an den Grenzen Frankreichs gewalt=
ſam aufrecht halte!"

„Aber, Sire," rief Lord Cowley erſchrocken über
dieſen heftigen Ausbruch, — „ich bitte Eure Maje=
ſtät —"

„Oder halten Sie," rief der Kaiſer, „dieſe luxem=
burger Verträge nicht mit dem deutſchen Bunde für er=
loſchen? Lord Stanley wenigſtens hat dem Fürſten La=
tour d'Auvergne und ebenſo auch dem preußiſchen und
dem ruſſiſchen Botſchafter in London erklärt, daß nach
ſeiner Meinung der König von Holland unbeſtreitbar
das Recht habe, Luxemburg an Frankreich abzutreten."

„Ganz gewiß, Sire," ſagte Lord Cowley in faſt
ängſtlichem Tone, — „iſt das Recht nach der Auffaſ=
ſung meiner Regierung unzweifelhaft auf Ihrer Seite,
— die Aufhebung des deutſchen Bundes hat die Ver=
träge über die Beſatzung der Feſtung Luxemburg auf=
gehoben, und der König von Holland kann darüber

disponiren, wie er will, — dieß unterliegt gar keinem
Zweifel, — allein —"

„Allein —?" fragte der Kaiser. — „Soll ich zu=
rückweichen, wenn ich im Rechte bin?"

„Sire," sagte Lord Cowley in bittendem Tone, —
„Eurer Majestät hocherleuchteter Geist schätzt nach sei=
nem wahren Werthe den Frieden Europas, — die Kö=
nigin und ihre Regierung geben sich der Hoffnung hin,
daß Eure Majestät dem hohen Werth dieses Friedens
auch ein Opfer zu bringen bereit sein würden."

„Ein Opfer an der Ehre Frankreichs?" rief der
Kaiser, einen funkelnden Blick aus seinen weit geöff=
neten Augen auf den Botschafter werfend.

„Wer würde es wagen, daran zu denken, Sire!"
rief Lord Cowley, — „aber," fuhr er fort, indem er
sich einen Schritt dem Kaiser näherte, — „Eure Maje=
stät haben so eben besonders betont, daß hauptsächlich
die preußische Besatzung in der Festung Luxemburg Ihnen
unberechtigt erscheint und Ihr Mißfallen erregt."

„Das Großherzogthum Luxemburg selbst ist mir
höchst gleichgültig!" rief der Kaiser in wegwerfendem
Tone, indem er auf den englischen Botschafter einen
scharfen, beobachtenden Blick warf, der sich sogleich
wieder unter den schnell sich herabsinkenden Augenlidern
verbarg.

Lord Cowley's Gesicht überzog · ein freudiger
Schimmer.

„Eure Majestät legten also in der That auf den
Besitz des Großherzogthums keinen Werth — und wür=
den mit einer Neutralisation des Landes einverstanden
sein?"

Der Kaiser senkte das Haupt. Langsam setzte er
sich in seinen Lehnstuhl.

Lord Cowley ließ sich auf seine Aufforderung ihm
gegenüber nieder.

„Sie stellen da eine sehr bestimmt formulirte Frage,
mein theurer Lord," sagte Napoleon nach einigem Nach=
denken, — „um dem Botschafter Großbritanniens dar=
auf zu antworten, müßte ich den Rath meiner versam=
melten Minister hören — und," fügte er mit eigen=
thümlichem Lächeln hinzu, „die öffentliche Meinung
Frankreichs zu Rathe ziehen, — denn Sie wissen ja,
mein lieber Botschafter, ich bin nicht legitimer Kaiser
in jenem alten Sinne, — ich bin der Erwählte der
Nation, — ich muß also dem Willen meiner Mandan=
ten gehorchen, — und ich weiß nicht —"

„Eure Majestät," sagte Lord Cowley, „haben ja
öfter mir schon das ausgezeichnete und mich hoch ehrende
Vertrauen bewiesen, mir Ihre persönlichen Anschauungen
mitzutheilen, — sollte es denn jetzt —"

Der Kaiser lehnte sich, den rechten Ellenbogen auf das Knie gestützt, den Schnurrbart in den Fingerspitzen drehend, zu dem englischen Botschafter hinüber und sah ihn mit großen Augen und tief eindringendem Blick an.

„Mein theurer Lord," sagte er, — „ich habe kein Bedenken, Ihnen auch dießmal meine persönliche Ansicht über die schwebende Frage zu sagen."

Der Lord lauschte gespannt.

„Nach meiner Auffassung," fuhr der Kaiser, immer den Schnurrbart drehend, fort, — „muß Frankreich mit großem Bedauern das Herannahen eines Konflikts mit Deutschland sehen, — ich stelle mich einzig und allein auf den rechtlichen Standpunkt, daß Frankreich nicht zugeben kann, das luxemburger Land und dessen bedeutsame Festung durch die Preußen, die dort vertragsmäßig nichts mehr zu thun haben, besetzt zu sehen. — Demzufolge würde ich der Meinung sein, daß Frankreich, wenn die preußische Besatzung zurückgezogen wird, auf die Neutralisation des Landes, unter welcher Bedingung immer, eingehen könne."

Lord Cowley athmete auf.

„Darf ich diese Ansicht Eurer Majestät nach London mittheilen?" fragte er eifrig.

„Warum nicht!" sagte der Kaiser, — „indeß bitte ich Sie, nicht zu vergessen, daß es meine rein persön=

liche Meinung ist, gegen welche vielleicht meine Mini=
ster gewichtige Gründe anzuführen haben könnten."

„Aber wenn es gelingen sollte, ein Arrangement
auf der Basis dieser Anschauungen Eurer Majestät in
Berlin annehmen zu lassen?"

„So würde ich versuchen, meinen Ministern gegen=
über meine Meinung zu verfechten," sagte der Kaiser
lächelnd.

Lord Cowley erhob sich rasch.

„Ich bitte Eure Majestät um Erlaubniß," sagte
er, „meinen Kurier absenden zu dürfen, — von einer
Minute Verzögerung kann die Ruhe Europas abhängen."

„Gehen Sie, lieber Ambassadeur," sagte der Kaiser
freundlich, — „ich wünsche Ihren Bemühungen den
besten Erfolg, — Sie wissen wohl, daß Niemand auf=
richtiger wie ich den Frieden Europas wünscht."

Er stand auf und reichte dem Lord die Hand

Dieser verbeugte sich tief und entfernte sich schnell.

„So," sagte Napoleon, als er allein war, „nun
werden Rouher, die Presse und England mich drängen,
das zu thun, was ich will, — und ich werde wohl
nachgeben müssen," fügte er lächelnd hinzu.

Er bewegte eine kleine Glocke auf seinem Schreib=
tisch, welche mit besonderem Klange durch das Kabinet
schallte.

Aus der Thüre nach seinen innern Gemächern trat sein alter Kammerdiener Felix, der Vertraute seiner Verbannung, — ein alter Mann mit grauem Haar, scharfgeschnittenem und intelligentem, aber dabei offenem und treuem Gesicht.

„Mein lieber Felix," sagte der Kaiser, freundlich zu ihm hintretend, „ich will ein wenig spazieren gehen, — wo ist Nero, mein guter, braver Freund, der treueste — nach Dir, Du altes Herz ohne Falsch und Hinterhalt?"

Und mit einem warmen, leuchtenden Blick reichte er dem alten Diener die Hand. Dieser drückte sie an sein Herz und führte sie dann an die Lippen.

Dann näherte er sich wieder der Thüre und ließ einen zischenden Ton durch seine Lippen bringen.

Nach wenigen Augenblicken erschien in mächtigem Sprung ein großer, schwarzer Neufundländerhund, beschnupperte den Kammerdiener flüchtig und stürzte dann in einem großen Satze auf den Kaiser zu, hob sich auf den Hinterbeinen empor und legte die Vorbertatzen auf Napoleon's Schultern, indem er mit seiner großen rothen Zunge zärtlich sein Gesicht leckte.

Der Kaiser ließ es geschehen. Sanft legte er seinen Arm um das Thier und ein Ausdruck unendlicher Weichheit legte sich über sein Gesicht, sein Auge

ſtrahlte in feuchtem Schimmer, — er war wahrhaft
ſchön in dieſem Augenblick.

„Du gutes Thier,“ ſprach er mit ſanfter, metalliſch
klangvoller Stimme, „ich gebe dir nichts als dein Futter
und zuweilen einen freundlichen Blick, — und du liebſt
mich, mich allein, — du würdeſt eben ſo freudig an
mir emporſpringen, wenn ich nicht Kaiſer wäre, — in
der Verbannung, am Bettelſtab, — während dieſe Alle,
— die ich mit Gold und Ehren überhäufte —“

Er ſeufzte tief, dann drückte er die Lippen auf
den glänzend ſchwarzen Kopf des Hundes.

„Du treuer Freund!“ ſagte er leiſe, und der Hund,
als verſtände er die Worte ſeines Herrn, ſchmiegte ſich
innig an ihn an.

Felix nahte ſich dem Kaiſer und ließ ſich auf ein
Knie neben ihm nieder.

„Vergeſſen Eure Majeſtät mich?“ fragte er leiſe.

Der Kaiſer reichte ihm die Hand, ohne den Hund
loszulaſſen.

„Nein, ich vergeſſe Dich nicht, Du Gefährte der
böſen Tage, — Dich habe ich voraus vor allen Sou=
veränen der Welt, — einen Freund, den ich im Fiſch=
zug aus des Lebens Tiefen gewann!“

Und lange ſtand er ſo, — aller Ausdruck von
Sorge verſchwand aus ſeinem Geſichte, ſein Auge leuch=

tete in warmem Schein, — es war nicht der Kaiser,
— der vielbeschäftigte, wachsame, gequälte, mächtige und
ermüdete Imperator, — es war der Mensch, — der
einfache Mensch, der seine Seele badete in rein mensch=
lichem Gefühl.

Dann seufzte er tief auf und ließ den Hund sanft
zur Erde gleiten.

„Rufe den Adjutanten vom Dienst," sagte er.

Felix stand auf und ging in das Vorzimmer.

Wenige Augenblicke darauf kam er mit dem dienst=
thuenden Adjutanten, General Favé, zurück. Er reichte
dem Kaiser seinen Hut, die Handschuhe und einen
schönen Stock von spanischem Rohr mit goldenem
Knopf.

„Ich will ein wenig im Garten spazieren gehen,"
sagte Napoleon mit freundlichem Lächeln, nahm den Arm
des Adjutanten und stieg die Treppe hinab. — Nero
folgte langsam und gravitätisch.

Felix blickte ihm mit weichem Blicke nach.

„Er wird alt," sagte er mit tiefem Seufzer, —
„die Zeit fordert ihr Recht an uns Allen. — Gott
schütze und erhalte den Prinzen!"